大鱼文化传媒　　大鱼文学

一剑钟情

YI JIAN ZHONG QING

风晓樱寒 著

贵州出版集团
贵州人民出版社

**图书在版编目（ＣＩＰ）数据**

一剑钟情 / 风晓樱寒著. —— 贵阳：贵州人民出版社，
2016.5（2020.3重印）
ISBN 978-7-221-13233-8

Ⅰ．①一… Ⅱ．①风… Ⅲ．①长篇小说 – 中国 – 当代
Ⅳ．① I247.5

中国版本图书馆 CIP 数据核字 (2016) 第 116807号

# 一剑钟情

风晓樱寒 著

| | |
|---|---|
| 出 版 人 | 苏 桦 |
| 出版统筹 | 陈继光 |
| 选题策划 | 大鱼文化 |
| 责任编辑 | 唐 博 张 睆 |
| 流程编辑 | 唐 博 |
| 特约编辑 | 千月兔 |
| 装帧设计 | 颜老八 |
| 出版发行 | 贵州人民出版社（贵阳市观山湖区会展东路SOHO办公区A座 邮编：550001） |
| 印 刷 | 三河市华东印刷有限公司 |
| 开 本 | 880×1230毫米 1/32 |
| 字 数 | 264千字 |
| 印 张 | 9.5 |
| 版 次 | 2016 年 7 月第 1 版 |
| 印 次 | 2016 年 7 月第 1 次印刷 2020 年 3 月第 2 次印刷 |
| 书 号 | ISBN 978-7-221-13233-8 |
| 定 价 | 48.00 元 |

## 目录

CONTENTS

目录
CONTENTS

【第一章】被逼婚了

系统提示：您的角色所处地点为特殊区域，无法使用引路蜂。

系统提示：您的角色所处地点为特殊区域，无法使用飞鸽传书。

系统提示：您的角色所处地点为特殊区域，无法下线。

听着柔美的系统提示音，慕轻寒索性关掉人物控制面板，一屁股坐到了草地上。她拨弄着身旁无辜的小草，万分无聊地等待着饥饿值清空。她不明白《乱世》为什么要将场景弄得那样逼真，将任务弄得那样变态，将NPC弄得那样智能，害得她现在饱受饥寒而无法下线。

《乱世》是盛世等多家著名游戏公司在国内联合推出的第一款全息仿真模拟网游，它以中国古代江湖为背景，其拟真度高达98%。游戏中的一切，都由主脑系统控制，GM无权干涉玩家，他们的任务只是修复游戏中的BUG，而且《乱世》中的NPC智能度极高，基本上与真人无异。

《乱世》不同于普通的网游，它没有规定的职业，也没有任何游戏攻略，一切都要靠玩家去摸索。玩家可以选择做一个路见不平的大侠，快意江湖，亦可以做一个普通的生活玩家，开店赚钱打发日子。开始选择的方向不同，往后的游戏生涯也会有很大的差别。

慕轻寒自游戏公测开始，进入《乱世》至今已有三个多月，转眼间她已从最初的游戏菜鸟成了一个可独闯江湖的女侠。无奈今天遇见了一个奸诈的NPC，在他的半哄半求之下接了一个任务，糊里糊涂地走入了这个与世隔绝的地方，才造成了现在陷入困境的局面。

无聊之下，她再次打开了人物控制面版，对着自己的个人信息发怔。

**人物名称：落雪轻寒**

**等级：89**

**……**

落雪轻寒是慕轻寒《乱世》中的人物名称，89级的等级算不上高，却在江湖排行榜上排行第五！人家靠手法靠智商，她这一路靠的可是运气。不知是不是她的隐藏属性点幸运值太高了，之前在一次任务中，一下子就获得了冰雪传说套装以及与之配套的冰天雪舞剑，因而成了《乱世》江湖中人人敬畏的"人妖"哥哥。

人妖？为什么会是人妖？

想到这里，慕轻寒不禁气恼。

某天，她无意登上了《乱世》的官方BBS，发现有一玩家居然将等级榜上前三十的玩家在游戏中的照片全贴了出来，无一例外全是男性，而她的照片刚好被照到侧面，那时候她还没有取得冰雪套装，只穿了一身简单的男装，看上去像一位未成熟的少年，因此众玩家潜意识将"等级榜前三十全是男玩家"这一谣言默认为事实。所以，她这样一位可怜的花季少女，就被玩家们误认成了男生！

然后，众玩家的视线全转移到她的ID上，纷纷议论一个男生为什么会取一个这样女性化的ID……

再然后，议论不断升级……再升级……后来……"落雪轻寒"这一人物，就理所当然地成了《乱世》当中著名的"人妖"哥哥！

回忆至此，她不由得叹息出声，再低头看看人物属性，却意外地发现，饥饿值一直停留在61点，毫无下降的趋势。

怎么回事？系统BUG吗？她还等着饥饿下降到0的时候被系统强制踢下线呢！于是她打开发信系统，打算发信给GM询问，谁知——

系统提示：您的角色所处地点为特殊区域，无法使用飞鸽传书。

系统柔美的女声显得格外刺耳，加上饥寒压迫，慕轻寒的脑袋一阵眩晕，为什么连发信给GM也不行？

困境之中，慕轻寒当机立断，从草地上跃起，打算自己寻找出路。

《乱世》的游戏场景做得十分逼真，此刻她身处的地方正被浓重如纱的雾气封锁着，只能看清二十米以内的景物。她的脚下，是一块连绵无尽的土地，杂草丛生，碎石分布，周围零散地栽种着几棵茂盛的树。看了一会儿，她打开了任务控制面板。

**【任务】**

**寻找传说中的只羡鸳鸯不羡仙。**

**任务奖励：未知**

**任务提示：无**

**完成程度：未完成**

看到任务提示上格外引人注目的"无"字，她不禁腹诽：连任务提示都没有，这让她怎么做？只羡鸳鸯不羡仙，这样古怪的名字，是 NPC 还是任务物品？

她最终还是放弃了从任务提示中寻找信息，毅然地关掉任务面板，随便挑了一个方向往前走去。

嗖——

空气突然剧烈地颤抖起来！一支折射着寒光的羽箭突然破雾而出，以破竹之势径直朝慕轻寒射去，裹挟着凌厉劲风从她右臂擦过！她只感到右臂一阵剧痛，就发现自己的血条猛地往下掉到还剩十分之一，几乎秒杀！她大惊，可还没等回过神来，只听见系统响起清脆的"叮"声！

系统提示：您受到玩家乱码先生恶意的攻击，您有一分钟还击时间，此段时间内不产生罪恶值。

慕轻寒慌乱地往嘴里塞了一堆补血疗伤的药丸，却在听到系统提示音时，动作一顿。

乱码先生？

这个 ID 十分耳熟，似乎也是等级榜排行前十的玩家，她记得似乎只有一人的弓箭技能可以达到这样强悍的效果。

破羽箭！难道刚才那一招就是《乱世》十大秘技之一的破羽箭？

难怪刚才的一箭几乎让她血条清空！

慕轻寒心有余悸地想着，就听见一惊讶的男声在前方的浓雾中响起："啊！玩家？不是怪？但我明明看到是一女鬼飘过……"

一个身影自氤氲的雾气中走出，暗淡的光线缓缓勾勒出对方的面部轮廓，他一身紧身的黑衣，清俊的面容上透出一丝讶然。他手中握着一把宛如弯月的弓，弓把上点缀的宝石犹如繁星一般明耀闪亮。

繁星弯月弓！传说中的套装武器之一！眼尖的慕轻寒一眼便认出了他手中的武器，再次庆幸自己的大难不死。在《乱世》中死亡一次，可是直接掉级的！

思绪游离间，她听见乱码先生恍然大悟般说道："落雪轻寒？噢，难怪难怪，原来不是女鬼，是人妖哥哥！原来人妖哥哥不但名字起得人妖，连长相也……"

"你才人妖！"慕轻寒忍不住恼羞成怒地跳起来反驳对方。

乱码先生被她这样一句话打断，看着她的眼中透出几分怀疑："咦……是女玩家？"

慕轻寒也懒得跟他解释，抽出冰天雪舞剑直接一招群攻的冰天雪舞横扫过去！剑气卷起一阵无形的狂风，形似落雪的寒光向着乱码先生飞射而去，他猝不及防，被冰冷锐利的剑气刺个正着，身上接二连三地裂开几道伤口，幸好冰天雪舞只是普通的群攻技能，他的生命只减少了十分之一。

乱码先生似乎是听到了系统的提示音，他出乎意料地没有发怒，反而更加震惊地瞪圆了眼睛："咦？不对！你明明就是落雪轻寒！啊啊啊！落雪轻寒不是人妖吗？怎么变成女人了？"

"谁告诉你我是人妖？"慕轻寒不满地蹙起眉，正要说些什么，就被一个冷清的声音打断了。

"乱码，发生了什么事？"

不知什么时候，乱码先生身后纠结成团的浓雾悄然向两边退散，一只白色巨型的猫样动物从雾中悠然走出，说话的正是骑在白猫上的白衣男子。虽然黑色的面巾将他的半边容颜遮掩起来，朗目如寒星，深邃黝黑，气场极强，令人不敢轻易接近。

乱码先生一听这个声音，立刻像见到救星一般冲了过去，指着慕轻寒大惊小怪地嚷道："这、这这……夜，落雪轻寒不是人妖吗？怎么成了女人？我去！"

这回震惊的，却换作慕轻寒！她没有再理会大呼小叫的乱码先生，而是目不转睛地打量着突然出现的蒙面男子……虽然她往常不太爱记玩家们的名字，但是她只是一眼，就轻易从脑海里搜索出这位蒙面男子的信息！

夜初寒！慕轻寒只在论坛上见过他的照片，却能肯定他绝对就是夜初寒！就算不知道他长什么样子，但那标志性的面巾和那双幽深的黑眸，绝对能令人过目不忘！

夜初寒，他在等级排行榜上似乎是……思绪一滞，总记不住前十玩家们的名字的慕轻寒连忙唤出控制面板，打开等级排行榜。

第一，夜初寒！

果然是他！江湖上排行第一的玩家，夜初寒！

"女人？"夜初寒一愣，眼底亦闪过一抹惊讶，"你……是女的？"

慕轻寒尴尬地轻咳一声，正色道："我本来就是女的。"

夜初寒没有说话，只是神色古怪地端详着她，眼中的神色意味不明。

"既然没什么事，我先走一步了！"慕轻寒被他的目光盯得十分不自在，连忙移开视线，就要离开。可她还没跑出几步，就感到有什么冰冷的东西击中自己的身体，接着浑身一僵，无法动弹，系统提示音接着响起。

系统提示：玩家夜初寒对您使用捆仙索，您有 30 秒的时间不能动弹。

怎……怎么回事？

慕轻寒万分难以相信，她拥有 1010 点的敏捷属性，居然快不过夜初寒使用道具的速度？但更令她难以置信的是——捆仙索不是用来抓宠物的吗？为什么可以对玩家使用？

不过，夜初寒为什么突然要对自己使用捆仙索？难道他想为乱码先生报仇？想罢，慕轻寒急忙使用挣扎技能，可是系统美妙的提

示音一次次将她希望的泡沫戳破——

挣扎无效。

挣扎无效。

挣扎无效。

系统提示：您已使用了三次挣扎机会，30秒内不能重复使用挣扎技能。

她呆怔地听着系统提示音，心里暗叫了一声邪门，被她练到有80%成功率的挣扎技能竟然完全失效！

正当慕轻寒不知如何是好时，她突然感到腰间一紧，脚下一空，身体瞬间失去了支撑点。一阵天旋地转后，她整个人被一股陌生冰冷的气息包裹起来。

她发现自己居然坐在了白色的"巨猫"身上，整个身体落入了夜初寒的怀中。被禁锢了行动的慕轻寒脸色煞白，只能惊慌失措地叫道："夜初寒，你干什么？你要绑我去哪儿？"

陌生男子的气息令她莫名地心跳加速，脸上也悄然浮出浅浅的红晕。

夜初寒越过她的身体，轻轻抚了抚白猫的头部，坐下的白猫似乎得到了无声的命令，身体往后一躬，接着像离弦的箭般猛地蹿射出去，急速往前飞奔，冷冽的风在她脸颊上擦过，让她生痛。

几秒钟后，乱码先生抓狂的声音散入了身后的空气中，伴随着回音逐渐消失："喂！夜，等等我啊……"

慕轻寒的身子随着白猫奔跑的速度加快而绷得越来越紧，她的心乱跳不止，连语气也开始慌乱："哎，夜初寒，为什么要绑我，不、不要以为你是等级第一就可以……"

头顶上方，响起了夜初寒沉稳而冷冽的声音。

"去成亲。"

去，成，亲。

只是轻描淡写的三个字，就足以让慕轻寒整个人灰飞烟灭。

天地仿佛陷入了寂静之中，耳边只留下风吹过飒飒的声响，她的意识有那么一瞬间的恍惚，良久才反应过来，僵硬地从他怀中抬起头："我没听错吧？去成亲？"

"没听错。"夜初寒漫不经心地答道，他的声音格外冷清，带着淡淡的凉意。

慕轻寒的嘴角微微抽搐："那个谁，夜初寒，我没得罪过你吧？"

"没有。"依然是漫不经心的语调。

"那你这是……"她愣怔了好几秒，虽然捆仙索的作用时间已过，但无奈她身处高速飞奔的坐骑身上，只能无能为力地揪紧夜初寒的衣服，苦着一张脸求饶道，"夜大人，我知道错了，我不应该对乱码先生使用冰天雪舞，你大人不记小人过，放过我吧……"

夜初寒出声打断了她："不是。"

慕轻寒一愣，稍微将头抬高，不解地注视着他。

"任务。"夜初寒十分简洁地吐出两个字，思索一阵，似乎担心她不能理解，接着解释道，"你现在是不是不能联系外界，也不能下线？"

"对啊！"慕轻寒不假思索地点头，随即一怔，"你怎么知道的？"

"这样就对了，因为你触发了任务，进入了这个隐藏区域，需要把任务完成后才能下线……"夜初寒犹豫了片刻继续说道，"而发布任务的那个NPC，是我师父……"

闻言慕轻寒又是一惊。原来将自己骗到隐藏区域的人是夜初寒的师父？他的师父居然是一个NPC？而且还做出了如此卑鄙阴险的事情？

说到卑鄙阴险，她突然想起了什么，连忙问道："可为什么要成亲？"

"这是任务的要求。"夜初寒很是耐心地回答她的问题。

"那任务奖励是什么？"

夜初寒没有说话，只是打开了自己的任务面板放到她面前。

**【任务】**
**任务名称：只羡鸳鸯不羡仙**

**任务奖励：**九天神凤（飞行坐骑）、经验、金钱、神秘奖励

**任务提示：**找到同有此任务的玩家，需跟对方结为夫妻

**完成程度：**未完成

慕轻寒嘴角抽搐的同时，也在心里愤愤不平起来。为什么夜初寒的任务提示如此详细，而自己的任务面板只显示着一个格外引人注目的"无"字？

不过，让她惊讶的是，任务奖励里居然有飞行宠物！

在《乱世》中捕捉到宠物的成功率十分低，而且并不是每一种怪都能捕捉。另外，商店里卖的捕宠工具十分昂贵，即使打怪偶尔会有捕宠工具掉落，但掉落物品的概率可想而知！虽然她一直想拥有一只属于自己的宠物，却也被捕宠工具的价格吓得望而却步。

不能否认，她心动了。

神思游离间，只听见夜初寒冷清的声音在耳边响起："作为交换，如果你跟我成亲，这只飞行宠物就归你吧。"

"好，成交！"话音刚落，慕轻寒立刻眼睛发亮地答应了他的要求。

一锤定音。

"……"夜初寒身体明显一震。

知道了一切的前因后果，慕轻寒紧绷的心情逐渐放松了，原先的害怕亦消散得无影无踪，她轻轻抚摸着白猫柔软的绒毛，有些好奇地问："你的坐骑是变异猫吗？猫居然能做坐骑，我还是第一次见呢。"

坐下的家伙突然一个趔趄。

夜初寒神色微僵，好不容易维持着冷静："不是猫，这是神兽白虎。"

"……"

高速奔跑的白虎突然减下速度，最后在一间破旧的茅屋前停了下来。一直冷静如初的夜初寒竟长长地舒了一口气，翻身从白虎身上滑下："到了。"

慕轻寒亦随着他从坐骑上滑下，好奇地打量着四周的一切。烟雾缭绕山间，除了周围隐隐而现的树影就是面前这间简陋的茅屋了。而茅屋前面，早已有一个神情悠然但衣衫破烂的NPC老头在等候，他看着两人走近，不禁捂嘴贼笑起来："嘿嘿，徒儿，这么快就回来了，满意师父给你找的媳妇儿不？"

慕轻寒的目光在NPC老头身上兜转几圈，当目光落到他那双贼眉鼠眼的眼睛上时，立刻愤怒地冲上前揪住了他的衣领："你就是那个将任务发布给我害我无法下线的阴险无良的NPC？"

看到她的反应如此激烈，老头不但没有生气，反而捂着胸口，朝她挤眉弄眼，还夸张地哀叹起来："哎呀，徒媳妇，你这样说我一老人家，我会很伤心的……"

这时候，夜初寒冰冷的声音插了进来："废话少说，我还等着下线呢！"

他的语气显得极不耐烦，但同样是十分无可奈何。慕轻寒注意到他复杂的神情，心中了然，不禁产生了一丝同病相怜的感觉，原来他也受到了NPC的欺骗啊！

老头立刻眼中精光连闪，手舞足蹈地拍起手来："原来徒儿比师父还急啊，嘿嘿，好吧……"他肃正了神色，朗声道，"玩家夜初寒，你是否愿意跟玩家落雪轻寒结为夫妻，从此……"

"我愿意！"夜初寒不耐烦道，截断了他即将发表的长篇大论。

老头连忙轻咳两声，以掩饰自己被打断的尴尬，将目光转落到慕轻寒身上："咳咳，那么玩家落雪轻寒，你愿意跟玩家夜初寒结为夫妻吗？"

"这……"慕轻寒犹豫了一阵，然后小心翼翼地观察着两人的神色变化，迟疑着出声，"如果我说不愿意呢？"

"你敢！"

话音刚落，四道锐利的目光马上向她射来。

慕轻寒神色一僵，连连摆手赔笑道："我只是说如果……我同意了。"

"我同意"三字话音刚落，系统美妙的提示随之响起——

系统提示：恭喜玩家夜初寒与玩家落雪轻寒结为夫妻，期限永久，此段时间内不得离婚。是否同意公布全服？【是／否】

慕轻寒稍微一愣。结婚为什么要公布全服？尽管十分疑惑，她还是选择了"否"，接着才发现不对劲的地方。

"永久？等等——"她立刻抬头看向笑得一脸奸诈的老头，心中不由自主地生出一种上当的感觉，"为什么期限是永久？"

老头显然为自己的计谋得逞而十分得意："嘿嘿，别以为我不知道，你们只是为了敷衍我而答应成亲的，我这样做是为了你们好。"

夜初寒眼中闪过一抹不耐烦的神色，出声打断他："好了，老头。快把任务奖励拿出来吧！"

老头装模作样地捂着自己的胸口哀声埋怨起来："哎呀，徒儿你怎么能这样说师父，呜呜，可怜我一个老头儿……"

"老头！"

老头这才肃正脸色，认真道："好吧，这是任务奖励。"

叮！

系统提示：恭喜玩家夜初寒与玩家落雪轻寒合力完成了隐藏任务"只羡鸳鸯不羡仙"，奖励九天神凤宠物蛋一只，经验100000，金钱100000，隐藏纱巾一条，比翼双飞剑一套，比翼双飞剑法一本。

"九天神凤宠物……蛋。"慕轻寒目瞪口呆地盯着手中散发着红光的宠物蛋，有那么一瞬，她觉得自己的声音犹如梦呓般缥缈虚幻，"为什么会是蛋？不是实体宠物吗？"

她等待着老头拿出奖励的时候可是一脸期待呢！真是浪费了她的感情！

"徒媳妇你这样说就错了，蛋蛋多好啊！"老头笑眯眯道，一副慈爱得欠扁的模样，"能摸能抱能看，饿的时候还能煮来吃……"

"的确。"慕轻寒一脸无奈地看着笑容灿烂的老头，轻叹了一口气。无法否认，老头说得很对……但是，这样的蛋还是宠物吗？简直成了食物！而且孵蛋需要的时间会根据宠物的性质而定，这九天神凤分明是神宠，那得孵多久？

很明显，她又被这老头诓了！

"好了，徒弟的终身大事解决了，我这善良的老头儿也可以回家歇着了。徒弟哟，徒媳妇哦，老头儿我走了，不要太想念我哦！"老头兴高采烈地朝两人挥了挥手，身体一晃，整个人化作一缕青烟向远处飘散……

夜初寒望着逐渐消散入空气中的青丝，咬牙切齿道："我、绝、对、不、会、想、念、你、的！"

慕轻寒被他身上悄然散发的寒气吓了一跳，过了好一阵，才鼓起勇气小心翼翼地叫他："那、那个，夜初……"

"这个给你，我要下了。"夜初寒目光转落到她身上，突然微一皱眉，将一件物品塞到了她手中，便倏地化作一道白光消失了。

他下线了。

哎？这就下了？慕轻寒望着他消失的地方，目光滞了一下。

一天之内发生了太多诡异的事情，让她一下子无法接受，思绪有瞬间的停滞。

许久，她缓过神来，瞧了瞧手中的物品，才发现原来是刚才完成任务后老头奖励的物品。

接着，她查了查物品的属性——

**【装备】**

**名称：隐藏纱巾**

**属性：可隐身 10 秒，附带隐藏玩家一切信息功能。**

**绑定后不可掉落，不可交易。**

好东西！她心中一喜，不假思索就将纱巾装备上身。

刚在脑勺后将隐藏纱巾打了一个结，就听见全服公告伴随着一阵优美的乐声在天空上回响——

『系统公告：有玩家触发了隐藏任务，服务器在十分钟后进入升级维护，请玩家们及时下线，服务器升级完成后，隐藏区域无花涧正式开通，30 级以上玩家可自由出入。』

……

不同于往常的系统提示，系统公告并不是响一次就罢了，而是在游戏世界的天空不断回播着，丝毫没有停下的意图。

　　有人触发了隐藏任务？服务器要升级？所有玩家都要下线了？迟钝的慕轻寒并没有回过神来，只是依照系统的提示，在心中默念着"下线"。

　　这次果然成功了！她只觉身子一轻，倏地化作一道白光消失了。

　　下线后，慕轻寒对着漆黑一片的养生舱发出了一声轻不可闻的叹息。她无法相信，她结婚了，虽然是游戏中的，可对象竟然是夜初寒！他可是江湖排行榜上排行第一的人物……

　　正想着，屋里的电话突然催命般响了起来，打断了她的思绪。

　　慕轻寒不满地嘟囔了一声，才极不情愿地爬出了养生舱，急匆匆地冲到电话旁："你好，这里是……"

　　才提起话筒，一个激动而尖锐的声音就在电话那端炸响，轰得她脑袋发晕："轻寒轻寒！啊啊啊，我们太幸福了！"

　　慕轻寒连忙将话筒拎得远远的，以免被尖锐的声音震伤，但电话的另一边，声音的主人只顾着兴高采烈地自说自话，完全忽略了慕轻寒此时的反应。

　　"颜师兄答应了亲自带我们玩《乱世》哦……对了对了，你注册了号没？游戏中的名字叫什么？"

　　"颜师兄？"慕轻寒一时反应不过来。

　　电话那头的声音转为诧异："哎呀，我说轻寒小姐你什么时候变得这样迟钝了！我最近不是让你订购了《乱世》的养生舱吗？颜师兄就是颜千晨颜师兄啊，他在游戏里的 ID 叫逝水无尘，据说是《乱世》中第三大家族的帮主哦！哎，你还没有回答我呢，你的 ID 叫什么？"

　　听到这个敏感的词语时，慕轻寒的心突地跳了一下，下意识握紧了电话，最终还是给予对方一个模糊的答案："我……还没注册……"

　　"不是吧，你也太速度了！算了算了，不跟你说了，老妈在叫我……对了，我在游戏中的名字叫冰蓝水蜜桃，你上了游戏就来找我吧，拜！"声音的主人语速飞快地说了几句话后，便匆匆挂了电话。

　　不等她的思绪缓转过来，电话那边已是一片忙音。

　　"哎，等——"慕轻寒苦笑了一下，只能无奈地挂上了电话，这个夏淘淘还是那么急性子啊。

不过，她似乎想起颜千晨是谁了，是那个比自己高一届的师兄，算得上是校草级人物。他经常有意无意地出现在自己身边，虽然她已经十分明确地跟他表明了态度，可他总是故作轻松地微笑："我只当你是朋友，没别的。"

只是没有想到，颜千晨居然是逝水无尘？这下不好办了。一是碍于他对自己不明的暧昧态度，而且她一向跟逝水家族中的副帮主逝水年华不和，她好几次在他打 boss 的时候去抢他的怪，还曾经连杀了他三次，让他跌出了排行榜三十名……

以后在游戏里见着他，还是躲避着为妙。

打定了主意，慕轻寒转身走出了房间，肚子都在咕咕叫了，还是先去填饱肚子吧！


慕轻寒，性别女，年龄十九，资深宅女一枚，爱好网游和睡觉，现就读于 A 市 Y 大，目前暑假中。父母早早就买了机票飞往欧洲度假去了，其兄外出实习中，行踪不明。

因此，家里就成了慕轻寒的天下。

她简单地泡了杯面填饱了肚子，捧着一杯奶茶回到房间。游戏依然在升级维护中，无聊之下，她只好打开网页，打算上《乱世》的官方 BBS 查看一下目前的状况。

这时的 BBS 上，大多数的帖子是询问有关系统更新的问题，慕轻寒拖着鼠标浏览着帖子标题，突然被一个加亮加粗的题目吸引了视线——

**【震撼】惊！《乱世》神人夜初寒竟已为人夫！**

这帖子发布才不到一小时，点击率就已过万，慕轻寒迟疑了一下，还是点了进去。

发帖人是一位名为"有川内酷"的玩家，他讲述了下线前所听到的惊人消息。

帖子内容如下：

**本人在下线前居然莫名其妙地听见了一个系统公告，内容为"恭**

喜玩家夜初寒与某玩家喜结连理……"

震惊！太令人无法相信了！本服第一神人居然已为人夫？

握着鼠标的手抖了一下，慕轻寒震惊地浏览着主楼的内容，脑袋嗡然炸响——为什么系统会公告她跟夜初寒结婚的消息？

对了！在成亲的时候，不是出现了一个"是／否"的选择吗？她十分清楚地记得，当时她毫不犹豫地选择了"否"……

难道夜初寒选择了"是"？可他为什么会……

然而鼠标越是往下拖，她越是觉得触目惊心！大家的热情太可怕了！但大多数人在哭诉名草有主了什么的，到最后已经上升为攻受论了……

于是她赶紧关掉网页，一头扎入被窝中，把自己的脑袋深埋起来。

翌日醒来的时候，慕轻寒发现游戏系统已升级完毕，她苦着小脸对着游戏养生舱，经过一番激烈的思想斗争后，还是认命地爬入养生舱，登录了游戏。

《乱世》的计时与现实同步，此时的游戏正是清晨。薄雾迷蒙，晨曦的微光穿透如纱的雾层，映射出一片和煦的暖色。

慕轻寒刚登上游戏，就听见空气中飘来一个带笑的声音："嫂子，这么早？"

她寻声望去，只见一黑衣男子微倚在树干上，眼眸半眯，双臂交叠在胸前，口中叼着一根草在摇晃。斑驳的光洋洋点缀在他身上，让他整个人透出一种属于清晨的慵懒气息。

这样一幅美男子风景图，慕轻寒却无心欣赏，她怎样看都觉得，他那副模样是嘲笑自己的遭遇。

"乱码先生，早啊！"慕轻寒面无表情地应道，不动声色地向他发出了组队邀请。

系统提示：玩家乱码先生接受了您的请求。

系统提示：玩家乱码先生已加入了队伍。

"哎？嫂子？"

这个时候，慕轻寒已悄然无声地抽出冰天雪舞剑，朝乱码先生刺去！

四周的空气骤然变得冷冽凌厉，剑身泛出冰冷的寒光。一道强烈的光芒自剑身爆射而出，乱码先生虽始料未及，但看见慕轻寒的动作时已觉出不对劲，连忙往旁边一闪——

锵！

一声巨响！乱码先生先前倚着的粗壮大树居然被生生劈成两半！乱码先生虽闪避及时，但亦被寒光刺中了手臂，血条如升降机下落般快速掉下，最后停在了"10"的位置！

他顿时惊出一身冷汗，连忙朝嘴里扔了几颗补血药丸，边迈开脚步逃命边大喊起来："哇哇哇，嫂子你要干什么？饶命啊！"

"浑蛋，你害死我了！"慕轻寒举着剑紧追在他身后，用力朝他刺去。

"冤枉，我什么都没做！"

"还敢说冤枉？那论坛上的帖子是怎么回事？"慕轻寒愤怒地对准他又是一剑！整件事的过程只有这家伙最清楚了！那楼主一定是他！

"哇，冤枉啊嫂子！"乱码先生艰难地躲过她的攻击，跳到一旁高声申辩道，"是夜吩咐我这样做的！"

这一声猛喝成功让慕轻寒顿住脚步，她停了下来，愤怒的神情稍有减退。

慕轻寒一脸怀疑地看向乱码先生，微微蹙眉："夜初寒？"

乱码先生累得直喘粗气，听慕轻寒如此一问，连忙点头如捣蒜："没错。"

"我没有。"一个冷清的声音突然插了进来，轻而易举地打断了乱码先生上气不接下气的辩解。

这个声音不就是……慕轻寒先是一愣，随后马上明白了这是怎么一回事，凌厉的眼神直直逼向乱码先生，让他无法闪避。

乱码先生神色突然一慌，心虚地往后退了一步，一步又一步，额上沁出了冷汗。

嗖！

没等慕轻寒开口，下一秒，乱码先生突然化作一道白光消失不

见了……他居然逃下线了！

"卑鄙的家伙！"慕轻寒目瞪口呆地望着他消失的地方，待反应过来后气得火冒三丈。

太卑鄙了！就说嘛，夜初寒可是排行榜第一的大神，怎么可能做那么卑鄙的事情！

"娘子，我们该走了。"正在她恼怒之时，那个冷清的声音再次在耳畔响起，语气里却多了几分令人捉摸不透的笑意。

慕轻寒余怒未消，随口答了一声"好"。蓦地，她醒悟过来，诧异地将视线转向夜初寒，满脸难以置信："等等，你……你刚才叫我什么？"

话未说完，却因为面前的景象涨红了脸，琉璃一般明澈的阳光细细勾勒出他身形的轮廓，清浅的笑意如涟漪一般，在深邃如夜空的眼眸中泛开，被白色发带随意束起的长发轻舞飞扬，似乎连潋滟的晨光在那一刹也黯然失色。

夜初寒轻笑，答案是那么理所当然："娘子啊。"

慕轻寒石化。

"但是……"

夜初寒直望入她眸中，语气风轻云淡："你我已成夫妻，唤娘子不是很应该吗？"

可那只是在游戏里啊！她张了张嘴，想要反驳，却一时什么也说不出来了。她并没有料到他居然会对自己说出这么一番话。太奇怪了，明明上次下线的时候，他还一副漠然的模样来着，总感觉一切来得太突然，有种怪怪的感觉。

"可是明明只是……"

对方只当没有听见她的自言自语，悄然无息地走近她，低声道："别生气了，等乱码再上线，我帮你教训他。"

说起乱码先生，慕轻寒的注意力果然被转移了："哎？真的？"

"对，下次遇见他的时候，我一定帮你定着他任由你砍。"

仓皇逃下线，躲在养生舱里直冒冷汗庆幸自己逃跑得快的乱码先生突然莫名地打了个喷嚏。

咦？是谁在惦记他？

"好。"慕轻寒笑得眉眼弯弯。

"那……"夜初寒微微勾唇，朝她伸出手，"我们走吧。"

慕轻寒一时没有反应过来，就这样迷迷糊糊地被他牵着走……

恍惚间，她的嘴角轻扬起一个笑容。

似乎，这样也不错呢……


两人刚离开不久，原来乱码先生消失的地方，再次亮起一道白光。上线后的乱码先生神情鬼祟，小心翼翼地环顾了四周一圈，确认没有敌情后，这才放下心来，用衣袖擦了擦汗。话说回来，不就是一个回帖嘛，她用得着那么激动吗？

他叹了一口气，转身准备离开这个鬼地方的时候，忽然听见一阵有如珠玉落盘的琴声远远传来，不禁一愣。

似是感应到他的愣怔，琴声稍微一顿，接着如行云流水般畅游云间，恍有黄莺婉转啼鸣，丝丝扣人心弦。

那琴声就像是变幻莫测的风云，突然天色骤变，乌云聚拢，狂风暴雨齐齐爆鸣，震撼人心！缓缓地，雨点声又逐渐减弱，聚拢的乌云悄然散去，霎时天朗气清……

这阵琴声仿佛带着奇异的魔力，乱码先生听得如痴如醉，一时竟不舍得迈出一步，那种美妙的诱惑，令他不愿意离开，想要永远停留在这里，聆听这仙音似的琴声。

咦？奇怪？怎么停了？他眼中的恍惚随着琴声的消散而逐渐减退，他不满地蹙起眉，正为琴声停止而不爽的时候脸色陡然大变，眼中掠过一抹震惊，他如梦初醒般甩了甩头，仔细一看，自己的精神值居然已经到了底！他看着那个触目惊心的数值"0"，猛地抬起头，果然如他所料！

不远处的树上坐着一位怀抱古筝的清秀少女，身穿宝蓝长袍，柔顺如丝的长发披散在肩，长长的刘海遮掩了她的前额，巧笑倩兮，清澈的眼中有狡黠的神色闪逝而过。看见乱码先生用震惊的眼神紧

盯着她，她亦毫不慌张，嘴角微翘，落落大方地朝他打招呼："小乱码，别来无恙啊！"

甜美的声音恍如针扎一样刺入乱码先生的神经，他犹如撞鬼一样猛地跳了起来，连连倒退数步，指着对方脱口怒道："哇！莞尔刺痛，怎么又是你这个女人！我跟你有仇吗？你怎么接二连三地来偷袭我！"

莞尔刺痛，《乱世》里最神秘的琴姬，等级不明，并没有出现在高手榜上，但她的实力深不可测。她喜欢独来独往，来去无踪，很少有人能注意到她的存在。

刚才令乱码先生如陷梦境的琴声，正是莞尔刺痛的拿手迷惑技能——勾魂夺魄！

真是要命啊！其实原本乱码先生跟她素不相识，但初次见面的时候，她便不分青红皂白追着他砍，招招狠厉，似乎跟他有仇，可自己明明不认识她啊！

莞尔刺痛嫣然一笑："你跟我没仇，只不过……"她的语气一顿，用打量玩具的目光直盯着他。

乱码先生被她的目光盯得浑身发寒，连忙往后退了几步，才绷紧脸问："只不过什么？"

莞尔刺痛笑容甜美，她素指轻扬，琴弦轻轻颤动起来，又发出了一串美妙的乐声。

她故意放缓了语气，有几分神秘兮兮的意味："只不过我看上你了，想'请'你到我们的洛凝楼做男倌……"

乱码先生顷刻石化在原地！

男倌等于卖身？

脑袋里闪过的诡异等式让他如遭雷劈！良久，他的嘴唇麻木地动了动，发出了沙哑的声音，带着万般的震惊与难以置信："你……是洛凝楼的幕后老板？"

洛凝楼，朱雀城中最盛名的青楼！它的出名不仅仅因为它是青楼，而是它的本质。洛凝楼其实是《乱世》中最大的情报贩卖组织，眼线遍布全服，只要有足够的金钱，就可以从洛凝楼中获取你想要知道的信息，没有任何消息是洛凝楼不知道的，只有你想不到的事情。

莞尔刺痛捂嘴笑了："哎呀，小乱码挺聪明的嘛，这样也猜得出来，所以……你就乖乖从了我吧！"

乱码先生心中生出一阵恶寒，他知道莞尔刺痛这女人绝对不是想请他去当什么情报贩子，而是真的想威迫他"卖身"入青楼。

他哭丧着脸求饶道："莞尔大姐，我求求你，放过我吧！你到底看上我哪点，我改了还不成？"

"不成，你是我看上的人。"莞尔刺痛一口回绝，随即敏捷地从树上跳下，微笑着慢慢向他走近，表情是那样势在必得！

情急之下，乱码先生选择了他惯用的逃跑方式——下线！

然而——

系统提示：您已进入 PK 状态，今天的逃跑机会已用完，无法下线。

系统柔美的声音犹如一盆冷水，毫不犹豫地泼灭了乱码先生唯一的希望。他在心中大骂系统的不厚道，心中却欲哭无泪，为什么当炮灰的总是他？

他绝望地看着莞尔刺痛一步一步地迫近，他一步一步地后退着，背后冷汗涔涔，那甜美的笑容进入他的眼中竟变得无比狰狞。

"想逃吗？太迟了！"莞尔刺痛双手随意一挥，怀抱着的古筝顿时消失得无影无踪，双手不知何时握上了一对菱形带尖的峨眉刺。

澄黄的阳光凝聚在锐利的刺尖，折射出刺目的光芒，像是利针一样狠狠刺入乱码先生的眼中。

乱码先生冷汗直冒，连连后退，但依然故作镇定地警告道："你这个无耻的女人！不要过来哦，要不然……我就……我就跑！"干脆的声音刚落，他速度极快地从身后的箭筒里抽出一根长箭，猛地朝莞尔刺痛捅去！

－1！

一个大大的红字从莞尔刺痛头上冒了出来，她也因为被猝不及防地刺了一下，而吃痛地往后跟跄了几步。于是连忙扶住旁边的树干站稳了脚，可就在她失神的片刻，乱码先生已经毫不含糊地丢下

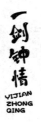

手中的长箭，飞快逃跑而去！

"你——"莞尔刺痛忍痛捂着手臂，虽然说乱码先生刚刚给她的一击伤害很低，但游戏的仿真程度极高，攻击的疼痛是按现实的50%给予玩家，天晓得乱码先生刚才的一刺是多么用力！她抬起头的时候，某人狼狈逃跑的背影已经隐没在迷雾深处……

就在同一天，无花涧附近的主城里出现了一位疯狂飞奔的玩家！他衣衫破烂，跑得鞋子都丢了一只，可他依旧不管不顾，只顾奔走逃命，惹得路人纷纷注目。

跟着大神混果然很爽啊！

这是慕轻寒这一天得出的结论！一路穿过树林，不断有成群结队的怪物突然跳出偷袭，或者团团围上来包围着他们，但只见夜初寒随手一挥，眼也不抬就将一大片怪物秒掉了，这让某人十分眼红。

这里可是无花涧啊！刚开放的隐藏地图，这里的怪少说也在90级以上，随便来一只也要她杀上半天，更何况一群？可夜初寒就那样轻松地一群一群秒掉，他的攻击力，实在太恐怖了。

慕轻寒默默无语地跟随着夜初寒，第一次感觉自己就是个蹭经验的无事人。她好几次欲言又止，到最后忍不住了，抬起头磨蹭着小声问道："夜初寒，我可不可以问你一个问题？"

"嗯？"夜初寒眼帘微抬，眼睛的余光瞟向她，声音淡然。他握剑的手随意一挥，前方白光连闪，又一群怪被他秒杀了。

"那个……我长得真的像小受吗？"慕轻寒微垂眼睑，十分尴尬地问。

忙着杀怪的夜初寒神色似乎没有什么变化，他头也不回地答："不像。"

"哎？"她稍有惊讶地猛抬起头。

可是下一秒，笑容硬生生地僵在了嘴角，她心中刚产生的兴奋就被夜初寒毫不留情的话语打破了。

他说——

"你本来就是。"

不是像啊……而是，本、来、就、是！

这个回答简直让她生无可恋啊……


本来就很小受……

慕轻寒耷拉着脑袋，心中碎碎念地重复着那一句话，怀着怨念跟着夜初寒走出了树林。城镇外墙的轮廓刚映入眼帘，突然一道小小的身影从旁边的树丛中窜出，迎面撞上了她。

"哎呀！"小小的身影弱不禁风，被这么一撞，立刻向后跌倒，摔在了地上，她可怜兮兮地捂着跌痛的地方，发出了吃痛的呻吟。

慕轻寒这才看清，原来刚才撞她的是一名十二三岁的小女孩，扎着两条小辫子，脸蛋红润，模样娇小可爱。她微微一怔，没有恶意攻击的信息提示，这个女孩，是NPC？

跌倒在地的小女孩用脏兮兮的小手揉了揉眼睛，抬起头懵懂地望向慕轻寒，呜咽着可怜兮兮地说道："大姐姐，对不起，我不是故意的……"

慕轻寒赶紧走上前，扶起了小女孩："没关系，小妹妹下次要小心点。"

小女孩睁着一双明亮的水眸，很是乖巧地点了点头："嗯，我知道了，大姐姐再见。"说着，她一溜烟似的跑掉了。

慕轻寒脸色一僵。难道她很可怕吗？为什么那个小女孩会像看到怪物一样匆忙逃跑？

一旁不动声色的夜初寒将小女孩的举动尽收眼底，眼中有凝重的神色在沉淀，突然猛地朝才跑出几米的女孩甩出一条绳索！绳索准确无误地击中了小女孩，她狼狈地摔倒在地上，望向夜初寒，惊慌失措地大喊起来："你、你要做什么——"

慕轻寒被他这个举动吓了一跳，如果她没有看错的话，夜初寒刚才使用的可是捆仙索？原来捆仙索还可以这样用的？可他为什么要对这个小女孩使用捆仙索？

夜初寒面无表情地注视着地上的小女孩，却对慕轻寒说："你检查一下自己的物品有什么不见了的？"

被他这么一提醒，慕轻寒连忙检查自己的物品，这才发现真的有几样东西不翼而飞了！

"宠物蛋不见了，上次奖励的比翼双飞剑也不见了，这个小女孩——是个小偷？"

她吃惊不已，视线落在了躺在地上动弹不得的小女孩身上。

小女孩一改刚才楚楚可怜的迷糊表情，很不爽地瞪着两人，恼怒地嚷叫出声："喂喂！不要用小偷那么难听的称呼！你们不能侮辱我，我可是史上最厉害的神偷知了！知道吗？哼，识趣的就快放了我！"

夜初寒毫不客气地嘲讽道："你要是最厉害的话，现在就不会被我抓住吧？"

"你——"知了顿时语塞，小脸更是一阵青一阵白，她脸色憋得通红，最后竟然哇一声大哭起来。"呜呜呜……"清澈透明的泪水顺着知了的面颊肆意落下，被打湿的小脸在阳光下泛出微亮的光芒，让她的样子看起来是那么委屈，那么楚楚可怜。

但夜初寒丝毫没被打动，依然面无表情地看着，直到知了哭得声音沙哑，再也发不出流利的音节，他才冷冷开口："哭够没有，哭够了就把东西交出来！"

"你——"知了错愕地抬起头，眼泪汪汪地望向夜初寒，马上又扯开已经变得沙哑的嗓子干号起来，"你、你这个人怎么这么没有同情心！"

"同情心？那是什么东西？何况对待你，根本不需要这种东西吧？"夜初寒嗤笑，倒映着知了身影的眼睛像是蒙上了一层千年寒冰，冷酷无情。

在那么一刹那，知了有看见恶魔的错觉，小女孩瞪圆了眼睛，指向他的手也不由自主地颤抖起来："你不能那样对我，我可是NPC！"

夜初寒勾唇浅笑，眼底隐隐生出犀利的光芒："NPC又如何？再废话我不介意送你一程！"

他这句话恰恰踩中了知了的死穴！

游戏中的NPC不同于玩家，只拥有一次生命，即便是最厉害的人物，亦会有一天随着系统设定归于尘土。因此，NPC都视自己的生命如珍宝。但是知了从来没有想过，如此聪明的她竟会有栽在一个玩家手中的一天。

她委屈咬唇，低声道："好吧……你、你先松开我……"说话的时候，她的眼珠转了转，心里悄悄打起了小九九。

似是看出了知了的心思，夜初寒面无表情，一语戳破她希望的泡沫："如果逃跑，后果自负。"

似被狠狠扇了一记耳光，知了身子一僵，小嘴一扁，认命地垂了头，心灰意冷地掏出物品尽数归还。

她算是遇到克星了！这个男人分明就是一个比恶魔更邪恶的人！

夜初寒冷若寒冰的目光并没有从她身上移开："还有呢？"

知了惊讶地眨了眨眼："不是都在这里了吗？"

"把你偷的都拿出来。"他淡然的声音中带着不可抗拒的威严，长剑随意往空中一挥，划出一道完美的弧线。

知了脸上的血色顿时褪去，她死死地捂住自己的口袋："那是我的！"

夜初寒淡漠一笑，语气里丝毫没有留情的余地："你的？不也是偷来的！要不去死，要不都交出来，自己选一样。"

知了憋得脸色通红："你无耻！"这简直是光明正大地打劫……不，是抢劫嘛！

在这时候，她终于明白了一个道理——她，神偷知了，彻底输了！输在了一个外表看似正人君子、内在奸诈阴险无耻的玩家手上！

知了黑水晶般明亮的眼中缀着闪亮的泪花，在夜初寒犀利的目光注视下，心如刀割地将自己身上的物品一股脑地掏了出来。每掏出一件物品，她的心就仿佛被刀狠狠地砍了一下，好心痛啊……

眼眶终于承受不住豆大的泪珠的重量，如断线的珠子般簌簌下落，当最后一件物品从身上脱离，知了哇一声大哭起来，向树林深处泪奔而去："呜哇……你欺负小孩子……"

听着在树林中久久回荡的哭声，慕轻寒脸露恻隐之色，犹豫着开口："你这样是不是……太过分了？

系统提示：恭喜玩家夜初寒和玩家落雪轻寒合力完成连环任务：第一环——初遇神偷知了，任务奖励为所取得的物品。

突然弹出的系统提示令她一惊，她这才记起，在《乱世》中，任务是可以通过组队共享的。但她记得，她从来没有接过这样一个任务，应该是夜初寒吧？

"哎？原来是任务？"可是，这个任务怎么会那么……古怪？

夜初寒点头，随意"嗯"了一声，语气更是风轻云淡："以前无意接的一个任务。"

"……"

听他这语气，似乎早将任务忘得一干二净了。

"不对啊。"慕轻寒轻轻皱眉，支起下巴做思考状，继续问，"但你怎么知道她就是知了？"

"开始还不敢确定，后来她自报家门就肯定了。"

"……"慕轻寒再次无语，心里暗暗同情知了的遭遇。所以说，即使身为神偷，也要有精明的头脑才行啊……

她动了动唇，正要说些什么，却见远处传来了鸟儿拍打翅膀的声音，紧跟着，只见一只雪白的信鸽落在了夜初寒手中，化作白色的字条。

夜初寒展开字条，扫了一眼，眉宇却无意识地蹙起来，他停顿片刻，毫不犹豫地将字条捏成碎末。慕轻寒还在发怔的时候，他已将地上的物品全部收拾起来，随手将几块黑色的小木牌扔到她手中："这玩意你拿去玩，不喜欢就扔了吧。我先下了，最近几天都不会上，有事就去找乱码先生。"

哎？某人依然处在呆怔状态，目光触及手中的物什时，猛地吓了一跳——建城令？

他说……你随便拿去玩，不喜欢就扔了吧……

她刚才，是不是幻听了？

她连忙抬起头："啊！等——"最后一个字还未说出口，眼前

的人已化作一道白光，下线了。

金色的暖阳中，微风荡漾，空气中依然残留着属于他的清新气息。

慕轻寒在原地僵立许久，终于疲倦似的长长叹出一口气。她抬头望向碧蓝天空上的太阳，眯起眼睛，一阵细微的眩晕感油然生出。

空气如同绷紧的琴弦被松开的那刻一般，忽然剧烈地动了一下。

"谁？"她突然如被针扎一般弹跳起来，警惕地四周环顾起来。

哗啦哗啦……

周围的树丛仿佛受到了惊吓一样，不约而同地剧烈颤抖起来，发出了急促的沙沙声。一向敏感的慕轻寒感受到了空气中紧迫不安的气息，眉心一蹙，正要逃离，却已经迟了！一群手持刀剑的玩家从周围的树丛中蜂拥而出，将她团团包围起来！

慕轻寒看着那群紧张得连武器也握不稳、踟蹰不前的玩家，心中竟越发淡定，蹙起的眉宇也不由自主地舒展起来。她从容不迫地环视着将她密实围起来的玩家，最后视线落在了一名眉目俊朗的男子身上，冷哼道："逝水年华，怎么又是你？"

"哈哈，落雪轻寒，想不到你也有今天吧？"逝水年华儒雅的笑容中带着隐隐的怨恨，用满是幸灾乐祸的眼光打量着她，似乎嘲笑她也有今天的遭遇。

慕轻寒淡淡地扫了他一眼，不慌不忙地开口："你……"

仇人见面分外眼红，慕轻寒这丝毫不将他放在眼里的态度刺激了逝水年华，他暴躁地打断了她："你什么你！别以为蒙上面纱我就不认得你了！死人妖，知趣的就将那块建城令交出来，那么本帮主还会考虑放你一马！"

慕轻寒眼中寒光闪过，嘴角扬起一抹似笑非笑的弧度："你跟踪我？"

逝水年华立刻像被踩到尾巴一样跳了起来，神色慌张地掩饰道："谁说的！我只是……呸！我为什么要跟你这个人妖解释啊，快将手中的建城令交出来，不然休想离开！"他气急地怒吼一声，将矛头全对准了慕轻寒。

"哎呀，逝水年华'副'帮主，你这不是欺人太甚吗？我是不会将它交给你的。"她特意咬重了"副"字的字音，似乎在提醒对方什么事情，她本人却装出了一脸纯良无害的样子。

慕轻寒的话果然戳到了逝水年华的痛处，他被怒火烧红了眼睛，咬牙切齿道："一句话！你交还是不交？"

慕轻寒打个哈欠，态度散漫："那就看你有没有这个本事了。"

她漫不经心的态度更是激怒了他，他急躁地跳了起来，大手一挥："你敬酒不喝喝罚酒，很好！你曾经杀了我三次，我今天就将你轮白！兄弟们，上！"

逝水家族的帮众相互对视了一下，纷纷举起手中的武器，向着慕轻寒发动攻击！

其实看见逝水年华出现的那一刻，慕轻寒心中已经形成了一个应对计划。当对方喊出攻击的命令时，她悄悄开启了隐藏面纱中的隐身功能。

在逝水帮众蜂拥而上的时候，却惊奇地发现落雪轻寒的身影竟在瞬间消失不见。帮众们目瞪口呆地紧盯着面前已空无一人的地面，面面相觑，完全没有下线的征兆，她居然就这样凭空消失了！

难道落雪轻寒还有瞬间转移之术不成？

"副帮主，她不见了！"

逝水年华双拳握紧，气得直咬牙："该死！又让那死人妖逃了！"

暂时隐去踪迹的慕轻寒在一旁暗暗窃笑，她摸出了以往用来做刺杀任务的匕首，脚步轻盈地向着身旁的一名帮众走去。

只有十秒的时间，可这已经足够了！

脚尖一旋，锐利的匕锋朝对方的脖子上一抹，身体灵活流畅地转到逝水年华身旁的那一瞬间，被她刺中的人已化作白光重生回城！

逝水年华被这突如其来的变故吓了一跳，顿时大惊失色，连忙高声提醒周围的人："不对，她还在附近，大家小心！"

丝毫不给他反抗的机会，因为时间是那么短暂，慕轻寒眼睛一眯，以迅雷不及掩耳之势将匕首狠狠刺入他的心脏——

还没有弄清状况的逝水年华只觉右胸一阵刺痛，视线已被一阵白光覆没！

"你……你……"逝水年华瞳孔收紧，双目愕然地望着突然出现在自己胸口的匕首，他根本就没有挣扎的机会！

在意识即将消亡的那一瞬间，白光之中爆发出一声惊天动地的怒吼："落雪轻寒！"

仅剩三秒！

时间不允许慕轻寒将全部逝水帮众解决掉，而更不幸的是，她身上也没有带回城符、免死亡惩罚之类的道具，强行下线可不是明智之举，那么仅剩的方法就是逃！

她紧握手中的匕首，脑袋在飞快运转，焦虑的目光落到原先那群帮众藏身的树丛时，脑中灵光一闪，心里突然有了主意。

还有一秒隐藏纱巾的效果即将消失！她一个箭步冲向包围圈的一端，动作极快地一记横扫，顺利打开了一个缺口，在真身现出的那一刻头也不回地扎入了树林深处！

失去了领导的逝水帮众就如同一群无头苍蝇，眼睁睁看着慕轻寒从眼前逃脱，站立在原地不知所措。

"还愣着干吗？快追啊！"不知是谁喊了一声，帮众们这才如梦初醒，手忙脚乱地去追那道早已没入树林的身影。

慕轻寒躲在树上，浓密的树叶遮蔽了她的身影。她拨开眼前的树叶，居高临下地俯视着从树旁匆匆奔过的逝水帮众，纱巾之下，嘴角掀起一抹讥讽的弧度。

杂乱的脚步声逐渐远去，待再也看不见那群逝水帮众的身影，慕轻寒才不慌不忙地从树上跳下，轻盈地降落到地面。她打开人物控制面板，才赫然发现自己的罪恶值已达到了320！而她现在的人物 ID，也变成了醒目的鲜红。

这么高的罪恶值，红名也是必然的。

她叹了口气，不在乎地摇了摇头，恐怕有阵子不能回城了。

只是，她要去哪儿练级洗罪恶呢？既要适合自己的等级和能力，又要避开密集的人群，更要逃避逝水家族的追杀……除了隐藏地点，这种地方真是少之又少啊！

对了！隐藏纱巾！慕轻寒眼睛一亮！她怎么忘了，隐藏纱巾还有隐藏人物信息这一项功能没有启用！这么想着，她当即开启了纱巾的人物信息隐藏功能。

系统提示：确认开启隐藏功能？

慕轻寒毫不犹豫地选择了"确认"！紧跟着，就听见系统柔美的女声提示音："请输入新的游戏角色名称。"

哈？新的游戏角色名称？这是什么？她双眉轻挑，尽管疑惑，还是随口说了一个名字：落樱飘雪。

系统提示：角色落樱飘雪创建成功！

系统提示：玩家落樱飘雪初入江湖。您现在的角色等级为：1级。

1……1级？

慕轻寒大吃一惊！她没听错吧？她怎么成了1级了？来不及仔细查找原因，她的眼睛就被周身突然泛起的白光刺得睁不开来。脑袋一阵轻微的眩晕，身子仿佛悬空飘起一样，这种熟悉的感觉，似乎是……

被、传、送、了！

系统提示：您的等级不足30，无法进入地图无花涧，您将被随机传送到新手村。

声音的回响化作一片嗡然，在她的脑海中炸响！

怎么回事？感觉到周身的白光已经消退，慕轻寒茫然地睁开眼睛，尚未反应过来的大脑昏昏沉沉，突然映入眼帘的景象却让她大吃一惊。

阡陌相通的道路在田间穿插，简陋的茅屋草房错落零散地分布，袅袅炊烟自屋顶升腾而起。

田野里，鸡鸣犬吠，绿树成荫。

玩家们在周围忙碌地来回穿梭，也有不少玩家站在路边叫喊：

"组队杀野猪，还缺一个位置！"

"速度速度，除草任务还缺一个人！"

"有人要组队吗？"

可是，这分明是……

新手村！

慕轻寒难以置信地望着眼前的景象，只觉得不可思议，难道都是纱巾的作用？她下意识向脸部摸去，却只抓到了一把空气！

纱巾呢？她的心猛地跳快了半拍，连忙低头去找，却更加震惊地发现自己那套冰雪传说套装居然不翼而飞了。而此刻她穿在身上的，是一套普通的布衣白装……

"我的装备呢？"她惊呼出声，连忙打开了人物控制面板——

**人物名称：落樱飘雪（切换角色：落雪轻寒）**

**等级：1**

**……**

人物信息完全改变了，只是名字的旁边多了一行醒目的蓝色字体：切换角色。

慕轻寒总算放下心来，同时有种无语的感觉。

在《乱世》中，养生舱只能绑定唯一的一个身份，而每一个人只能创建一个角色。

而她如今……这算不算，开了个小号？

"前面那位姐姐！"

听到有人喊她，慕轻寒下意识转过头去。只见一个娇俏可爱的碧衣少女正向她跑来，用绿丝绦束成马尾的长发在脑后飞扬。

慕轻寒不确定地问道："你是在叫我吗？"

"是的！"碧衣少女在慕轻寒身前刹住脚步，双手撑着膝盖喘气，缓过气来解释道，"我们队还差一个位置做任务，但是新手村要做这个任务的新人不多，找了半天也没有凑够人数，不知道姐姐能不能加入我们队？"

"好啊！"慕轻寒欣然接受。

"太好了！"碧衣少女欢呼道，"姐姐叫什么？我叫云影箫笙，目前2级。"

慕轻寒抽回思绪，顿了一下，回答："落樱飘雪，嗯，刚刚注册，所以……还是1级……"

话音刚落，就听见系统提示音响起——

系统提示：玩家云影箫笙请求加您为好友，是否同意？

系统提示：玩家云影箫笙已与您成为好友，祝游戏愉快。

互加了好友后，云影箫笙笑了笑："那我以后叫你落樱姐姐好了。对了！我先联系队长，让他加你入队——啊！队长！"她突然眼前一亮，兴奋地朝前方招了招手。

慕轻寒顺着她招手的方向看去，果然看到了一名寡言冷峻的帅哥向她们走来，他身后还跟着一对长得眉清目秀的双胞胎男子。

"云影，找到人了吗？"其中一个双胞胎笑容灿烂，用友善的目光打量着慕轻寒。

云影箫笙点了点头，对那位冷面帅哥说："找到了！队长，你加她进队吧！"

冷面帅哥面无表情地望了慕轻寒一眼，冷冷吐出两个字："名字？"果然性格如其样貌，连说话也惜字如金。

慕轻寒连忙回答道："我叫落雪……落樱飘雪，1级新人一个。"

不等冷面帅哥答话，双胞胎中刚才开口的那位马上抢过了话题，嘻嘻笑道："落樱美女你好哇，我叫月黑风高。"

慕轻寒大囧："为什么不是'夜黑风高'？"

"我喜欢！月是我的名字嘛！"

"……"慕轻寒将目光转向另一名双胞胎，"那你呢？"

"噢，我叫杀虫日，这名字不错吧？"名曰"杀虫日"的双胞胎得意扬扬。

月黑风高杀虫日……

慕轻寒彻底无语了，只好将目光转落到冷面帅哥身上。似乎明白了她的意思，不等她开口，冷面帅哥已经抢先出声了："逆瞳。"

慕轻寒没有听清他的话，一时蒙住："哈？"

云影箫笙见状，凑近她耳边小声解释道："队长的意思是说他叫逆瞳。"

慕轻寒方恍然大悟地点了点头，莞尔微笑道："你好。"

逆瞳不愧是冰山型人物，只是向她微微颔首当做答应。

将慕轻寒加入队伍后，他亦只是淡淡吐出两个字："走吧。"

"对了，任务是什么？"经逆瞳发出命令的提醒，慕轻寒这才想起什么，连忙发问。

热心的云影箫笙给她解释："噢噢，这个嘛，很简单的了。要杀400只任务怪物，但一定要凑够五个人。"

慕轻寒脸上露出惊讶的神情，400只？也太多了吧？她又问："那要杀的是什么？"

双胞胎望了她一眼，立刻愉快地异口同声道："杀兔子！"


去杀兔子的地点距离新手村有一段路程，于是一路上的空闲时间，大家都用在聊游戏最近的八卦上了。

而话题，是由月黑风高无意提起的："哎，你们听说了吗，最近游戏里发生的大事？"

八卦是女人的天性，这句话说得一点也没错。月黑风高话音刚落，云影箫笙立刻语带好奇地出声追问："什么事？快说来听听。"

"就是传说中那个万年第一……"

慕轻寒身子一僵，但依旧故作镇定地望向远处，假装听不见他们的对话，却听云影箫笙"啊"一声惊叫了起来："什么？夜初寒跟落雪轻寒结婚了？落雪轻寒不是男的吗？不不不，我的意思是，那两人都是男的呀……"

慕轻寒忍不住嘴角抽搐。为什么连新人都认为她是男的？

"是啊是啊，听说两人结婚后，BBS上掀起了轩然大波……"杀虫日添油加醋地将他所知道的描述了一遍，"接着逝水年华知道两人成亲后恼羞成怒，马上带了一队人去截杀落雪轻寒。哈！新时代的三角恋情！"

云影箫笙一脸怀疑："你怎么知道的？"

"哈，我刚刚在世界的布告栏上看见了逝水年华发布的万金悬赏刺杀落雪轻寒的消息。"

"那你又怎么知道是情杀？"

"我猜的。"回答得理所当然。

"……"

于是一路上，慕轻寒听着一条条令她心惊肉跳的绯闻，终于在痛苦而漫长的煎熬中到达了目的地——新手村的野外平原。

眼前是一望无际的草原，碧绿如茵的草地犹如一块绿色织锦，蔓延伸展向无尽的远处。成群的绒毛兔子在草丛中来回蹦跳，一对红色的小眼睛骨碌骨碌地转着，可爱的外表惹人怜爱。

兔子们的头上顶着一个大大的绿色字体"小白兔，3级"，似是在诉说着自己的无害。

这些兔子萌物果然轻易地激起了女孩子的同情心，云影箫笙都不忍心下手了，一直用可怜兮兮的目光望向队长。

一直一言不发的队长同学垂下刚抽出长刀的手，缓缓开口："快点吧，要不然今天就完成不了任务了。"

见抗议无效，云影箫笙只好打消了同情兔子的念头，学着慕轻寒一样抽出自己的武器杀起兔子来。

慕轻寒握着系统赠送的新手小木剑，习惯性往兔子堆一记横扫。若是平时剑尖擦过的地方必定会泛起连片的白光，可如今……

木剑戳到的兔子头顶冒起一个鲜红的"-5"，连片的"-5"看上去格外耀目，像是在嘲笑慕轻寒的"不自量力"。

被刺中的兔子们身子立刻紧绷，像是受到了刺激，纷纷将仇视的目光对准了慕轻寒，那原先像红宝石一样明亮的眼睛更化作了嗜血的赤红。温驯的兔子瞬间变作凶猛的野兽，张开血盆大嘴争先恐后朝慕轻寒扑去！

慕轻寒一惊，长久积累的杀怪经验令她下意识夺路而逃，同时挥剑去驱散拼命扑来的兔子。

嗖——

白影如劲风从身边掠过，精确无误地咬住了她握剑的手腕，牙齿狠狠刺入她的肌肤中！

慕轻寒手腕一阵剧痛，手中的木剑应声掉地。很难想象，她居然被一团毛茸茸的兔子咬了！尽管兔子攻击力不高，但死咬着不松的伤害值累加起来却高得惊人！她手脚并用十分艰难地甩开了手上的兔子，结果自己仅有的100点生命已去了大半！

她难以置信地看着那几只兔子，只见那几只来势汹汹的兔子渐渐平静下来，抖了抖长长的耳朵，簌簌地蹦回原来的地方，继续悠闲地……吃草……

"落樱姐姐！你没事吧？"一个着急的声音自头顶传来。

慕轻寒下意识抬头，映入眼帘的是云影箫笙担忧的脸。原来她在听见慕轻寒那一声惨叫后，马上扔下手中杀了一半血的兔子，匆匆跑过来察看情况。

"兔子会咬人……"慕轻寒看着手上沁出血丝的牙印，忍不住皱起了眉，同时眼中闪过一丝疑惑不解。

奇怪，为什么不过3级的兔子，会有这样大的攻击力？

"啊？"云影箫笙一脸莫名其妙，"兔子不会咬人啊，我砍了那么多下，它们动都没动一下！"

"什么？"慕轻寒还以为是自己的耳朵出现了幻听，难道是兔子们故意针对她？

"喏，你看。"云影箫笙说着，举起手中的剑往身旁的兔子身上连刺几下，小白兔抖了抖，血条见底，轰然倒地。

慕轻寒僵了一下，顿时纠结了！怎么回事？难道是她RP太低了？人倒霉起来，连兔子也要咬她？再抬头看看其他人——队长逆瞳虽不擅长说话，但杀起怪来一点也不含糊，动作麻利地一刀接一刀，三刀下去，就能解决一只兔子；双胞胎兄弟更是无比悠闲，并肩坐在树下哼着歌儿，像是敲击乐器一样一下有一下无地敲着兔子……

但相同的一点是，兔子们都乖乖蹲在原地，任由他们砍敲打杀。

"……"某人不觉有些风中凌乱！

为什么偏偏是她被咬了？

"落樱姐姐，莫非你杀兔子的时候戳到了它们的眼睛？"云影箫笙像是想到了什么，一拍脑门，"哎！我记得官网上的资料介绍说，有些怪被戳到眼睛会发生异常反应，不过这个时候它们也会变得很弱……"

云影箫笙的话令慕轻寒稍微一怔。戳到兔子的眼睛？这个她倒是没有注意到。她当时只是习以为常地认为自己能将兔子秒掉。果然是秒杀秒多了，兔子也不会杀了，甚至连一个新手也比不上，说出去真是引人发笑。

不过，既然兔子们发狂的时候也是它们最弱的时候，那么她可以利用这个弱点……想到这里，慕轻寒眼睛一亮。

"落樱姐姐？"云影箫笙唤了她好几声也没有得到回应，不由得担忧地扯了扯她的衣角，"落樱姐姐，你没事吧？"

谁知慕轻寒突然从地上跃起，将云影箫笙吓了一跳："发生了什么事？"

她嘴角扬起了一个自信的笑容："没事，我只是突然想到了一个更好的方法。"

云影箫笙惊讶地看着她大步流星地回到兔子堆中，重新拾起掉落到地上的木剑，然后力道极狠地朝一只白兔的眼睛砸去！

"落樱姐姐！不！你要干什——"云影箫笙脱口惊呼出声！

可是刚喊完，她才发现，自己的担忧是完全多余的。原本在地上安静吃草的兔子果然发了疯般弹起，以破竹之势冲了过来！慕轻寒手腕灵活一转，空气发出一声木剑划过时的颤鸣，剑刃准确无误地劈落到跃到半空的兔子身上！

白色的绒毛团重重摔落到地上，血条瞬间去了大半！

"云影，看吧，这种方法果然行得通！"她满意地点了点头，剑尖一翻，又在挣扎着想要起身的兔子身上补了一剑——兔子轰然倒下，化作一堆经验消失了。

"……"云影箫笙呆若木鸡地看着慕轻寒的一举一动，眼中的愕然逐渐转化为崇拜！太厉害了！

一翻！一劈！一刺！势如破竹！

慕轻寒动作利索地将一只只兔子送入地狱，逐渐把握了节奏的她眼中的神采越发清亮，连贯的杀怪动作越发流畅迅速，很难找到一丝破绽。一种夺目的光彩自她身上散发而出，轻易将所有人的目光都吸引过去了。

仿若有一道劲风在草地上呼啸而过，草原上卷起一道道白兔死亡时发出的白光。

杀兔子的快意让慕轻寒有种回到落雪轻寒这个身份的错觉。

没错，就是这种淋漓畅快的感觉！

她轻扬起一抹自信的笑容。

是谁说没有好的装备就不能干出一番成绩？装备固然重要，但最主要的是懂得杀怪的技巧！如果掌握了技巧，一个新手也能像高级玩家一样达到秒杀效果。

当初的落雪轻寒，就是这样走过来的。

远处的逆瞳无意间瞥到了慕轻寒的举动，冰冷的瞳眸中漾出了一丝掩饰不住的惊讶。坐在树下悠然杀怪的双胞胎将嘴巴张成"O"形，敲打兔子的动作渐渐慢了下来，最后竟不知不觉地停止了，他们仿佛看到了奇迹……

"她她她……"杀虫日依旧保持着手定在半空的动作，说不出一句话，另一只手在拼命扯着自己兄弟的衣服。

月黑风高仰头望天，翻了个白眼，发出一声感叹："不知是谁曰'宁可得罪小人，不可得罪女人'。"

慕轻寒不费吹灰之力杀着兔子，经验条飞速飙升，不消片刻已经升到了3级。她似乎觉得这样一只只杀着没意思，索性手一扬，如出一辙地劈了一群兔子！

面对一大片充满敌意和仇恨的小白兔，她并没有像初始时那么慌张仓皇，而是从容镇定地掌控了整个局面！一记横扫，轻而易举就将蜂拥而上的兔子尽数劈落！

经过几番硬碰，兔子们似乎明白了面前这个女人不好惹，于是纷纷掉头，如万弹齐发般猛朝树荫下那对双胞胎兄弟撞去。

双胞胎被这突如其来的变故吓了一跳，立刻从地上弹跳起来，抱头鼠窜。

月黑风高拼命奔逃着，手忙脚乱地往嘴里塞了一大堆药，也不管是有什么效用的，他惊慌失措地回头朝慕轻寒高喊："落樱美女，你别乱来啊——"

慕轻寒听到这一声呼救后一怔，趁杀死兔子的空隙回头一望，这才发现身后的两位倒霉蛋，于是慌忙报以歉意的笑容："对不起啊，我……"

可话未说完，她的声音便戛然而止，额上挂下三条"黑线"。

"啊啊啊啊啊——"

兔子的"仇视"时间已经过去了，但双胞胎兄弟依然高扯着嗓子，在风中狂奔……

一天的时光就这样在杀兔子任务中度过了。当又一只兔子被慕轻寒虐死的时候，升级提示和任务完成提示同时响起。

系统提示：恭喜玩家落樱飘雪升到6级，请再接再厉！

系统提示：恭喜玩家逆瞳、玩家月黑风高、玩家杀虫日、玩家云影箫笙和玩家落樱飘雪共同完成杀兔子任务，请回清沙村村长处交付任务。

杀了400只兔子，竟不知不觉升到了6级！

慕轻寒有些疲倦地长舒了一口气，脸上却露出了愉悦的笑容，好久没试过这样畅快地杀怪了。

她跟着其他几人收起武器，准备收队回村领取奖励的时候，不可思议的事情发生了。

晴朗的天色骤变，风起云涌，周围的树木哗啦啦地碰撞起来，兔子们似乎受到了什么惊吓，惊慌失措地四处逃散，不一会儿已经不见了踪影。

众人只觉得惊讶，突然一股无形的压力迎面冲击而来。

轰——巨响呼啸，大地剧烈地震了一下！慕轻寒等人的身体随着地面的震动剧烈摇晃起来，差点因为站立不稳而摔倒！

"怎么回事？"

天色越发阴沉，风咆哮着奔腾而过，大地的强震不但没有停歇，反而更加猛烈地震动了一下、一下，又一下……

轰隆——轰隆——轰隆——

远处隆隆的震动不断迫近，飞沙走石，乌云滚滚，空旷的原野回响着狂风的呼啸，令他们睁不开眼睛，纷纷用袖子遮掩着眼睛。

队长逆瞳深知现在的情况岌岌可危，这样以袖掩目失去了视野只会更加危险，于是迎着狂风向大家高呼："大家快到安全的地方……"可话未说完，他的声音就被一阵狂啸的声音吞没。

暴风刮得大家东倒西歪，连站稳的力量也没有了，更不要谈逃跑了。

正当众人慌乱无措的时候，怒吼的暴风逐渐减弱了，最后慢慢成了如常温柔拂面的微风。乌云拨开，那暗淡的天色也逐渐明朗起来，一切恢复如常，仿佛刚才的一切只是错觉。

虚惊一场？原本还是风起云涌，怎么就突然恢复如初？

众人面面相觑，倒是慕轻寒最先反应过来，提醒道："还是快点离开吧，或许刚刚只是假象，但这里不宜久留。也许多留一刻，危险就会多一分。"

她的话得到大家的一致认同，逆瞳点头道："没错，大家赶紧——"

话未说完，就被云影箫笙一声惊叫打断："落樱姐姐，小心！"

慕轻寒瞧见逆瞳欲言又止，双胞胎兄弟和云影箫笙同时惊恐地瞪大了眼睛，不觉心生疑惑。她向队友投去询问的眼神，还未开口，就觉得后脑勺一阵凉风扑来，一道阴影向着她覆盖而下。

她下意识地转过身去，只见一只足有一头牛那样巨大、头顶着"风之隐兔，？？？？级"的兔子以泰山压顶之势向她扑来！

一只兔子boss？

云影箫笙失声尖叫，三位男生同样脸色大变。

居然是看不到级数的兔子！

在《乱世》之中，如果怪物比自己高出10级或以上，除非有窥探术，否则是不能看到它的等级的。

这么说来这只兔子起码在16级以上？

慕轻寒脸色一变，现在逃跑已经来不及了。她知道自己难逃一劫，索性孤注一掷，将自己手中的剑当做投掷物品，用力朝兔子压来的方向扔去！

当众人都以为慕轻寒必死无疑的时候，奇迹发生了。只见那把轻小的木剑在半空划出一道漂亮的弧线，然后，不偏不倚击中了迎面而来的风之隐兔 boss。

一记爆击！大大的鲜红 "-100" 在兔子头顶冒出，它的身体在半空定了定，随即被周身泛出的白光淹没，化作一大堆铜币装备纷纷落地！

系统提示：恭喜玩家落樱飘雪杀死了 20 级隐藏 boss 风之隐兔，获得风之隐者称号，风之剑一把，独立经验 1000 点。

系统提示：恭喜玩家落樱飘雪升到 7 级……

系统提示：恭喜玩家落樱飘雪升到 8 级……

系统提示：恭喜玩家落樱飘雪升到 9 级，祝你游戏愉快！

隐藏 boss！居然是隐藏 boss！在《乱世》里，如果有幸组队杀死隐藏 boss 的话，不但可以得到应有的组队奖励，而且给 boss 最后一击的人，还可以得到称号和隐藏奖励！

不过，这隐藏 boss，就这样死了？

望着地上掉落的一大堆奖励物品，莫名其妙就得到了一大堆经验的云影箫笙四人脸上的表情逐渐转为错愕。

看着哗啦哗啦猛涨的经验条，慕轻寒方如梦初醒。握着系统奖励的蓝光闪烁的风之剑，她越发觉得不可思议。她竟然一击将那个 boss 秒了？怎么可能？那个兔子明明比她高出十多级呢！

"我不是在做梦吧？好痛！"云影箫笙目光呆滞，不自觉地用力捏了自己一下，顿时吃痛地叫出声。

月黑风高几步走到那一堆奖励物品前，捡起一件件装备查看属性，疯了般狂笑出声："太爽了！我长这么大，从来没有见过这么一大堆钱啊！哈哈哈哈哈……"

"喂！你别自己一人全吞了！"杀虫日见状连忙扑上去，跟他抢夺起来。

云影箫笙焦急地冲上前阻止两人："你们别这样，这 boss 是落樱姐姐打的，应该由她先挑！"

只有逆瞳默默地站在一旁，不动声色地打量着慕轻寒，深邃的目光中多了几分探究。

"太神奇了！"

那边的慕轻寒还未完全清醒过来，只是在拼命猜测她杀死 boss 的原因，突然被杀虫日一声高呼打断了思绪："落樱美女，这碧箫是女生专用的，你要不要？"

慕轻寒回过神，迷茫地"啊"了一声，看见杀虫日举着一支浑身碧绿通透的玉箫朝她招手，她忙走了过去，接过碧箫一看——

【武器】

名称：风之碧箫（女）

属性：无等级限制。力量 +20  感知 +10  防御 +10  命中：+5

绑定后不可掉落，不可交易。

吹奏时有 20% 的机会对 30 米范围内的敌人产生眩晕后果，持续 15 秒。

碧箫虽呈现碧绿的光芒，但浑身隐隐泛出蓝光，一看就知道是精良装备。也是，隐藏boss爆出的东西肯定不会差到哪里去的！

慕轻寒瞟了这支碧箫几眼，毫不犹豫地将它递给了云影箫笙："给你吧。"

"啊？"云影箫笙受宠若惊，又有些难以置信，"落樱姐姐，你不要吗？这可是蓝色装备！"

蓝色装备，对于一个新手玩家来说，是多大的诱惑，慕轻寒自然清楚。

"你拿着吧。"她将风之碧箫塞入云影箫笙手中，莞尔一笑，"我不习惯用箫，这支箫又是女生专用，你不要我也是拿去卖掉，到时候钱也是我们几人均分，系统也奖了一把蓝剑给我呢！喏，你看！"说着，她晃了晃手中的剑。

"好！那我就不客气了！"其实云影箫笙也不是忸怩的人，只是刚才觉得自己没有什么贡献，所以不好意思拿，但听慕轻寒这样一说，也就坦然接受了。

云影箫笙接过风之碧箫，当即将它绑定，脸上露出毫不掩饰的喜悦，爱不释手地抚摸着晶莹通透的箫身。

爆出来的金钱按人数平均分配，其中爆出了一把长刀分给了作为队长的逆瞳，剩下的全被双胞胎兄弟收入囊中。两人将地上那堆装备瓜分完毕，十分满意地拍了拍各自装得满满的储存空间，同时

发出一声感叹："有钱人的感觉，太爽了！"

不愧是双胞胎，连语气都那么一致……

在一旁默默无声的逆瞳开口了："我们该回村交任务了。"

一句话令众人恍然，恋恋不舍地跟上了队长的脚步。

很不凑巧，就在这时，不远处的草丛中传出一阵喧哗——

"真倒霉！明明还剩100点血，就被它跑了！"

"大哥，那该死的兔子不见了！"

"什么？怎么会不见了？老子明明看见它往这里跑了！"

"可是它真不见了踪影，前面就是新手村了——大哥，有人！"

"唔？"

随着杂乱的谈话声，七个清一色手持长枪的男玩家从高而密的草丛中走出，视线纷纷向几人投射过来。

"是逝水家族的人！"慕轻寒眼尖地认出了他们衣服上的家族徽章，不由得压低声音提醒道，"大家小心。"

"为什么啊？我们又没有得罪他们。"杀虫日茫然地看着她，一脸不解。他们这样的新手，这种帮派的成员应该不屑一顾才对！

月黑风高附和道："对啊对啊！"

逆瞳皱起眉，露出一脸凝重的表情："我们抢了他们的怪。"

"原来刚才的怪……"慕轻寒猛地醒悟过来。她总算明白，为什么刚才她能轻易秒掉boss了，原来那boss只剩下一层血皮！

果然是冤家路窄！眼角的余光无意瞥见云影箫笙还拿着碧箫在一旁发怔，不由得着急喊道："云影，快把箫收起来！"

可是已经迟了，那边逝水家族的人已经发现了云影箫笙手中的碧箫，刚才喊大哥的那一位小战士再次大喊起来："大哥，快看那个女人手上的箫！他们抢了我们的怪！"

话音刚落，慕轻寒只觉眼前一花，那七个战士已经哗啦哗啦围了上来，将他们的去路堵了个水泄不通。

好高的敏捷度！慕轻寒心中暗惊。这几个玩家应该都有15级以上的水平吧？对付一个还能勉强应付得来，现在对上几个……

她的目中露出凝重的神色，心里知道不妙，暗暗握紧了那把刚刚绑定的风之剑。几人颇有默契地同时转身，组成一圈面对着敌方，一致将背交给了队友。

云影箫笙紧张得冷汗直冒，连声音也有些发颤："怎么办？"

"你们抢了我们的怪？"那群战士中被唤作大哥的领头阴沉着脸色，恶狠狠开口质问道。

正对着他的杀虫日不满地回瞪过去，朗声道："谁说我们抢了你们的怪？那兔子自己冲过来，我们不杀它，难道还等着它扑上来将我们杀了？"

他这一声反驳引起了那帮逝水成员的不满，其中一名战士更是大喊出声："大哥，别跟他们废话了，这种新人就是不知死活！赶紧杀了他们，将装备爆出来吧！"

那名领头露出凶狠的表情，威胁道："赶紧将装备交出来，我就……"

慕轻寒冷笑着打断他："你的目的只有装备吗？交了装备你们还会放我们走？"这种狗血的抢怪剧情她见多了。若是他们轻易交出装备，那几个人也会将他们杀了吧？何况他们还是一向恃强凌弱的逝水帮众。与其服软后被杀掉，还不如跟他们拼上一场！

"对，装备我已经绑定了，不能还了。要装备没有，要命一条！"云影箫笙鼓起勇气还击，反正她新人一个，也不在乎被杀，大不了重新练一个号！

月黑风高和杀虫日一脸大义凛然："对！装备我们是不会交的，有本事杀了我们！"

逆瞳虽不语，但从那凝重的神色看，他已准备与几人硬拼了！

被说中心事的几名战士脸色一僵，眼中的怒火更盛。没见过抢了怪还这么嚣张的，还一副被欺负的模样。

那领头被几人气得脸色通红，几乎想要吐血！他感觉面子尽丢，一挥手，愤怒地叫喊起来："兄弟们，将他们杀到0级！"话未说完，一阵激烈的杀气已从几人身上爆射而出，压迫得令人窒息。

七支长枪黑亮的枪头寒光连闪，七名战士手腕熟练一翻，锐利的枪头直指而来——

"等等！怪是我杀的，抢怪的是我，与其他几人无关。你放他们走，我任由你们将我杀到0级！"慕轻寒高声打断七名战士的动作，清朗的声音轻易地将那股杀气瓦解掉。

反正这号才不过9级，没什么好可惜的，若云影箫笙他们走了，她还能暗地里用落雪轻寒这号将他们杀掉！没错，慕轻寒打的就是这个主意！

"落樱姐姐！"云影箫笙几人露出难以置信的表情。

那名领头眉心拧起，露出深思的表情，其余六名战士纷纷将目光投向他。

良久，他终于点头："好，放那几人走，留下这个女人！"

"谢了！"慕轻寒朝几人感激一笑，又向队友们打了一个眼色示意他们赶紧离开，心中却打起了鬼主意。

几名战士纷纷露出不满的神色，但还是乖乖地让开了路，谁知，云影箫笙一声娇斥："不行，我们不走！"

杀虫日无比同意地点头，像是宣誓一样高声道："对！我们不能走！要生一起生，要死一起死！"

几人的神情都十分激动，一副大义凛然的模样。殊不知慕轻寒身体一僵，突然有种想要泪流满脸的冲动！杀虫日你这样壮烈干吗？又不是殉情……

慕轻寒嘴角那抹原本风轻云淡的笑容变得僵硬，看着那视死如归的几人，心中叫苦不迭："你们赶紧走啊！"

"不，落樱姐姐！"云影箫笙毫不犹豫地拒绝，表情淡然，眸光清澈坚定，"我们是不会走的！"

"对！"月黑风高和杀虫日连忙附和，"死了大不了重练！我们绝对不可弃同伴于不顾！"

逆瞳虽不语，也十分赞同地点了点头。

慕轻寒："……"

她也不知道说他们是英勇团结还是冥顽不灵好，握着风之剑的力道不由自主加紧了几分，心里飞快思索起来。怎么办？现在形势迫在眉睫，转换身份只行得通一时，反而会给自己带来更大麻烦。

也不能连累了其他几人……怎么办才好？逃跑？怎样逃？先不说敏捷远低于对方，现在被团团包围实在插翅难飞……等等！逃……逃！对了！

她回想起当日乱码先生狡诈逃下线的情景，心中一动！虽然在乱世里，只有30级以上的玩家才有每天一次在PK中"逃跑"下线的机会，但赶在开PK前下线，是完全没问题的！

她当机立断给每个人发了条私密短信。果然逆瞳几人收到私密短信后俱是一惊，纷纷将惊讶的目光投向她。

慕轻寒回以一个"放心"的笑容，此时她眼中的慌乱早已被不容置疑的镇定所取代。

"哈！一群逞英雄的家伙，抢了怪还如此嚣张。"领头的战士冷笑，看着僵持不下的几人，眯起的眼缝中闪过讥讽的光。他露出凶狠的神情，手中长枪一翻，枪头已对准慕轻寒几人！"就让我送你们一程！"

被长枪划响的空气猛地一震！七支长枪竟同时翻出，势必要夺取五人性命！

被困在圈中的五人似乎在劫难逃！哪知包围圈中接连亮起五道白光！

全部……下线了……

没有料到他们会有这么一招，七名战士惊得目瞪口呆，刺出的长枪来不及收回，就这样僵在了半空。

"大哥，他们下线了……"过了许久，终于有一个小战士结结巴巴地打破沉默。

领头的战士一脸被耍的愤懑之色，气得破口大骂："我去，居然被那几个兔崽子给耍了！"

他忘了还有下线逃跑这一招，还以为他们难逃自己的手掌心，真没想到那几个新人如此狡猾！亏他还纳闷这几个新手怎么都不反抗！换作别人好歹也砍他们一两下吧？

"大哥，那现在怎么办？"怪被抢了，折腾了半天居然是为他

们做嫁衣，现在人跑了，装备也追不回来……

"先看看情况。"

"这样……会不会不值得？"有位战士犹豫了一下，还是说出了心中的疑问，"那几个人不过是新手玩家，如果他们再也不上来或者删号重练，岂不是白白浪费了我们的练级时间？"

"对啊！"他的话引起了其余几位战士的认同，几人顿时有些不知所措了，都小声议论起来——

"那几件隐藏 boss 爆的装备可是极品，新手高手通用！"

"就这样让那几个新人捡了便宜，气人！"

"哼！如果再看见他们，一定杀到他们重生！"

"不。"领头的冷静地打断几人的窃窃私语，眯起的眼睛精光连闪，他冷哼一声，"说不定他们打的就是这主意！"

"大哥的意思是——我们误以为他们不会再上来，等我们走后，他们就会上线了？"

"没错！"领头的点头，目中迸出凶狠的光，"我们要守株待兔！等他们上来的时候，马上将他们杀掉！"

六名战士闻言，颇为默契地交换了一下眼神，一致将锋利的枪头翻转对准圈内，蓄势待发。

这时，又听一个小战士叫唤起来："大哥，要不要给蜜桃姐发个信？说不定会长正跟她在一起呢！"

那领头思索一阵，点头赞同："也对，那几个新人这样狡猾，或许会请帮手。"

于是，一声鸟鸣，一只通体雪白的飞鸽扑棱着翅膀没入了碧蓝如洗的苍穹深处……

慕轻寒下线后，并没有立刻爬出游戏养生舱，而是躺在舱内闭目养神，她在心里默默地计算着时间，其间还登入了玩家的个人空间。

个人空间是《乱世》考虑到广大女性爱美的本性，特意为女性玩家所设计。玩家在个人空间中，可以随意换装打扮，欣赏自己的模样，而从来没有踏足过个人空间的慕轻寒没想到，这在她看来无用的地方，竟会在今天派上了用场。

　　她面对着空间那面高大的镜子，才讶然发现，当她身为落樱飘雪的身份时，容貌居然有所改变。难怪几个新人和逝水帮众都没认出她是谁，因为连她自己也认不出自己了……没想到隐藏纱巾会帮她"易容"。

　　顾不上思考，她赶紧将身份切换，又将落雪轻寒的装备全部脱下，换上一套普通白装，再配上普通长剑，这时她的装扮俨然与一个新手无异。

　　准备就绪后，她深深呼吸了一口气，登入游戏场景——

　　亮起的上线白光还未消散，夹杂着杀气的凌厉劲风贴着脸部擦过，让慕轻寒脸颊火辣辣地刺痛。

　　"大哥，果然有人上线了！"伴随着兴奋喊叫而来的是连串的系统提示：

　　叮！

　　系统提示：您受到玩家大萝卜恶意的攻击，你有一分钟还击时间，此段时间内不产生罪恶值。

　　系统提示：您受到玩家二萝卜恶意的攻击……

　　系统提示：您受到玩家三萝卜恶意的攻击……

　　系统提示：您受到玩家四萝卜恶意的攻击……

　　系统提示：您受到玩家五萝卜恶意的攻击……

　　系统提示：您受到玩家六萝卜恶意的攻击……你有一分钟还击时间，此段时间内不产生罪恶值。

　　萝卜？这几个滑稽的名字险些让慕轻寒脚下一滑！但她无暇顾及这些事情了。

　　七支长枪同时刺中她的身体，七名战士不约而同地露出得逞的狞笑。

　　她必死无疑！

　　可是下一秒，七名战士脸上的笑容僵住！为什么她的头顶会飘起一个大大的攻击无效？

　　攻——击——无——效！

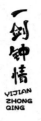

"怎么可能？"领头的战士大惊失色，还以为自己幻觉了，一咬牙，强作镇定地再补一枪！

当！火花在激烈的碰撞中飞溅而出，出招迅猛狠厉的枪被慕轻寒轻易格挡下来。六名战士握枪的手微颤，顿时面如土色。

怎么可能？她只是一个还没到 10 级的新人啊！可就是这么一个新人，明明只是一身白色新手装备，浑身却透出了尖锐冷冽的冰寒，随着空气慢慢渗入了他们的血液中，让他们的身体渐渐冻结……

在几个战士失神的那瞬间，慕轻寒眼中有锐芒闪过。

就是现在！她脚一踮，以自己为中心，身体快速旋转一周，手中雪芒流转的剑尖在圆圈外部划出一道完美的光环，毫不费劲地逐个击中！

八十九级和十多级的差距是什么？答案就是——

一招毙命！

七名战士连慕轻寒如何下的手也没有看清，就已被死亡的白光吞噬。

"不可能——"空旷的原野回响着领头的战士最后的愤怒咆哮，带着无尽的不甘和怒火，欲穿云霄。

"到底是谁不自量力呢？"慕轻寒听着他们难以置信的声音，心中十分愉悦，喃喃自语着将号切换回"落樱飘雪"。

正要下线，就听见身后一阵惊呼——

"轻寒？"

带着不能确认的语气的声音在耳边响起，跟记忆中夏淘淘独特的拖长音重叠在一起，让慕轻寒错愕。她转过身，有些愣怔地看着那抹水蓝的身影，无意识地脱口出声："淘淘？"

"啊，真的是你啊！你调整容貌了？"眼前一花，夏淘淘已一个箭步蹿了上来，抓住她细细打量起来，声音难掩惊讶，"可是，游戏调整容貌的系统不是还没开放吗？你怎么……"

慕轻寒不知怎样解释："我……"

她有些后悔了，听夏淘淘这么一说，才知道她刚才并没有真正认出自己来。

夏淘淘摆出一副被遗弃的可怜模样，努起小嘴："不是让你一上来马上联系我吗？你居然敢抛弃我？"

"呃……"慕轻寒神色尴尬地移开了视线，试图回避这个问题。说起来她的确是忘记了有这一回事……对了，夏淘淘好像跟她说过在游戏里叫什么桃来着？是了，冰蓝水蜜桃！

慕轻寒还在那里支吾着给不出合理的解释，而后者，夏淘淘同学，也就是冰蓝水蜜桃则气呼呼地瞪着她。

"好了，淘淘师妹，你把轻寒师妹给吓着了。"一个如沐春风的声音适时地插了进来，缓解了尴尬的气氛。

慕轻寒才注意到冰蓝水蜜桃身后那个一直被自己忽略的人。

就这么一望，全部话语在看见那个人后哽在喉咙里说不出来。

面前的这个男子，墨色长发高高束起，黑眸流淌着温暖笑意，嘴角微扬，笑容温和，衬上一套深蓝服装，气质文雅如高贵的公子。

颜千晨！可他分明又是……逝水无尘啊……那个一直被她视为敌对公会的会长，居然是她的师兄……

慕轻寒顿时产生了一种风中凌乱的感觉，真是人生无处不相逢！

"师兄？为什么会出现在这……不，我的意思是，你为什么会来到新手区？"慕轻寒黑眸微敛，压下内心的不安，故作好奇地问道。

逝水无尘朝着她的方向缓步走来，连微风似乎也被他温和的笑容所感染，染上一种柔和的气息，但这种暧昧的甜暖气息令慕轻寒的心愈发不安。

他在冰蓝水蜜桃身边站定，眼神温和地望向她："好久不见了，轻寒师妹，怎么来游戏也不告诉我一声呢？这几天我一直在带淘淘师妹。"

"师兄，好久不见，是这样的，我刚注册了号，跟一些朋友在做新手任务，所以还没来得及……"慕轻寒含混地跳过了这个话题，她的心思早已经转到"怎样毫无痕迹地逃跑"这个问题上去了，"可你们怎么会出现在新手村？"

"哦，你不说我还忘记了。"不等逝水无尘开口，冰蓝水蜜桃猛然醒悟般一拍脑门，"是了，刚才六萝卜给我发信息，说有一群

新手抢了他们的隐藏 boss，所以我跟师兄来看看是什么情况……对了，你有看见几个战士玩家吗？"

"六萝卜？"慕轻寒微愣，眼神开始飘忽，那七个滑稽的名字浮现在脑海中，她忍不住笑出了声。

"怎么？难道师妹你认识他们？"逝水无尘注意到她忍俊不禁却拼命忍笑的模样，黝黑的眸中闪过一抹意味不明的疑惑。

慕轻寒敏感地捕捉到他眼中那抹探究的神色，知道他心中有疑，于是"啊"了一声，假装十分不好意思地支吾道："这个……我说了师兄不要生气……"她的神色小心翼翼，黑眸里泛起了愧疚之色。

冰蓝水蜜桃皱了一下眉，立刻叫嚷起来："轻寒你真是的，这样见外干吗？师兄是自己人，他怎么会生气呢？"

逝水无尘闻言，嘴角扬起的弧度加深，眼神也愈发柔和起来："淘淘师妹说得对，我怎么会生气呢？"

慕轻寒被那个"自己人"雷了一下，她压下嘴角抽搐的冲动，将话完整说出："其实，抢他们怪的……是我……"

"是我"两字话音刚落，逝水无尘眼中闪过一抹异色，冰蓝水蜜桃更是惊呼出声："什么？"

在两人惊讶的目光注视下，慕轻寒一脸歉然地解释道："那个时候我跟队伍的人正在杀兔子，突然有一只兔子 boss 向我们扑了过来，开始我以为自己必死无疑，下意识举剑去挡，结果那只兔子居然立刻死了……后来那几个战士围上来，然后我才知道原来我们抢了他们的怪，他们威胁我们交出装备，还要杀我们……对不起，师兄，我不知道他们是你帮里的，所以……"

说到这里，她的声音逐渐小了下去，从这个角度望下去，微垂着的眼睑让她看起来十分委屈。话音刚落的那一刻，慕轻寒就很满意地看到了她这一番话得到的效果。

只见逝水无尘好看的眉慢慢紧锁起来，透出了凌厉的气息。

"师兄，你……不会是生气了吧？"慕轻寒假装被他散发的凝重气息吓到，害怕地后退一步，试探着小声道。

"太过分了！"冰蓝水蜜桃立刻气愤出声，"亏我还以为他们被人欺负了呢！哼，原来是去欺负新人！"她顿了顿，将义愤填膺的目光对准逝水无尘，"师兄，他们居然敢对轻寒下手，你一定要好好惩罚他们！"

夜空般深邃的黑眸冻结在凝重的神色之中，许久，逝水无尘终于点头，眉宇间一派威严："放心，我会好好处理这次的事件，绝对不会让师妹委屈。"

"啊？师兄你不怪我？"慕轻寒惊讶地问道。

"错的不是你，为什么要怪你呢？"逝水无尘微笑，看着她的眼中温柔满满，仿佛只有她一个人存在。

"那……先谢谢师兄了。"

慕轻寒有些尴尬地躲开了他的视线，却听见冰蓝水蜜桃笑嘻嘻地说道："我就说师兄人好嘛！对了，轻寒，不如你也加入师兄的公会，我们一起去练级吧？有师兄罩着，以后没有人敢欺负你了。"

"这……"慕轻寒假装为难般犹豫了一下，接着婉拒道，"淘淘、师兄，很抱歉，我刚刚约了几个朋友，现在要出去一下。现在时间太紧，加入公会和练级的事情下次再说吧？我先失陪了。"说完，她朝两人歉意一笑，赶在他们开口之前，倏地化作一道白光，下线了。

"哎，轻——"冰蓝水蜜桃还未说出口的话硬生生被那道亮起的白光堵了回去。

逝水无尘忍不住叹了一口气，墨眸中染开了失望的神色，他摇了摇头："淘淘师妹，你太猴急了，轻寒师妹被你吓跑了。"

冰蓝水蜜桃回过神，有些烦躁地跺了跺脚，着急地说道："难道你不着急吗？师兄，你这样慢吞吞地不下手，小心轻寒被别人拐跑了！哎哎哎，我真搞不懂你们……"

冰蓝水蜜桃的聒噪化作嗡然在耳边回响。

逝水无尘没有说话，眼中却有不明情绪的光芒在流转，有什么被隐藏在那片深邃的黑色之下。

被人拐跑，会吗？

下线后，慕轻寒带着一身疲倦爬出了游戏养生舱，一路摸到厨房，

打着哈欠在冰箱里随便找了些食物一锅煮熟。

吃着淡而无味的白菜萝卜肉丝清汤米粉，慕轻寒却觉得五味杂陈。最近的麻烦似乎越积越多，几乎超过她能够承受的负荷了。明明只想一心做一个快意江湖的女侠，却接二连三地遭受到了外界各种因素的骚扰，一直与她有不共戴天之仇的逝水年华竟然是颜师兄公会的副帮主……难道要她往后都顶着"落樱飘雪"这个身份混日子？

唉，真烦……

还有夜初寒，那位传说中的大神居然成了自己游戏中的夫君！虽然跟他接触了不过几次，但他那冷清的声线叫她记忆深刻，特别是叫娘子的时候……

不对不对！她在想什么乱七八糟的啊！慕轻寒腾地红了脸，似乎想要掩饰自己的窘态，赶紧胡乱扒光了碗里的食物，迅速收拾碗筷，洗漱沐浴……然后，火速返回房间，将自己埋进被窝里……当乌龟。

摸着自己烫热的脸蛋，她轻咬着唇，似乎为自己刚才的念头而羞愧……啊啊啊！她到底在想什么？

第二天醒来时，已是日上三竿。

慕轻寒揉了揉蒙眬睡眼，从被窝里爬起，当目光落在电子时钟显示的"十点十一分"上时，整个人顿时清醒过来，于是连忙钻入养生舱，登录了游戏。

果然，云影箫笙、双胞胎兄弟和逆瞳四人已经在等候了，但这几人都没有慕轻寒想象中昏昏欲睡的模样，反而兴高采烈地在议论着什么。

四人见她上线，纷纷跑来打招呼。

"落樱姐姐，你上来了！"云影箫笙看到她的时候眼睛一亮，满含笑意的眼中分明是听完八卦后的满足。

慕轻寒见他们没有丝毫责怪她的意思，顿时有些愧疚："对不起，今天起晚了，让你们久等……"

话未说完，就被杀虫日一阵笑声打断："没关系没关系，我们也才上不久，刚刚还在讨论昨天发生的事情，一点也没久等……"

"对啊，所以落樱美女你就不用内疚了。"月黑风高马上抢过话头，唯恐没有他发言的份儿，"知道吗？昨天围攻我们的那七个战士被逝水家族除名了！"说到这里，他故意将声音放得很慢，颇有神秘兮兮的意味。

慕轻寒惊讶："哎？"

月黑风高一边解释，一边喋喋不休地发表着自己的见解："开始我还觉得奇怪呢，为什么我们上来那么久，一点动静也没有，一看系统公告才知道有那么一回事。那逝水帮主放话说，逝水家族将他们列入了永久黑名单中，要是我干脆直接删号重练罢了……不过说来也奇怪，逝水无尘怎么知道昨天的事？"

驱逐出帮还拉入黑名单？逝水无尘还真是还了她一个公道。不过，这招是挺狠的，她一直以为他的性格，是像他表现出来的那样温文尔雅，没想到……

"落樱姐姐，你说奇怪不？"

慕轻寒胡思乱想着，不时应和几声："对啊，太奇怪了，是怎么回事？"

云影箫笙几人只顾急切地交流着他们所知的消息，并没有留意到慕轻寒的心不在焉。

"还有一件震惊全服的事！"月黑风高又适时地爆出一个消息，成功勾起了众人的胃口。

"什么什么？快说！"众人催促道，充满期待的眼神锁定在月黑风高身上。

只见月黑风高高深莫测地一笑，这才慢条斯理地开口："等级榜排行第十的血染衣，被逝水家族的人轮白了。"

"又是逝水家族？"

"不是吧？怎么逝水家族老做一些阴险的事啊！"云影箫笙柳眉蹙起，一脸厌恶的表情，"我最讨厌那种自以为是的帮派了，一边打着正义的旗号，一边却去欺压其他无辜的玩家！"

"说得对！他们实在太可恶了！"这一句话恰好说出了慕轻寒的心声，立刻同仇敌忾般点头赞同道。

不远处一直沉默不语，仰望着浩瀚蓝天的逆瞳不易察觉地颤了一下，他回头，淡然出声打断几人的谈话："该回去交任务了。"

几人皆是一愣，才幡然醒悟过来："对啊对啊！差点忘了还有任务这回事！"

大家一路聊着天，不稍片刻，一行人便顺利地返回了清沙村。村长的家位于清沙村正中央，门前栽种着标志性的银杏树，一条鹅卵石铺成的道路从小屋蜿蜒出几米远。

几人才走近村长家门口，就有一道快如闪电的灰色身影，伴随着一阵干号迎面扑来！走在最前面的慕轻寒习惯性往旁边一闪，却害惨了她身后的月黑风高。

可怜的月黑风高闪躲不及，被扑了个正着！

躲过一劫的慕轻寒还没来得及庆幸，就被眼前这一幕惊到了。

"呜哇哇！几位杀兔英雄，你们终于回来了！我可想死你们了……"那个灰色物体——不，应该说是清沙村村长，正紧紧搂着月黑风高，没有眼泪，鼻涕却稀里哗啦流个不停，还都蹭到了他身上。

其他几人看得瞠目结舌，一时都忘了反应，受害者月黑风高更是当场石化，全身神经猛地绷紧，大颗大颗的汗珠从额上滚下，一向口齿伶俐的他半晌才挤出一句话："村、村长，你这是干什么……"

这位村长大人是不是热情过头了？

杀虫日不忍自己的兄弟惨遭村长的毒手，最先清醒过来，俊眉一挑，大步走上前，拍了拍村长的肩膀："喂，村长老头。"

"呜哇哇——"继续干号，不理他。

"……"杀冲日黑线，但他仍不死心，提高自己的音调，"村长！"

"呜呜……"还是不理他。

"村长——"杀虫日终于忍无可忍，凑近村长的耳边，深呼吸了一口气，一道雷在他耳边蓦地炸响。

村长大人眼神一滞，下一秒触电般松开月黑风高，一脸惊慌地大喊："啊啊啊！地震了地震了……"

众人黑线。

杀虫日一脸无奈："村长……"

村长大人歇斯底里地喊了好一阵，才停止了尖叫，有些茫然地"啊"了一声，左盼右顾："刚刚谁叫我？谁？"

几人见村长大人终于恢复了正常，不约而同松了一口气，杀虫日上前一步："咳，是我，村长，我们是来交任务的。"他特意将声音放得很大，唯恐村长听不清楚。

似是被杀虫日这阵朗声唤回了思绪，村长大人终于转过脸，正视几人，恍然大悟地一拍脑门，一副"现在才看到你们"的样子："哦，对对，任务啊，瞧老头儿我这记性……"

这时，慕轻寒也终于看清了这位村长的长相，她先是微怔，继而皱眉。虽然那是一张她从未见过的大众老人脸，但那一双精光闪烁的小眼睛似曾相识，眼底暗含的狡黠之色分明在告诉她，刚才那些抽风行为不过是装出来的……会不会……只是错觉？但那双眼睛真的很熟悉，是在哪里见过呢？

杀虫日迫不及待接话道："对的对的，我们已经杀够 400 只兔子了，请村长把任务奖励给我们吧！"

"啊，是啊……"村长应和着点头，感叹道，"几位杀兔英雄真是勇气可嘉！有了你们，清沙村才换得了安宁……你们不知道，那些该死的兔子，几乎吃光了我们的牧草……"村长没有马上拿出奖励，而是喋喋不休地说了一大通"实为人类之福"之类的赞美语，直说得几人昏昏欲睡。

在村长魔音的摧残下煎熬了很久，他们终于听到了此刻形同仙音的系统提示——

系统提示：恭喜玩家逆瞳、玩家月黑风高、玩家杀虫日、玩家云影箫笙和玩家落樱飘雪共同完成杀兔子任务，奖励金钱 500，经验 100。

奖励无非经验和金钱，虽然微不足道，慕轻寒等人却如释重负。

云影箫笙睡意蒙眬的眼睛瞬间变得清明："太好了！任务终于完成了，那我们……"终于可以离开了。

她原本是想这样说的，可话未说完，就被紧接而来的系统提示

打断！

　　系统提示：玩家云影箫笙已接受清沙村村长委托——帮村长捎口信到东村。

　　云影箫笙莫名其妙地"咦"了一声，一脸茫然地看向其他几人，见他们同样是满脸错愕，猜到他们一定是听到了同样的提示音了。

　　可是，她明明就没接受这样一个任务啊！

　　云影箫笙下意识看向村长，惊讶出声："村长，你这是？"

　　村长呵呵笑了一声："老头儿我一把年纪，想让几位杀兔英雄帮我捎个口信到各个村，可以吗？"

　　"……"他们还可以拒绝吗？这分明是先斩后奏嘛！

　　最让他们吐血的是，任务提示后还有一行特别注明的小红字：若选择放弃任务，所有属性点减半！限时：一个时辰内送达。

　　减半啊！还不如删号重练！还以为这抽风村长是个慈祥的老头，没想到这般阴险。

　　"等等！"一直盯着自己任务面板的慕轻寒蓦然抬头，惊讶地望向笑得眼睛都眯成缝的村长，"为什么我的不是送信任务？"

　　在村长说出那句"捎口信"的时候，她察觉到不妥了，她的任务面板显示的并不是这个，而是——

　　**【任务】**

　　**协助村长到云隐山采药。**

　　**任务奖励：由村长奖励。**

　　**任务提示：跟随村长到云隐山，并根据村长的提示完成任务。**

　　**完成程度：未完成**

　　"今天天气不错……"村长继续呵呵地笑，目光乱瞟，刻意躲开慕轻寒逼人的目光，"咳咳，是这样的，老头我只有四个捎口信任务，发完了——因为周围只有东南西北四个村嘛！刚好还有个采药任务，就给你了呵呵呵呵……"他心虚的余光偷偷瞟向慕轻寒，见她脸上的怀疑愈发加深，赶紧转移话题，"好了，大家该出发了，东边的村口有个传送阵，可以传送到各个新手村，大家快去吧！"

　　一直一言不发的逆瞳也听出了村长话中的端倪，不禁皱眉："东南西北？"

"什么？难道我们送信的地点不同？"双胞胎异口同声。

惊讶之下，除慕轻寒的其余几人赶紧互相查看了对方的任务面板，这才发现了问题。

云影箫笙最先表达出自己的不满："为什么不可以一起做这个任务，偏要分开呢？"

"是这样的，新手不要要求太高。"村长巧妙地将话题一笔带过，还很好心地提醒道，"出发吧，这任务可是有限制时间的。"

他说着，欢快地伸手招呼慕轻寒："来吧，小丫头，出发喽！"

慕轻寒无奈，犹豫地看了队友们一眼，退出了队伍。

"落樱姐姐，你真的要跟他走？"云影箫笙见慕轻寒跟随村长离开，连忙叫住了她。

慕轻寒露出一个歉意的笑容："嗯，以后有机会，再一起练级吧。"

云影箫笙虽心有不舍，也只能点了点头："以后记得联系我们。"

"好。"慕轻寒莞尔一笑。

"对了，我们先加个好友吧。"


跟云影箫笙几人互相加了好友后，慕轻寒跟着村长进入了云隐山。

云隐山其实是临近清沙村的一座高山，苍翠的绿树为群山铺上了翠绿的锦缎，远远看去，被轻纱笼罩的云隐山朦胧缥缈，影影绰绰。云丝在山腰间飘忽，若即若离，带着几分神秘的气息。她还以为，新手村附近的山必定会照顾新手，山路也许会像小山坡那样平坦易走。可是，她想错了。

"村长，你不是说采药吗？怎么一路上那么多药，你都不采？"慕轻寒第 N 次停了下来，半蹲着气喘吁吁地呼唤着村长。这云隐山的地形实在奇怪得很，不但没有她想象中平坦，反而碎石遍地，迂回曲折的陡壁危崖更是随处可见。果然新手号的敏捷太低，根本跟不上村长轻快敏捷的脚步，而且连饥饿值也受到了影响，不断在减少。现在的她可是又饿又累，可村长丝毫没有停下来的意思。

"哈，这些廉价的药材，老头儿我才瞧不上！丫头，快走，我让你见识下什么才是珍贵的药材！"村长哈哈笑了几声，头也不回地说着，蹦跳上陡峭的斜坡，丝毫没将隔壁的万丈渊崖放入眼内，轻松自如得好像在平地上走一样。

"可我……"没力气了啊！慕轻寒叫苦不迭地在心里说道，勉强支撑着身体从地上爬起，拖着沉重的腿跟了上去。

忽然听见村长兴奋地大叫："找到了找到了！丫头你快来……"

"什么？"慕轻寒闻言怔了怔，随即反应过来，大喜过望，"村长，你找到了呀？"那么她是不是不用再跟着他爬山了啊？慕轻寒这样想着，连力气也不知不觉多了几分，动作迅速地跑到了村长身边。

顺着村长指的方向，慕轻寒往崖下一探头，却只看见了一团团棉花般雪白的云雾，不由得皱眉："哪里啊？"

"这里这里，你看清楚！"村长不依不饶地指着某个方向，声音听起来似乎也在为慕轻寒看不见而着急，"你再往前一点，再往前一点……"

"哪里？"慕轻寒虽心有疑惑，但还是按照村长的话去做了，但瞧了半天也没看到什么，正要收回目光，忽然感到背后一阵劲风扑来，还没弄清是怎么一回事，就感觉有什么重物狠狠撞上了她的背脊！她猝不及防，一个趔趄向前扑去！

前面？慕轻寒的瞳孔猛地收紧！前面可、可是悬崖啊啊啊！

"啊啊啊——"一阵响彻云霄的惨叫，而她的身影化作一个黑点，消失在云团之下……

"嘿嘿，想不到小徒媳这么快就用上了老头我做的纱巾，不错不错，有老头儿我当年的风范。"村长盯着仅留下一片回音的悬崖，自言自语着，手指在脸上轻轻一抹，一块薄透的面皮顺着他手指的去向被撕了下来。

薄皮之下，露出一张狡黠而睿智的老人脸，老人眼中闪烁着算计的光芒，他犹自笑了："不知崖底下那个千年老妖婆还是不是爱好收集女宠呢？嘿嘿，这种场合当然最适合英雄救美了！哈，老头儿我找徒儿去……"

痛！

这是慕轻寒恢复意识后的第一个感觉！四肢百骸如同被抽空一样，浑身酸痛。她艰难地睁开眼睛，意外的是，映入眼帘的不是一片刺目的光亮，而是接近漆黑的昏暗。灰蒙蒙的影子在眼前晃荡，她茫然地望着前方，皱了皱眉，努力回想发生过的事情。

她是被一个狡猾的NPC推下来的，然后呢？对了，这是什么地方？

"嘶……"她下意识地动了动，却因为扯动了伤口而发出一声吃痛。

"看，她好像醒了……"

"是啊，要不要过去看一下？"

忽然，周围隐隐传来了细碎的谈话声。好像有一人向她这边爬了过来，一张尚显青稚的少女的脸赫然出现在了慕轻寒眼前："喂，你醒了？"

慕轻寒一怔，忍着疼痛，勉强支起身子，看向面前的少女，疑惑道："你是……玩家？NPC？这里是什么地方？"说话间，她悄悄打量起周围的环境。这里似乎是一间封闭的小室，没有窗户，只有几缕细微的光线从门缝中透进，让她能勉强看清室内的景象——几个年纪相仿、长得眉清目秀的少女挨成一堆坐在角落，一脸愁苦。

"我叫凌雨儿，是一名玩家，这里关的都是被抓来的玩家。"少女苦着一张脸，"都怪我不听姐姐的话，瞒着她偷偷跑来这个隐

藏区域，被那个千年老妖女抓住了。"

"被抓来的？什么老妖婆？这里是隐藏区……"慕轻寒疑惑地问道。可话未说完，就被角落里其余几位女玩家的议论打断——

"怎么办？听说那个老妖女喜欢收集女宠啊！我可不想删号自杀啊，这个号已经31级了……"

"可是除了删号自杀，没有别的办法了，我们又逃不出去，这个隐藏区域又不能下线。"

"打肯定打不过了，那个妖女至少也有100级了！"

有一个女玩家气愤地说道："下线后我一定要去游戏公司投诉！"

听着几名女玩家的谈话内容，慕轻寒整理了思绪，大概明白过来她现在处在什么处境了。听那几个女玩家愤怒的语气，她似乎是来到了一个可怕的隐藏区域。隐藏区域住了一位可怕的老妖女，并且妖女很喜欢收集女宠，专抓漂亮的少女回来侍寝？那也太邪恶了吧……

而且还是一百多级的老妖……

这里又是还未开放的区域……

慕轻寒顺手打开了人物面板，自己的小号掉了两级，目前显示的是"重伤"状态。她往口里塞了一颗有疗伤功能的血药，看着一点点回复的血条，忍不住叹气。

古语有云，大难不死，必有后福，而她嘛……是大难不死，灾难连连！现在能怎么办？删号自杀？小号倒是无所谓，可会不会连累大号？

她正陷在两难的抉择中苦苦挣扎着，忽然眼前亮起了一阵诡异的血红色光芒。

那是删号自杀的光芒！

"雨儿姐姐！"另外一个女玩家惊呼出声，"为什么连雨儿姐姐都选择了删号自杀？她已经是我们当中最高级的一个了，难道就没有别的办法吗？"

慕轻寒看着凌雨儿刚才站立的地方，惊讶地问："难道就没有别的办法？虽然这里是隐藏区域，但应该也有相应的规律和攻略的。"

刚刚为她解释的女玩家点了点头，一脸无奈的表情："办法的确是有。每隔一段时间，都会有一个侍女来这里问一次谁愿意去给那个老妖婆侍寝，一旦出去的话，就会触发战斗模式。之前也有其他人尝试过出去，不过被杀后依然回到牢房里，还掉了一级……"

原来如此，看来这个牢房是个复活点。

慕轻寒很快就将思路梳理清楚了，就在这时，只听吱呀一声，牢房厚重的铁门被推开了。明亮的光线涌进，她有点不适应地眯起眼睛，只见一个身穿红绫纱的妖艳女子出现在门口，语气十分公式化地开口："你们有谁考虑好了？"

牢房里的玩家们早已习以为常一样，各干各的，对女子视若无睹。见没人理睬，女子只是随意扫了一眼便转身离开，就在牢门要关上的时候，慕轻寒突然站了起来："等等，我去。"

话音刚落，其他玩家不约而同转过头，纷纷用不可思议的目光看着她。

"好，你跟我来。"

慕轻寒从地上爬起跟着女子出了门。她想要出去看看外面的情况，实在不行就选择删号自杀呗。

随着铁门再次关上，小室的光线逐渐退去，几个女玩家眼神互相交会，目光中净是惊讶。


碧玉琉璃瓦，淡金色墙壁，精巧的亭台楼阁，宫殿式建筑无不透露着奢华的气息。

慕轻寒跟着红衣女子穿过一道道长廊，却无心欣赏一路过来的精美建筑。

看着女子扭腰行走的背影，让她沉思了起来。这个NPC就像只是一个引路者，并不理会自己的一举一动，似乎根本没有将她当成一个威胁。

注意到这个细节，她心里渐渐有了一个主意。于是小心翼翼地环顾四周，确认没有人后，迅速将账号切换回大号落雪轻寒。握着冰天雪舞剑，聚气，然后，一记"明光落月"向红衣女子扫去！

四周的空气霎时如绷紧的琴弦变得压迫，冰天雪舞剑的剑身一

道雪芒流转，连前方光洁的墙壁似乎也感受到了剑的锐利，闪出了一道细微的光亮。

红衣女子似乎察觉到气氛的变化，猛地转过头来，但来不及反应。眼前的少女一身白衣翩然，无风而动，仿佛是月光下漫天飞舞的雪花，纯白而耀目，特别是那双黑眸，明亮而自信。

空气中锐利的气息迎面冲击而来，雪芒闪过，一把隐约流动着橙色光芒的剑正正刺入了她心脏的地方！

"你！"红衣女子瞳孔紧缩，一脸难以置信地盯着眼前的慕轻寒，来不及做任何反应，已经倒地不起了。

看来这只人形怪物的级数不低，自己的精神几乎被清空了。慕轻寒往嘴里扔了一颗回蓝的药，弯腰捡起地上爆出的木牌。

**【物品】**

**名称：红绫木牌**

**红绫宫侍女特有物品，持有者可自由出入红绫宫。（禁地除外）**

红绫宫？应该是这个隐藏区域的名称吧？现在要离开简直是轻而易举……只是，哪里才是出口？

四周张望了一阵，她开始漫无目的地在红绫宫中胡乱穿梭。就在她因为找不到出口而心烦意乱的时候，一阵急促的脚步声清晰传来，循着声音的来源看去，远远看到有两道红色身影出现在视线中。

慕轻寒连忙闪到一旁的柱子后躲了起来，随着脚步声渐近，清晰的谈话声随之传入了她耳中——

"红俐怎么还没回来？"

"不会偷偷溜出去玩了吧？"

"不可能吧，出口在宫主殿旁，要是出去的话，刚刚我们应该会遇到她。"

"我们先去找她，回来再为宫主准备膳食吧……"

脚步声远远离开，慕轻寒从柱子后重新走出，看着那两个NPC的背影陷入了沉思。按照游戏设计者的设计思路，NPC的那些听似普通的对话，其实隐含着一定的信息，跟任务有所关联。

出口在那变态宫主寝室的隔壁？还有……她眼睛一亮，迅速进入了两个红衣女子方才走出的房间。

看着热气升腾的蒸笼锅炉，她微微勾唇。果然如她所料，这里是准备膳食的地方！慕轻寒立刻从储物空间里取出了一大包毒药，揭开笼盖，一股脑地撒了下去。撒完了毒药，她担心药效不够，又往里面下了一大把迷药……

干完坏事，她满意地拍了拍手，在厨房里找了一个隐蔽的角落，躲了起来。

顷刻，两个红衣女子匆匆回到了厨房，一边从蒸笼里取出膳食，一边抱怨："红俐她到底去哪儿了？牢房里也找不到她。"

"兴许她已经到宫主那儿了，我们先将膳食呈上吧，宫主应该等急了。"两人动作麻利地将膳食搁上托盘，又匆匆踏出了大门。

慕轻寒连忙起身，小心翼翼地跟了上去，走的时候还不忘从灶里弄出一把火，点燃了厨房里的一大堆木柴……

两个NPC脚步急促，并没有发现自己被一个玩家跟踪了。走了好一段路程，传说中的宫主寝宫终于呈现在慕轻寒眼前，那又是一座装饰极为奢华的宫殿，可她的注意力全部落在宫主寝宫……旁边的出口上了……

两个女子说的果然没错，出口就在宫主寝宫的旁边，只是那个地方，也有两个红衣女子在守卫着。

要怎么出去？对了，刚刚爆出来的那个木牌……要不要赌一把？

慕轻寒看了手中的朱漆小木牌一眼，一咬牙，毅然从藏身的地方走了出来。出乎意料的是，当她从两名红衣女子身旁经过的时候，她们却对她视而不见一样，一动不动。

轻而易举地离开了红绫宫，她回头望了一眼，难以置信地自言自语道："哎？这么容易就出来了？"

不过，这样真的没问题吗？

似乎为了印证她的想法，她刚走入红绫宫外的那片树林里，就听见身后从红绫宫的方向传来一阵急躁的喧嚣："快！将刚刚那个女人追回来！她是奸细！"

玩家落雪轻寒触发隐藏任务：铲除邪教红绫宫，战斗模式触发，

请玩家小心！

愤怒的声音夹杂着凌乱的脚步声，扰乱了这片树林的寂静。慕轻寒立刻加快脚步，往树林的更深处跑去。尽管落雪轻寒的敏捷已经算是很高了，但那阵阵脚步声还是不断迫近，让她意识到自己和那群人形怪之间的差距。

"宫主，我发现她了！"一个声音在她身后很近的地方嚷起来。

"拦住她，别让她跑了！"

"杀了她！杀了她！"

连成一片的红色身影脚步凌乱却迅速追赶上来，犹如火焰在快速燃烧蔓延。

声音越来越近了！怎么办？就在慕轻寒无所适从的时候，突然腰间一紧，接着一股熟悉的气息将她紧紧包裹起来，让她受惊而狂肆跳动的心莫名地安定下来……

慕轻寒诧异地转头，在对上那双犹如寒星的黑眸时，声音戛然而止，她有些不敢相信地看着眼前的人。

夜初寒！他为什么会出现在这里？

"走！"

来不及回答她的疑惑，夜初寒敛起眼中意味难明的情绪，只说了一个字，抓过她的手转身就跑。有了第一高手的速度，他们跟那群红衣的人形怪的距离逐渐拉远，但是没跑多远，她的心再次提到了嗓子眼。

"夜初寒，前面……"她看了一眼前方的路，又转头看向夜初寒。

前方根本不能用路去形容了！分明就是悬崖！

夜初寒在悬崖前刹住脚步，回头，衣袂被风吹得飒飒作响。

"哼，看你们还能走去哪儿！"为首的女人瞪着两人的眼中深含恨意，从她头顶血红的一排问号看来，她无疑就是红绫宫里的最终大 boss 了。

大概是中毒的缘故，脸上的浓妆也掩盖不了她那发黑的脸色。

"我们是跳下去，还是……啊！你做什么？"

察觉到不对劲的慕轻寒，立刻看向夜初寒，但已经来不及了！

他手中的剑已飞脱射出，准确无误直插入红绫宫宫主的心脏位置！

红绫宫宫主眼睛瞪大，倏地倒地化作一道白光消失。

"宫主！"

"他们竟敢杀了宫主！我们要为宫主报仇！"

宫主boss挂掉了，手下的喽啰却突然暴走，每个人的周身爆出一团红色的火焰，眼睛亦化作嗜血的赤红。

"不好，她们狂化了！"慕轻寒惊呼出声。

怪在危急的时候有一定的概率狂化，而狂化的怪所有属性都会+20%，而满血的怪狂化，该是多么恐怖！

她看了夜初寒一眼，心情焦虑。他不会想跟那群怪硬拼吧？呃，她不是怀疑他的能力，只是那么多怪……

就在她胡思乱想的时候，夜初寒突然一把横抱起她，纵身往悬崖跃下！

"喂——"

慕轻寒睁大了眼睛，只觉得身子悬空，周围的气流变得急速，风在身体两侧呼啸而过。她揪紧了夜初寒的衣服，寒气自背脊蔓延而上。

啊啊啊！他到底在做什么？难道他不知道这样跳下去不死则伤吗？可……为什么她跟悬崖那么有缘分？

就在慕轻寒绝望之际，气流的方向骤然改变！仿佛是脚下生出了强而有力的气流，将两人往下掉的身体托起。感觉到身体慢慢回升到平稳的状态，她惊讶地睁开眼睛，发现承载着他们的是一只巨大的鸟儿，通体火红，犹如滴血朱砂，几欲燃烧。它发出一声响彻云霄的嘶鸣，伸展开几乎覆盖蓝天的翅膀，向着远方飞去。

不同于那群红衣人形怪妖娆的红，那是一种张狂耀目、神圣的红艳。它身上，有一种与生俱来的震慑力，能让人心生畏惧。

羽族赤而翔上，集必附木，此火之象也……

火的象征……这是……

南宿朱雀。

映入眼帘的，是灼红的火光。

火势迅速蔓延，火舌盘成一条凶猛的火龙，疯狂地在半空盘旋，似要将天空吞噬，火尾一甩，无数火花在半空绽放。滚烫的浓烟从烈焰中翻滚而出，飞快将整个森林吞噬掉。

苍翠的树林转眼间成了炼狱火海，空气中只余下焦木的味道和噼里啪啦燃烧的爆裂声。慕轻寒看着那片深陷火海的树林，有些惋惜地叹气，好好的一片树林就这样被烧毁了。不过惋惜归惋惜，她一点也不心疼。不过是一堆数据，游戏公司会负责重建。

这个时候，让她又爱又恨的系统提示响了起来——

系统提示：恭喜玩家落雪轻寒、玩家夜初寒铲除邪教红绫宫，为江湖除害。奖励声望 100 点，经验 500000 点，金钱 10000 点，"为民除害"称号一个。

在《乱世》里，夫妻关系有一个好处，即使不组队，只要两人相隔的地点在指定范围内，就可以共享经验。火烧红绫宫的经验让慕轻寒瞬间升了一级，成功地突破了九十大关。

这算不算因祸得福？还好夜初寒出现得及时，不然她现在可能已经删号自杀了。

不过，他怎么会知道自己在这里？

"夜初寒，那个……"她从火海森林收回目光，正要问出心中的疑惑，突然发现自己还紧紧贴在对方的怀里……

她脸上一热，条件反射地挣扎了一下，想脱离他的怀抱，却感觉腰间的力道收紧。

"别乱动，会掉下去的。"夜初寒的语气风轻云淡，仿佛那只是一件平常不过的事情，但低沉的声音犹如投入水中的石子，轻易地在她心里击开圈圈涟漪。

"抱歉。"慕轻寒有些不自然地别开了视线，却错过了夜初寒眼底那抹意味不明的神色，"你为什么会知道我在这儿？"

一丝愠怒从夜初寒幽冷的黑眸中透出，又被很好地压制下去，他哼了一声，冷冷道："那个老头告诉我的。"

"嗯？"慕轻寒一时没有反应过来。

"每次他找我一定没什么好事，没想到他竟然把你推下山崖，对于这件事，我很抱歉……"

"啊？"慕轻寒听得莫名其妙，细细咀嚼一番后才明白过来，不过还是大吃一惊，"什么！你的意思是……那个村长老头是你的师父？"

夜初寒点了点头，有些无奈道："那个无聊的老头经常装成普通NPC，到处行骗戏弄玩家，每次的烂摊子都要我帮他收拾。"

"……"慕轻寒听得眼睛一眨不眨，那愣怔的表情足以说明她此刻的惊愕。听他这么一说，得知自己被戏弄了却突然生不起气来……难道，第一高手就是被这样锻炼出来的？她开始同情夜初寒的遭遇了。

这时一道冷光从眼中闪过，慕轻寒突然想到了什么，连忙回过头，看向大火燃烧的方向："对了，你的剑好像还在那儿……"刚才他用来杀死红绫宫主的飞剑好像还没捡回来呢，这游戏似乎没有自动回收武器的功能。

"不要了，不过是普通的蓝色装备。"夜初寒淡淡开口，成功制止住了她的激动，但是下一刻，反应过来的某人顷刻石化，内心如波涛汹涌的海面无法平静。

他刚才说了啥？普通的蓝色装备？要知道在《乱世》里蓝装的爆率实在低得可怜！而且他只用蓝装就将那个宫主给秒了！虽然之前那宫主被她下毒了，但他的攻击未免也太变态了吧？

果然这就是差距啊！为什么每次面对他都有一种欲哭无泪的感觉呢？

"还有。"夜初寒话锋一转，语气放柔，凝视着她的黑眸中古怪的波光流转，"我们也算熟人了，叫'那个'是不是太见外了？"

并没有察觉到他的异样，慕轻寒情不自禁地点了点头，的确，而且这样的称呼也不大礼貌。

"那我……"她试探性地问道。

"就像乱码一样叫我的名字吧。"夜初寒墨眸中飞快地掠过一抹莫名的情绪，似是漫不经心地说道。

"夜？"慕轻寒一脸惊讶地喊出，心跳不自觉地快了一拍。

"嗯。"仿佛没有察觉到她语气中的不可思议，夜初寒墨眸中渐渐浮起隐约的笑意。

"……"慕轻寒这才惊觉自己似乎跳进了他的陷阱，她脸微热地埋下头，一时间谁也没有再说话，气氛逐渐变得暧昧起来……

这个时候，这样的人物地点时间，就像言情小说通常描写的。天空如蓝水晶一样澄澈剔透，掠过的微风撩起她的发丝，空气中流淌着暧昧的气息，连风也变得柔软甜蜜。

幸好这令她尴尬的局面没有持续太久，朱雀飞行的速度突然开始减慢，高度也逐渐下降，最后稳稳降落到地面。朱雀的身影在落地的那一瞬变得模糊，最后化作红光从两人的脚下飞散而去，化作虚无。

双脚平稳着地，不等慕轻寒看清眼前的景物，眼前黑影一闪，一张俊颜赫然跃入了她的眼中："夜，你找到嫂子了？"

慕轻寒有些惊讶地看着眼前突然冒出的人，这个笑得一脸幸灾乐祸的不是乱码先生是谁？

看着嬉皮笑脸的乱码先生，回想起过去倒霉的种种，新仇加旧恨，愤怒的火苗在心中哗地蹿起！慕轻寒眼神一凛，锵地拔出冰天雪舞剑，不假思索就向乱码先生劈去！

"哇，嫂子，你又这样！"乱码先生似乎早料到她有这么一着，迅速向后弯腰 90 度，躲过一击，又火烧屁股地跳起来，抱头鼠窜，一边逃命还不忘一边喊，"君子动口不动手，有话慢慢说，慢慢说……"

"我是女子又不是君子！还有我跟你没话好说！"慕轻寒冷哼一声，寒光流转剑刃迎风刺破空气，锋利的剑尖灵动如蛇地刺击向乱码先生周身的要害，势必要置他于死地！

走投无路之下，乱码先生只好向夜初寒抛去求救的眼神："救命啊！夜！"

谁知，夜初寒不但见死不救，还冷冷地命令他："乱码，你站住。"

清冷的声音传入乱码先生耳中，他只觉伴随着这个冷飕飕的声音，一阵凉意也迅速蔓延了全身。

"为什么……"乱码先生用幽怨的眼神望着夜初寒，如同被抛弃的小媳妇委屈不已。

夜初寒睨他一眼，对他的质问置若罔闻，视线转到慕轻寒身上："我答应过你的，这个人，你就随便砍吧。"

原来他还记得！慕轻寒向他投去感激的眼神，转头对上乱码先生发颤的目光，眉眼弯成月儿："嘿嘿，乱码先生，你今天逃不掉了！"

乱码先生脸色惨白，看着那把雪芒流转、逐渐逼近的剑，汗如暴雨般下："那个，嫂子，你别冲动……"

"算了，不砍了，浪费精神。"就在乱码先生以为他必死无疑的时候，慕轻寒突然收起剑，轻哼一声，无趣地瞟他一眼，折返到夜初寒身边。

"嫂子你人真好……"乱码先生先是一惊，反应过来后激动不已，就差没泪流满脸了。不过顺着微风飘过来的下一句话，硬生生将云翳下刚刚看到阳光的乱码先生的心情打回了原处！

"以后再补回来。"慕轻寒风轻云淡地朝他一笑，很满意地看到乱码先生瞬间石化的反应。她之所以停止砍杀某人，那是她突然看到一个一直站在边上、温文尔雅地向着他们微笑的男子。她忍不住向他投去询问和警惕的目光，同时不着痕迹地打量着他。

眼前的男子长得眉清目秀，温润如玉，特别是那一双水灵的黑眸极为秀气，若不仔细观察，会有种他是女孩的错觉。似乎感受到她的注视，男子缓缓走上前，微笑着开口："三位的感情真好。"

"你是？"男子的眼中并无敌意或特别的深意，这让慕轻寒的戒备减了不少，但她依然不敢有所松懈，依然对他保持着一定的防备。

男子摸了摸鼻头，说道："我是过路君子。"

过路君子，高手排行榜排行第八，武器是短剑，擅长暗杀和用毒，据说是一个长得文质彬彬的男子，今天一见果然如此。

一丝疑惑从眼中闪过，慕轻寒有意无意地瞟向一旁的乱码先生："可是你怎么会跟这个逗比……呃，我是说你怎么会跟乱码先

生在一起？"

夜初寒也将疑惑的目光投向乱码先生，四道探询的目光似乎要将乱码先生的内心看透。

他有些不好意思地挠了挠脑袋，讪讪一笑："嘿嘿！我刚才被莞尔刺痛那个疯女人追杀，情急之下冲入了一个玩家的店铺里躲避，不小心把别人的东西打碎了，发现没带足钱……幸好遇到了过路，嗯，那个……"他说不下去了，索性向那几个一直紧盯着他的人发出组队邀请来掩饰自己的尴尬，好糊弄过去。

慕轻寒接受了组队邀请，又鄙夷地瞥他一眼："哦，你的桃花债。"

"冤枉！"乱码先生马上激动得跳了起来，悲愤地控诉，"是那个不要脸的女人死缠着我，说什么要我到她店里做男倌，我不答应她就整日追着我砍，弄得我连练级的时间都没了！还被论坛上的人说成了什么负心汉、躲情债，我能不冤……"

突然，话未说完，寒光闪烁，两道劲风同时从乱码先生的左右脸擦过，他只感到脸颊上一阵刺痛，光洁的左右颊同时绽开了两个血口子！

英俊的脸上又光荣地添上了两道伤痕的乱码先生，惊吓得瑟瑟发抖，满脸难以置信地看着眼前同时出手的夜初寒和过路君子："你们干什么？"

"不好意思，手滑。"过路君子抱歉地朝他微微一笑，径直走上前去拾回自己的短剑，经过乱码先生身边的时候，眼底闪过一抹意味深长的狡黠。

乱码先生哭丧着脸，小心翼翼地将目光移向夜初寒，一脸苦相地道："老大，那你呢？"他到底招惹上哪路大神了？怎么接二连三有人想杀他？而且他们都不是普通的玩家，而是排行榜上前十的高手……

"有怪。"夜初寒直直盯着乱码先生……确切地说，应该是盯着乱码先生身后，微眯的眼睛迸出了锐利的冷光。

"啊？"其余三人同时一惊。乱码先生最先反应过来，蓦地转过身去，这才发现在离他三米的地方倒着一个被剑准确刺中的人形怪……但是那怪又不太像人，全身如同木柴般干枯，皱巴巴的皮肤透出了诡异的青黑色，苍白的嘴唇，一对长长的獠牙突了出来……

"僵尸？"乱码先生不由得打了一个激灵，再次受到惊吓的他全身冒出了冷汗，暗自庆幸没被这只怪扑倒。那个怪接近他，他居然不知道……可想而知，这个僵尸的级数多高！

"怎么会突然冒出一个僵尸？"慕轻寒一边打量着周围的环境，一边提出自己的疑问。这个时候，她也看清了周围的环境，他们站立的地方是一条可以容纳两部马车并排而行的道路，两旁是茂密的竹林，人迹罕至。

"快看！那僵尸……"过路君子的惊叫声引起了众人的注意，几人纷纷将目光集中在地上的僵尸上。

十分诡异的一幕出现了！那僵尸居然没有马上消失，而是开始冒出白色的雾气，那些雾气升腾到半空逐渐聚拢，形成了一个长相如迷雾般模糊、呈珍珠贝色半透明的人……

"终于等到了你们……终于等到了可以拯救我们的人了……我终于等到了这一天……"一个缥缈的声音自人形雾团中发出，略带沙哑却无比激动，"少年人啊，可愿意救我们整座城的人，解救我们的灵魂……"

"拯救？你在等我们？你怎么知道你等的就是我们？是不是弄错了？"慕轻寒一脸狐疑地盯着那团雾气，暗地里紧握着剑不敢有丝毫松懈。

"莫急，请听我说一个故事……"雾气中，那个声音发出一声长久的叹息，似乎包含着苍凉的寂寞和无法诉说的悲凉，只听他娓娓道来，"三百年前，青龙城曾是华夏大陆最繁华的都城，人们的生活安稳快乐，但自从新任城主即位后，一切都变了样。他疯狂地毁掉了属于青龙城的核心精魄，将青龙之魂封存入白龙佩中，抛入了河中。青龙城失去了青龙之魂的庇护，逐渐成了一座死城，而城中的人，不是死去，就是受到了诅咒，像我一样，成了干尸……"

那个声音带上了几分哽咽的哭音："那曾经辉煌的青龙城成了一座颓废的城，掩埋在黑暗之中，而我们的灵魂被终日禁锢，得不

到解脱。我知道，终有一日，白龙佩和神兽青龙的主人会来到这里，拯救我们的城市和灵魂，如今我终于等到了……"

听着他的诉说，在场几人的心情都不由自主变得沉重。尽管知道这一切只是虚拟世界虚构出来的故事，可他们还是忍不住发出一声同情的叹息。

"你是说这个？"夜初寒眉宇染上了几分凝重之色，从储存空间中取出一只印有盘龙花纹的白色玉佩，举到雾气的前方。慕轻寒一眼就认出了，那是从神偷知了身上打劫而来的东西，可更令她震惊的，是那个声音所说的神兽青龙。

"夜，难道……青龙也是你的宠物？"慕轻寒惊讶地眨了眨眼，初见到朱雀的时候已经十分惊讶了，一个人居然可以同时拥有两只神兽宠物，可没想到……

乱码先生凑上前，一副讨好的模样向她解释："嘿嘿，嫂子你不用惊讶了，夜就是一个变态，四大神兽都是他的宠物……"

"……"慕轻寒狠狠瞪了乱码先生一眼，但没有言语，毕竟她内心的震惊，大概已经无法用言语去形容了。

乱码先生被慕轻寒的狠狠一瞪惊得连退几步，幽怨地缩到一旁画圈圈。

过路君子看着某人委屈的反应，淡然微笑。

"对，就是这个！封存着青龙之魂的玉佩啊……"雾气之中那个声音激动地响起，"求求你们，一定要拯救青龙城！"

夜初寒陷入了沉思中，神色显得有些凝重。

"可是青龙城……原来《乱世》里，真有青龙城的存在？"慕轻寒喃喃着，眼前的白雾似乎也成了一团不真实的幻影……

她的惊讶，是有缘故的。

在《乱世》的世界内，存在着一块类似古代中国的华夏大陆，而这块大陆上有三个都城，分别是西方白虎、南方朱雀和北方玄武，唯独没有东方青龙。这是个曾让众玩家迷惑的地方，有人曾向官方质疑这是否一个BUG，四大神兽应该有四个主城才对，为什么只存在着三个？

而官方的回答是："这并非 BUG，一切请玩家自行探索。"

时间久了，这件事也逐渐被人们所遗忘，现在玩家都普遍认为《乱世》里只有白虎、朱雀、玄武这三大主城。没想到，青龙城是真实存在的，只是一直被覆藏在历史的尘埃下，成了一座死城。

东方青龙，就这样，一直沉睡在无尽的黑暗中，等待别人唤醒的那一刻……

"怎么？难道……你不愿意吗？"白雾见夜初寒沉默着迟迟不肯答应，不由得大急，连语气也变得苦涩起来，"求求你，只要你肯答应……"

"不。"夜初寒出声打断他，黑眸中的神色沉静如湖水，他的语气有了一丝缓和，"这个任务，我接了。"

系统提示：玩家夜初寒、玩家落雪轻寒、玩家乱码先生、玩家过路君子接受连环任务二：拯救青龙城。

"谢谢你们，我终于可以……安心地去了……"白雾发出一声感激涕零的叹息，倏地颓然倒地，在众人的注视下化为尘埃归去……


"夜，你为什么会答应那个僵尸的请求，不像是平时的你啊……"

前往青龙城的一路上，乱码先生不断缠着夜初寒问长问短，像是一只在耳边不停嗡鸣的蜜蜂，不问出原因誓不罢休，他眯眼摸着下巴，一副深感怀疑的模样："不要说你是因为同情他，打死我也不信！"

大概是被他缠得不耐烦了，夜初寒终于开口解释道："这次任务的奖励，就是青龙城。"

青龙城？乱码先生脸上浮现出愕然的神色，接着眼睛瞪得老大，忍不住破口大骂："靠！原来这就是你乱扔建城令的原因？你……果然太无耻了！"

慕轻寒看着乱码先生怪异的反应，十分不解："怎么了，奖励有什么问题？乱扔……"说到这里，她猛地一顿。是了，夜初寒似乎有乱扔东西的癖好，他曾经扔过一大堆建城令给她玩呢……不过乱扔建城令有什么问题？对于这个问题，她倒有些不解。

"如果用建城令申请建城的话，只是取得一块地，里面的建筑设施什么的都要自己花钱去弄，建设期间还要防备被心怀不轨的玩家攻城……总之建一座城可谓困难重重，堪比上刀山下油锅，但是夜这样，不费一分一毫就将一座完整的城收为己有，还是四大主城之一！你说他无耻不无耻！"乱码先生满脸悲愤，添油加醋地控诉着夜初寒犯下的罪行，听得慕轻寒和过路君子汗如瀑布。

慕轻寒往得滔滔不绝的乱码先生投去一个"这孩子没救了"的眼神，然后小心翼翼地挨近过路君子，将声音压得很低："嗯，那个过路，他这人是有点脱线，你不要介意……"

"没关系，看得出，乱码他……很有趣，呵呵！"虽然过路君子表面上这样说，但他实际上已经是满头"黑线"，连嘴角的笑容也有些僵硬了。

"喂！你们两个那是什么眼神！"乱码先生不满地朝两人一瞪，又一脸感叹地继续他辛酸的血泪演说，"你们知道不？我跟在他身后，光捡他抛下的垃圾，就轻易地爬上了富翁排行榜第二……"

"那第一是谁？"尽管慕轻寒不想去搭理他，还是忍不住好奇地问道。

"你家夫君。"

"……"

乱码先生瞧见慕轻寒难以置信的模样，不禁得意地仰天而笑，还煽风点火地鼓动她："嫂子你看清楚他的真面目了吧？没错，他就是这样无耻！你看，你现在抛弃他还来得及！"

可以做到将拍卖到千万金以上的建城令和高级装备随手扔掉的程度，的确是令人汗颜了点……但是夜初寒是神级人物啊！怎么能用无耻去形容？

即使是有点那个……无耻……但一直以崇拜大神为荣的慕轻寒是绝对不会承认的！

"你不用挑拨离间我们了。"慕轻寒用无比鄙夷的眼神瞟他一眼，"还有这不叫无耻，这叫精打细算好不好！"

"嫂子你居然这样说，我是为你好！你伤害了我幼小的心灵……"乱码先生捂胸做受伤状，惹得在场的人鸡皮疙瘩都起来了。

夜初寒瞟他一眼，冷冷开口，语气里带着威胁的意味："你再胡乱散播错误的信息给落雪，你放在我那里的一堆手办，就准备去垃圾堆里找吧。"

听见"手办"这个词，慕轻寒和过路君子不约而同地用惊悚的目光看向乱码先生。看不出来啊，这家伙居然是一个标准的宅男？

"不要哇！我哪有！"乱码先生差点没泪流满脸地扑上去扯住夜初寒的衣角。他哪有散播错误的信息给落雪轻寒？冤枉啊，他只是实话实说而已！


东方青龙，祥瑞之兆。

传说中的青龙城就宛如一颗镶嵌在华夏大陆上的明珠，散发着璀璨的光辉。可从山坡上俯视下去，眼前这满目疮痍的土地被笼罩在一片黑暗之下。

那绵延的城墙像是被人硬生生折成两半，倒在地面上。风雨侵蚀坍塌的房屋，风化碎裂，青苔蛛网布满残垣断壁。更令人触目惊心的是，那黏糊状的黑色土地上露出一截截森然的白骨，那狰狞的模样像是在诉说着这里的可怕。远远地，就有腐臭的味道扑鼻而来。

那昔日的辉煌，已不复存在。

"这里就是……青龙城？"慕轻寒强忍着想要呕吐的欲望，移开视线，难以置信地问。这里简直就是一座死城嘛！

"任务提示是指示往这条路走，应该没错。"夜初寒点了点头，顺手关掉了任务面板，从山坡上跃了下去，动作完美地落地。

慕轻寒和过路君子对望一眼，也跟着跳了下去。

"哎，等等我——"还处于发呆状态的乱码先生蓦地清醒过来，惊觉他的周围已不见一个人影，慌忙着急地跳了下去，结果一个不慎，以平沙落雁式着地了……

四人踏入城内，走在这片焦黑阴森的土地上，寒气侵骨的风呼啸着在他们头顶上刮过，吹得周围的断木残壁噼里啪啦地敲击作响。随着与都城中心的距离不断减少，城中的阴气也越发浓重。

　　"太可怕了，难道从来没有玩家来过这里？"慕轻寒捂着口鼻，强烈的腐臭让她不适应地眉头深蹙。她紧跟在夜初寒身后，一举一动都不敢有丝毫松懈。

　　"也许有，但是可能级数不到而无法进入。"夜初寒答道，却突然停下了脚步。

　　"怎么——"

　　话未说完，除夜初寒外的其余三人的身体都不由自主地一颤，一种异样的寒冷迎面扑来，渗透入骨！

　　伴随着一阵嘶吼声自四面八方而来，以四人为中心的地方突然爆出刺目的雪芒，天空同时划开四道弧线，逆风迎向那扑面而来的压迫感！

　　"呜……"剑尖刺中的地方发出一声低沉的呜呜，朝着几人扑来的僵尸痛苦地挣扎几下，化作一道道白光被系统刷新而去，然而，令人战栗的呜叫并没有随着僵尸的死亡而消失。

　　夜初寒等人在消灭了第一批僵尸后，才发现了异状！成千上万的僵尸从废弃的房屋后涌现，包围住他们，堵塞了他们的去路。原本还安静得诡异的废城，竟在瞬间成了僵尸的集会场地！

　　"群怪！"乱码先生大吃一惊，一改刚才嬉皮笑脸的模样，连忙扔掉手中急中生智用来格挡的剑，毫不迟疑地架起繁星落月弓！

　　铮！一声震撼天地的嗡鸣！漫天的箭矢如流星般向着四周的僵尸群疾射而去，怪群中接二连三亮起刷新的白光。

　　乱码先生再接再厉，又架上数支箭用力拉弓弹射。死亡的白光接连不断，几乎照亮了乌云盖顶的天空，可他很快发现，这样做完全于事无补。即使僵尸不断死去，马上就有更多的僵尸将空缺补上，无论他杀掉多少只僵尸，都起不了多大的作用。

　　"夜，怎么办？再这样下去，不要说拯救青龙城，连走出僵尸的包围也不行！"他趁僵尸被刷新的空缺擦去额上冒出的汗水，往口里扔了一颗补精神力的药，一咬牙再次架起弓箭。

　　"天哪……这里为什么会有这么多僵尸？到底要杀到什么时候？"一向保持着温和与微笑的过路君子也不再淡定了，苦着一张脸连声抱怨。他刚刚十分艰难地砍死一只僵尸，马上又有一只狠狠朝他扑来！他的毒药对这些僵尸居然完全起不到作用，暗杀技巧也派不上用场。

慕轻寒一招"冰天雪舞"横扫过去，成功减掉那群怪的一大半血，但是刚刚被杀掉的怪又重新刷新出来，一步步接近。她看着那群野火烧不尽的僵尸，皱眉道："如果……能直接跳过这群僵尸就好了！"

"直接……跳过？"夜初寒若有所思。

就在这个时候，黑暗的土地之上响起一声震撼天地的轰鸣，以夜初寒为中心，突然爆击出巨大的气流，猛烈地冲击向四面接踵涌来的僵尸群！那灌满力量的气流所到之处，无不亮起耀目的光芒，一群群僵尸被掀飞，抛落，化作白光。

"怎么回事？"慕轻寒抬手挡着骤然涌起的狂风，脸色因为那莫名从心底生出来的压迫而变得煞白。

乱码先生风中凌乱地叫嚷起来："不会有变异 boss 出来了吧？"

"不是吧？"连过路君子也叫苦不迭。

最终几人的声音都被淹没在怒吼的狂风中。只有夜初寒依然镇定自若地站立在飒飒风中，一身白衣迎风翻飞。他的上方，亮起一个光点，慢慢拉长成星线，伴随着再一声震裂肝胆的吼叫，光点犹如爆炸般四散开来——

天空爆射出青色的鳞光，巨大的身影慢慢在光影中浮现……

慕轻寒的瞳孔猛地收紧，不能抑制地呼叫出声："青龙！"

一剑钟情

\*\*\*\*\*\*\*\*\*

YES    NO

慕轻寒的声音很快被低沉的龙吟所淹没。

灰暗的天空透出了明亮的青蓝，犹如一团化开的颜料，慢慢渲染了大片的天空。青龙的身影，像是一道明亮的闪电，瞬间将灰淡的天空撕裂成两半，庞大的身躯将半壁苍穹都遮掩起来。无形的压力像是一块巨大的石头压落每个人的心上，让人喘不过气。

慕轻寒握着冰天雪舞剑的手攥得更紧，从那极度隐忍的神情可以看出受到了巨大的压力。再看看乱码先生和过路君子，他们两人的情况似乎也好不到哪里去。

"大哥，你下次放青龙出来时能不能提前知会一声？吓死人啊！"乱码先生捂着剧烈撞击着胸膛的心脏，故作轻松地扯了扯嘴角，但他那勉强露出的笑容依然掩饰不掉他对这一幕的畏惧。

夜初寒云淡风轻地扫了他一眼，对其他人的反应恍若未觉，目光无惧地迎向了在天空盘旋的青龙。像是接受到无声的命令，青龙发出低沉的龙吟，强壮的身躯灵活地在天空旋绕一圈，一个俯冲，降落到主人身边。

青龙乖巧地伏在地上，双目半寐，稍微倾斜的背脊泛出了柔和的蓝光，犹如水一样温柔。

它似乎也不是那么可怕嘛……慕轻寒好奇地接近，想要看清楚一点，一只纤长的手伸了过来，夜初寒清越低沉的嗓音在耳畔响起："上来吧。"

咦？她愣了愣，经过短时间的相处，也觉得这没什么好害羞的了，于是顺理成章地握住夜初寒的手，借助他的力量跃上了青龙的背脊。

"哇，夜！你这个偏心的家伙！"乱码先生不满地抱怨一声，连忙跟随着过路君子的脚步，爬到了青龙的背上。

"吼——"伏在地上假寐的青龙蓦地睁开眼睛，锐利的光芒从它炯炯的双目中迸出，它发出一声长啸，毫无征兆地腾空而起，飞升产生的冲击气流将再次聚拢过来的僵尸怪群狠狠弹飞！

慕轻寒在那一瞬间突然感受气流的流速加剧，连忙抓住夜初寒的衣服，不断冲击而来的风令她不适应地闭上眼睛。

黑暗中，一只温暖的手握住了她的手，令她微微一怔，心中的战栗似乎减轻不少。慢慢地，只感觉到周围的流速逐渐减缓，她小心翼翼地睁开眼睛，却意外地发现他们已身处万丈高空中，大惊之下身体一倾。

"当心！"握着慕轻寒的手的力道陡然改变，适时一扯，她准确地跌入了一个温暖的怀抱。

被那熟悉的气息萦绕，慕轻寒稍微站定，无措地抬起头对上夜初寒深邃的眸光，这一望反而心慌意乱起来了，赶紧垂下头胡乱地道谢："啊……谢谢……"

"啧啧，夜你们两个调情就不要在这个关键的时候了嘛……"乱码先生眯起眼观赏着这一幕，调侃打趣道。

过路君子则尴尬地别开视线，有意无意地往这边一瞟。

慕轻寒向乱码先生抛去一个极不友好的白眼，又在心里记下他的一笔坏账。


天幕犹如一块灰蒙的布笼罩着这片黑暗颓废的土地，青龙身下匍匐的一切已化为小点，僵尸还是不断从四面八方涌现，挤满了断壁残垣遍布的大街小巷，可由于他们的突然逃离而失去了攻击的方向，漫无目的地挤成一堆。从高空望下去，这座城市简直是一座僵尸之城。

青龙以迅雷之速往城的中央飞去，那是青龙城城主所在的地方，任务提示说，只要将青龙城城主打败，就能拯救青龙城。

城主领地的轮廓逐渐清晰地浮现在眼前，眼看就要到达，变故在此刻陡然发生！一个惊雷蓦地炸响，两道粗如蟒蛇的闪电就在离青龙三十米处直直劈下，令青龙的身形猛地一顿，恍如石化般定在了半空。

"嗷……"一声异常的低号从青龙的鼻间鸣出，它直直地望着刚才那两道闪电劈落的地方，眼神有些怪异。

乱码先生望了望前方，又望了望定在原处不肯前进的青龙，疑惑道："青龙怎么了？"

似乎察觉到青龙的异样，夜初寒剑眉深蹙，冷静地吩咐："做好准备。"

话音刚落，前方突然铺开了一层幻影，方才闪电消失的地方，两条长相一模一样的巨龙自幻影后浮现，它们通体漆黑，身后张着一双犹如恶魔翅膀的黑翼，两双散发着阴鸷光芒的红眼睛不友好地瞪着面前的不速之客。

"两条龙！"过路君子惊呼出声。尽管如此，下一秒，他已握上短剑，做好随时应敌的准备。

慕轻寒初见突然冒出的两条恶龙时也是一惊，但她想起青龙怪异的举动和那犹豫的目光，眼中有了几分了然："青龙会不会是见到同类，所以……"

"青龙，飞过去！它们是敌人。"夜初寒眼神一凛，以不容置疑的语气命令道。

"嗷！"尽管青龙有些不情愿，但它是不能违抗主人的命令的，尾巴一甩，向这两条龙猛冲过去。

两条恶龙举起锋利的爪子，身体绷紧，亦向着青龙迎冲而来，似乎想要将入侵者撕裂在它们锋利如刃的爪下！

龙背上的四人早已蓄势待发，就在双方即将碰撞上的千钧一发之际，武器的寒光连闪；数十支蓝光流转的羽箭首先射出，深深没入了其中一条恶龙的身体里，鲜血溅落，化为一阵血雨降落地面。

恶龙发出痛苦的号叫，在半空挣扎几下，最终化为白光而去。

而另外一方，三人的大招全部向着另一条恶龙的身体招呼而去，让它连反抗的机会也没有，周身就泛起一阵白光。

就在众人以为这个关卡已经轻易通过的时候，第一条被羽箭射死的恶龙，随着一阵突然冒出的黑光重新被刷新出来。

乱码先生大惊失色，一声"怎么可能"脱口而出，就在他们惊愕的瞬间，另一条刚死亡的恶龙也刷新出来！

"怎么会这样？"

这次两条恶龙不再迟疑，发出一声凶狠的吼叫，集中力量向青龙背上还在发怔的乱码先生俯冲过来！

"乱码！"寒光一闪，喷泉般的鲜血溅落到乱码先生身上，恶臭味扑鼻而来。

乱码先生持着弓箭，错愕地看着拦在他面前为他挡过一击的过路君子，也忘记了道谢，失了神般喃喃自语："难道要同时将它们杀死？"

受了重伤的恶龙不甘心地后退几丈，一甩龙尾，再次迎风冲撞而来！几人再次举起武器迎击上去！可是，问题接踵而来！死亡和刷新的情况不断在同一地点出现，两条恶龙不断被刷新，根本就没有受到多大影响。反而是他们，精神不断减少，饥饿值也在下降，杀起怪来开始有些力不从心了。

慕轻寒第 N 次杀死了一条恶龙，往口里扔了一颗补精神的药，叫苦不迭地直摇头："不行！必须同时将两条杀掉，不然它们会马上复活啊！"

"可大家攻击的频率都不一致，怎么办？"过路君子左避右挡地躲过恶龙的一次次进攻，随手往恶龙身上撒下一把毒药，转身哀叹，"唉，我没药了，谁借点来用？"

"乱码，连你的箭也不行？"夜初寒看向乱码先生，脸上的神色也越发凝重。

乱码先生趁恶龙刷新的空隙，递给过路君子一把药丸，听到夜初寒的问话，也是唉声叹气："不行呀！我的箭是一支接一支，虽然一次可以同时射出几支，但是也存在时间差啊！除非有合击招……"

"合击招?"

不约而同的声音响起。

慕轻寒和夜初寒的目光同时对上,十分默契地交换了一个了然的眼神。她连忙从储物空间中找出那本封存已久的比翼双飞剑法,这是那一次结婚任务的奖励,如果不是突然想起来,她恐怕已经将这本剑法技能书忘到九霄云外了。

系统提示:是否学习"比翼双飞"剑法?此技能需要夫妻同时使用,否则无效。请选择:是/否。

当然是"是"!

系统提示:恭喜玩家落雪轻寒学会比翼双飞剑法,剑法的攻击力随着夫妻间的默契增加。

眼看两条恶龙就要被刷新出来了,来不及查看剑法的信息,慕轻寒又手忙脚乱地从储物空间中找出配套的比翼双飞剑。只听夜初寒蓦地大喝一声她的名字,随即纵身跳跃到半空——

慕轻寒点头回应,紧紧跟随着夜初寒的脚步跳到空中,心中冥想,手中的剑一挥,配合着夜初寒施展起剑法来,向着两条再次刷新出来的恶龙挥去!

双剑齐出,比翼双飞!

强烈的白光在瞬间爆射出来!

天空突然展开一双彩色的幻影翅膀,倏地化作凌厉的剑气,如流星般的彩光刹那贯穿了两条恶龙的身体!

-9999999

恶龙头顶飘起的大大的红字像是在宣告他们的战绩,格外耀目。

这一次,恶龙连挣扎的机会也没有,直接化为齑粉纷纷扬扬飘散而去。稳稳地降落回青龙的背上,紧接而来的,是美妙的系统提示音——

系统提示:恭喜玩家夜初寒、玩家落雪轻寒夫妻合击默契达到99%,技能"比翼双飞"升至2级。

过路君子情不自禁地拍了拍手,赞叹道:"漂亮啊!"

"果然，你俩是天生一对……"乱码先生一激动，又开始抽起风来，结果被慕轻寒一个眼神瞪了回去。

这次恶龙再也没有刷新出来，但是蓦然间，一个透着无可抗拒的威严的声音从城主领域中传出，浑厚的声音震响天地："尔等何人？竟敢闯入本座的领地！"

洪亮的声音震响云霄，蜿蜒如巨蛇的闪电顺着怒吼的狂雷划过苍穹，冰冷雪亮的光芒在灰暗的天空炸亮，那块灰色的幕布似是突然被撕开成两半。

然而，无论雷声多么响亮，闪电多么骇人，始终没有半点雨滴落下。

青龙背上的四人，望着天空这一幕景观，毫无所动。

天空明耀的闪电令慕轻寒不适应地眯了眯眼，她抬手挡住那连闪的炫目光芒，有些不屑地哼了一声："这算不算雷声大雨点小？只有声音没有行动，没有一点意思……"

乱码先生张着嘴巴，惊诧地望向她："嫂子，你能不能有些正常的反应？"

"什么才是正常反应？"慕轻寒睨他一眼。

乱码先生托起手支着下巴，眯起的眼睛精光连闪，开始了翩翩联想："唔？正常的女玩家不是应该'啊'地尖叫一声，然后歪倒入男生的怀里吗？然后说'我很害怕啊'之类的话……"他顿了顿，似乎想起了什么，又点了点头道，"不过也是，要不是嫂子那样剽悍，怎么能挤进排行榜前十？"

慕轻寒不但没有生气，反而像是得知了什么秘密那样神秘兮兮地"哦"了几声，探究的目光在他俊俏的脸上转了一圈，露出一副了悟同情的模样："我明白了，其实这是你想做的吧？嘿嘿，害怕就直说，不要扯我垫底嘛！虽然一个大男人这样是有点丢脸，但是……"

乱码先生连忙打断她："哎呀！才不是，嫂子你别毁我清誉……"他有些慌张地望向其余两人，又看向天空，"刚刚我说了什么？忘记了……你们刚刚听到的只是幻听！对！幻听！"

过路君子嘴角一抽。

"好了，别闹了，我们要攻入内部了。也许最后的boss就要出现，留神注意身边发生的一切。"夜初寒开口道，成功地制止住乱码先生的抓狂。

经他那么一提醒，众人才发现不知道什么时候，天空之上那嚣狂的雷鸣闪电已经停了下来，一层犹如薄纱的淡青色光芒从城主殿中透出，像是为它笼罩上一层不真实的幻影。光芒的顶上，旋起了一圈圈逐渐扩散的圈纹，比漩涡浅淡，却比涟漪更深。

"从青漩涡中进入城主的宫殿中？"乱码先生读着任务面板上的提示，又一脸怀疑地望向夜初寒，"你相信任务提示吗？我还以为是那城主出来的。这其中会不会有诈？"

"难道系统提示也会骗人吗？"慕轻寒无语地望着一脸严肃的乱码先生。

"嫂子，我怎么觉得，你老在针对我？"乱码先生回以受伤的眼神。

"青龙，飞进去。"夜初寒思索一阵，眼神平静无波地命令道，语气更是轻淡得犹如轻盈的微风。

几乎是同时，青龙发出一声低沉的吟叫作为回应，龙尾灵活一甩，朝着那圈扩散的涟漪飞去。

这层青色的薄纱似乎是一层结界，将里外的景物完全阻隔开来，当青龙带四人完全进入薄纱内部的时候，他们才惊讶地发现，现在身处的地方，竟不是从结界外看到的城主宫殿外部，而是在城主宫殿内部！

里外的景象，竟是不连贯的？

呈现在眼前的，偌大的殿堂，灼灼的烛火就像是魔鬼的红目，跳跃在青玉雕刻而成的盘龙柱子之上，泛开了昏黄的颜色，倾洒一地。光洁漆黑的大理石像是一块有瑕疵的镜子，倒映着四个模糊的影子，被犹如鬼火跳跃的红光渲染着，显得惊心诡异。

大殿之内一片揪心的肃静，诡异的气氛似是看不见的雾气，紧

紧萦绕在每个人的周身。

"这里是……"进入殿中的四人心中陡然生出郁闷之感，丝毫不敢懈怠地打量着周围的一切。最终发现了正前方那层层用青色晶石堆砌而成的台阶，顺着层层梯级望上去，突然畅通的视线被障碍物阻隔，一道浓重的阴影覆盖下来。

"僵尸大 boss？"刚看到突然出现在眼前的人时，过路君子禁不住脱口而出，警惕地将短剑举到胸前。

可眼前的……人，分明又不是僵尸！英气逼人的面孔透出了只有人才有的生灵气息，那一身深青色的衣袍，有金丝线绣成的龙纹，发顶青玉冠加冕，浑身散发出让人无可抗拒的威严。

他双手负于身后，傲然地扫视着座下之人："哼，一群蝼蚁，这么久才发现本座的存在吗？"

乱码先生怔然地望着眼前的家伙，一阵恍惚后，才惊醒过来："为什么连 boss 也长得这么美形？简直是荼毒女玩家的必杀啊！幸好我们队里没——咦？嫂子你不会见色忘……忘色吧？"他最后一句话分明降低了音调，说的时候，十分小心翼翼地望了夜初寒一眼。

"你这是什么意思？你以为我会是你吗？"慕轻寒没好气地瞪了他一眼，挑眉道。

乱码先生听出了慕轻寒话中的玄机，又爆发出一阵抓狂的声音："啊啊啊！嫂子你那是什么眼神！我可是直男！直男你懂吗！"

慕轻寒挥了挥手中的比翼双飞剑，锐利的剑刃晃出一抹七彩的光影，视线对上正前方那道气势逼人的青影："我懂我懂，速战速决吧！"

可是，身边的过路君子突然喊道："等等！他似乎不是怪……"

经过路君子那么一提醒，众人才发现，那人的头顶，居然顶着一行大大的紫字……

在《乱世》之中，怪分成五个等级，红字代表这种怪十分危险，挑战模式为非常困难；橙字代表一般危险，挑战模式为困难；黄字代表一般怪物，挑战模式为普通；绿字代表无害怪物，挑战模式为容易……

紫色字体，却是代表NPC······

系统BUG？

青龙城城主，这样的大boss，怎么可能会是NPC？

就在几人全陷入呆滞状态的时候，青龙城城主神情一凛，浑身光芒大盛，一团青光球突然在他面前腾空冒出，径直往慕轻寒站立的方向飞滚击去！

慕轻寒根本不会想到，显示为NPC状态的青龙城城主，会突然向她发动攻击。她只能惊愕地站在原地，睁大眼睛看着那团光球不断逼近，就是在电光石火的那一瞬间，一股强劲的力道将她扯离原地，眼前有什么蓝色的东西闪过，接着就是乱码先生难以置信的惊呼："夜你干什么！啊——"

突然，光球的青焰在离那蓝影0.01米的地方，熄灭了。

被夜初寒随手拉作挡箭牌的倒霉的乱码先生"咦"了一声，瞪大眼睛望着前方，脸上依然保留着在危险时刻出现的惊惶神色。

不动声色地观察这一幕的青龙城城主突然用力拂袖，棱角分明的五官透出了愤懑之色，怒道："连保护重要的人也要拉别人当挡箭牌！你算是什么男人！"

这句话，分明是对夜初寒说的。

"救到人就好，又何必在乎用什么方式。"夜初寒满不在乎地回答道。

乱码先生捧着碎裂的玻璃心，像个小媳妇那样哀怨起来："夜，你果然抛弃我了！你有了嫂子就不要我了，哎呀我真伤心······"

青龙城城主一时语塞，不由得怒吼："你······可别人也是人！"

夜初寒意有所指地反问："那么，在你伤害别人的时候，你有没有这样想过？"

过路君子掏了掏耳朵："我说这货好歹也是一城之主，怎么这么圣母······哦，不对，是圣父？竟然为了一群不相干的人让自己在乎的人受伤，这真是，啧啧······"

乱码先生越听越不对劲儿："你们说什么啊？什么是不相干的人！"

　　"……"青龙城城主一震，竟回答不上一句话。他脸上的怒意瞬间被错愕所代替，怔怔地站着，许久之后，眼中浮现一抹回忆的忧伤，自嘲般喃喃，"是啊……你说得对，这样的保护，的确完全没有意义……"他的视线落在了殿下几人身上，幽幽一叹，"你们……要不要听一个故事？"

　　"……"众人无语应对，此刻他们心里的想法不谋而合——不是来打 boss 吗？怎么成了听故事了？真是系统主脑的恶趣味。

　　似乎是被系统默认，无论他愿不愿意，青龙城城主已经开始娓娓道来。

　　故事，要从三百年前说起。

　　他叫青吟。三百年前，他还不是青龙城的城主，而只是一个初入江湖的菜鸟剑侠。年少无知，单纯的他也从没想过，有一天会坐上这个拥有无限荣耀的位置。那时的他，只想跟自己最爱的青梅竹马沁兰一起，快意江湖，做一对人人羡慕的江湖侠侣。

　　天有不测之风云，某一天，青龙城的现任城主派人找到他，告诉他一个惊人的事实，他跟沁兰的命运已经开始不知不觉地扭转，他竟然是城主流落民间的儿子！

　　很快，他的父亲将他与沁兰接到城主殿中，恢复了他原有的身份，令他从一个江湖草莽转眼成了城主的继承人。他得知，他出生时正遇战乱，生母怀着他跟着护卫队仓皇逃离出城，在隐匿的山村中生下了他，而且他还有两个哥哥。

　　他总觉得，他那两个哥哥心术不正，总是在觊觎着他的沁兰。他无意城主的位置，可他那两个哥哥不是这样想，处处想置他于死地！可他从来不将他们的所作所为放在眼内，只认为能保护好一切就行了，可惜他没有想到，会有那么一天。

　　新继任城主之位的哥哥以办事之名，故意骗他离开了王宫，离开了沁兰。他内心已经觉得有所不妥，等他匆匆回来的时候，他发现那两个禽兽不如的哥哥，居然要侵犯他的沁兰！他大惊，连忙上前阻止，却被侍卫拦住，眼睁睁看着沁兰遭受侵犯……

　　沁兰香消玉殒……

他的哥哥们，在留下一串疯狂嚣张的笑声后，扬长而去。怒火覆没了理智，他抱着沁兰的尸体，发疯似的冲出了城主殿！三年后，他重新归来，逼宫谋反，弑兄夺位，丧失心志的他更是封印了青龙城的精魄，将其抛入河中！

岁月慢慢流逝，荒落入黑暗之中的青龙城中只剩下他一人。他陷在孤独中，日夜受尽痛苦的回忆折磨。只恨当时年少，若是他能早点醒悟，他的最爱，就不会落得如此下场。

听完这个结局凄惨的故事，慕轻寒忍不住脱口而出："真是一个悲剧啊！"

"太狗血了！"过路君子点头应和。

乱码先生则是疑惑："咦？难道是游戏的设计者看言情小说看多了？"

"可是游戏不是由主脑控制的吗？"

"你们说够了没有！"听着几人的议论纷纷，城主气得七窍生烟，差点吐血！

刚才差点被城主一击送去复活点的乱码先生，顶受着其余几人鄙视的压力，露出一个十分狗腿的笑容："呃，够了够了……嘿嘿，你继续……后来呢？"

"咳！"城主轻咳一声，阴沉着脸，"没有后来了！"

众人："……"

他顿了顿，眼中闪过一抹狡黠之色，继续道："能来到这里，并且同时拥有白龙佩和青龙，说明是你们的缘分。那么接下来的一切，就交付给你们了……"

系统提示：恭喜玩家夜初寒、玩家落雪轻寒、玩家乱码先生、玩家过路君子完成连环任务二：拯救青龙城。奖励经验500000，金钱100000，获得进入青龙城许可证明。

系统提示音过后，几人才赫然发现，殿中已经没了城主大人的踪影，而大殿内紧闭的门窗的缝隙中，透进了几缕微弱的曙光……

『系统公告：玩家夜初寒、玩家落雪轻寒、玩家乱码先生、玩

家过路君子完成了拯救青龙城任务，服务器在十分钟后进入升级维护，请玩家们及时下线，服务器升级完成后，青龙城正式开通，经城主批准后，玩家方可自由进入。』

接连不断的系统提示又炸响了整个世界。

"咦？怎么这次将名字也公布了？"慕轻寒苦恼地说，"这下不会又引起公愤了吧？"

"放心嫂子，一切有夜扛着，你怕什么？"乱码先生暧昧地笑了笑，又朝夜初寒挤眉弄眼，"夜，你一定收到了成为城主的系统提示了吧？"

可惜夜初寒完全将他当做空气，对他的话置若罔闻。

过路君子心满意足地看着暴涨的经验条，感激地朝其余三人点了点头："呵呵，我先下了，今天谢谢各位。"话音刚落，真的片刻也不停留，嗖地化作白光就消失了。

"这么快？"慕轻寒转头，跟夜初寒道别，"那么我也下了……"

夜初寒的目光正对上她的视线，黑眸中似有难懂的情绪酝酿："落雪，明天我可能中午的时候才能上，你……"

慕轻寒突然想起了什么："明天……啊！我差点忘记了，明天是开学的日子！嗯，没关系的，我也午休的时候才能上了。"

乱码先生又在一旁叽里呱啦地吵嚷起来："哎，嫂子你也是学生？你在哪儿读书？"

"Y大……你问这个干啥？有什么企图？"慕轻寒及时收住了话题，眯着眼警惕地打量着乱码先生。

我不过是随口问问而已，我就这么像坏人吗？乱码先生心中欲哭无泪，连忙摇头澄清："没！绝对没有企图！我只是——"

可话未说完，三道白光接连现起，乱码先生急急辩解的声音被淹没在那片泛起的光芒中！十分钟的时间已经过去了！他们——被系统踢下线了！

片刻后。

养生舱那片伸手不见五指的黑暗里，男子缓缓勾起一个意味深长的弧度："Y大吗？"

"呼——"

慕轻寒拖拽着沉重的行李箱，以龟速缓慢地行走在Y大的林荫道上。

今天是Y大开学的日子，由于家里没人，所以她只能自己担当苦力了。一路上接连有几位男生主动请缨，帮她提行李，都被她拒绝了。因为这很容易引起别人误会，虽然辛苦了点，但为了清白，也是值得的。

好不容易将行李拖到了宿舍楼前，宿舍管理员年阿姨从资料室的窗子探出头，朝她挥了挥手，满脸慈祥的笑容："小慕，回来了。"

"是啊，年阿姨好。"慕轻寒停下脚步擦去额上的汗，回以浅浅的微笑。

年阿姨的目光在她身上打量一阵，疑惑地问："咦，你男朋友怎么没来帮你提行李？"

慕轻寒有些尴尬地笑了笑："阿姨，我……还没男朋友……"

"哎？怎么会？真可惜了，小慕这样好的女孩，应该很多人追才对啊……"年阿姨还是一脸不相信的表情。

慕轻寒有些不好意思地摆了摆手："阿姨你别开我玩笑了，怎么会有很多人……"

年阿姨似乎是看出她的困窘，也不好再问下去："好啦，不说了，赶紧搬行李上去吧。"

慕轻寒如释重负，赶紧朝年阿姨点了点头，再次拖起行李开始了她征服楼梯的旅途……

"轻寒，你终于回来了！我太想你了！"

刚推开宿舍的门，一个惊喜的声音在耳边炸响，慕轻寒吓了一跳，手一颤，行李箱没有抓稳，重重摔到地上，发出沉重的响声。

一个人影迎面扑来，紧紧抱住了她，用力蹭啊蹭。

那阵尖叫的声音依然不断在耳边嗡嗡回响，半晌慕轻寒才回过

神，惊讶出声："淘淘？"

夏淘淘丝毫不给她说话的机会，不满地噘起嘴巴，抓过她的肩膀就猛摇起来："你啊，怎么一直不来找我们？"

"停停停！那个……"

话未说完，就被夏淘淘打断："亏我还为你制造了那么好的机会。"

慕轻寒被她晃得发昏，心中叫苦不迭。

似乎感受到她的难受，夏淘淘才慢慢停止了摇晃："算了，我大人有大量，就不跟你计较了，不过你这次不准再放我鸽子了，知道吗？"

慕轻寒缓过一口气，有些无奈地点了一下头。

"很好，那说好了。"夏淘淘满意地点点头，又似是想起了什么，脸上的表情变得兴奋，"对了，轻寒。你有没有听说，青龙城开通了！居然真的有青龙城啊，而且城主是夜初寒，等级排行第一的那个夜初寒，你知道吧？"

"……"慕轻寒一脸无奈地望着无比兴奋的夏淘淘，心里默默地念叨着开通青龙城的任务她有参与……

急性子的夏淘淘不等她回答，马上又切换了话题："说起来，轻寒你现在几级了？这么多天了，应该上20级了吧？"

"还没过10级。"慕轻寒心虚地回答。

虽然是小号。

夏淘淘瞪着眼睛半晌无语，最后失望地"嘁"了一声，朝她挥了挥手，转身回到自己的电脑前："算了，不跟你说了，你这个只会学习的异性绝缘体！"

慕轻寒："……"

"嘿！亲爱的姐妹们，我回来了！"

宿舍的门突然被打开。

一个有着一头自然卷长发的少女出现在门前，她的长相像洋娃娃一样精致可爱，笑容甜美，那件时髦的布格子短裙更衬得她美丽动人。

"莎莎！"听到这个声音的慕轻寒惊喜地回过头去。多日不见舍友们，都开始想念她们了啊。

莫莎莎，慕轻寒的舍友之一，学生会文艺部部长。据说她是某大企业老板的女儿，不过她的性格很开朗随和，所以十分容易相处，那时候她们认识不到一天，就已经打成了一片。

"莎莎亲爱的，你也回来了！"夏淘淘快步上前，搂住了她，"想死你了。"

"我也想你们，暑假都去哪里玩了？"莫莎莎回了她一个大大的拥抱，笑嘻嘻地问。

夏淘淘叹气："没，都待在游戏里。莎莎你呢？"

"我？唉，哪里也没去，都是跟在老爸身边实习，闷死了。"莫莎莎一脸郁闷的表情。

"莎莎，你就别抱怨了，有一个当老板的老爸，毕业后又不用烦着找工作，多好啊。"

"还好吧……"

莫莎莎叹了一口气，突然目光一转，视线落到慕轻寒身上，水灵的眸子里划过一丝光亮，马上松开了紧握着夏淘淘的手，飞奔过来："轻寒，能不能帮我一个忙？"

慕轻寒被她突如其来的举动吓了一跳，怔了怔："什么忙？"

"嗯，帮我将这份社团活动通知带到音乐社交给社长祁清冷。"莫莎莎迅速打开自己的行李箱，从一沓文件中取出一张单面印字的A4纸，递了过来。

乐于助人是美德，慕轻寒接过纸张："没问题……不过，你有事？怎么不自己去？"

莫莎莎叉腰掩嘴做女王状："嘿嘿，我要去看帅哥……"

"帅哥？什么帅哥？"说到帅哥，夏淘淘马上两眼发光地跑了过来。

莫莎莎像是找到同盟似的，握住夏淘淘扑上前的狼爪，眼中星光闪烁，激动地嚷道："就是那个刚上大一，就到国外著名的X大交流的交换生……"

夏淘淘表情愕然，难以置信地瞪圆了眼睛，一时竟说不出一句话来！半晌才结结巴巴地开口："风、风祈夜？Y大历史上排行第一的传奇人物？莎莎，你……你不是开玩笑吧？国外这么好条件，他怎么会舍得回来？"

"嘿嘿，管他为什么回来，有帅哥看最重要！哦呵呵呵呵……"莫莎莎女王笑得一脸奸诈。

夏淘淘紧紧握住她的手，一副唯恐她抛弃自己的模样："我要跟你去！啊啊啊，我也要瞻仰风大帅哥的真容！"

"风祈夜，是那个Y大传说中的风云人物？"慕轻寒听着两人的对话，不假思索地脱口而出。

正兴奋着的两人纷纷用震惊的目光看向她："原来轻寒你这个恋爱绝缘体也知道风祈夜？"

慕轻寒怒了："喂喂！你们那是什么眼神！在Y大谁不知道风祈夜！"

没错，在Y大，你可以不知道现任校长是哪根葱，但绝对不能不知道Y大风云史上排名第一的天才风祈夜！

莫莎莎为自己做出的决定感到得意扬扬："是了，所以我说我的选择是正确的嘛！我才不要去音乐社！听说音乐社那个祁清冷性格古怪得很，经常像个幽魂野鬼神出鬼没，即使风祈夜没有传说中那样帅得惊天地、泣鬼神，但总比去面对那个女鬼好吧？"

"那为什么要我去音乐社？"

莫莎莎嘻嘻一笑，一副理所当然的模样："轻寒你这种恋爱绝缘体，去不去看帅哥都没所谓啦！"

"……"

慕轻寒欲哭无泪！为了一个帅哥，她就这样被舍友给卖了……

受人之托的慕轻寒走在前往音乐社的林荫校道上，徐徐的清风拂过，树叶飘落，空气里弥漫着属于初秋的特有气息，令人神清气爽，可她为什么会觉得郁闷？

走过教学楼的时候，倒霉的她又被一个声音叫住了。

"慕同学。"

慕轻寒沿着声音的方向望去，发现了正站在教学楼出入口的导师，也就是中文系的田教授。一个五十多岁、身材稍胖的秃发老人，江湖人称"秃毛田"，不过田教授为人性格爽朗，即使有学生直接喊他的外号，他也只是一笑置之。

然而，一种不祥的预感突然生出。

慕轻寒疑惑地走了过去，指着自己："田教授，您叫我？"

"对对，你来得正好，能不能帮我一个忙？"田老头子那灿烂的笑容令她毛骨悚然。

"……"今天是怎么了？为什么每个人都找她帮忙？

不善拒绝的慕轻寒点了点头："可以啊……"

"太好了！"教授露出如释重负的欣喜笑容，随手指了指他身旁，慕轻寒一直没有正视过的人，"那个，这位是风祈夜同学，刚刚从国外回来的大四交换生，他对校园还不太熟悉，嗯，你就带他到各个地方熟悉一下吧。"

原来只是带新人熟悉校园……等等，大四？风——夜？不是刚刚莫莎莎她们提到的名字吗？

她的目光下意识瞟向田教授身后的人。

他就是那个……

可是，他不是被莎莎她们瞻仰去了吗？怎么会在这里？

眼前的人面容俊逸，气质卓然，宛如墨竹般淡雅，却带了种棱角分明的锐利。日光细细勾勒出他线条如雕刻般完美的轮廓，眉目间透出一种与生俱来的傲然。深邃的黑眸宛若星辰，微风轻轻吹拂着他黑色的短碎发，映衬那明媚的暖阳，很是好看。

那种强盛的气质让人移不开眼睛，却又不敢去正视，他就是那么一个矛盾体。

慕轻寒意外觉得眼前的人很熟悉，但又确信从来没有见过这张脸。被她打量着的人好像一点也不意外她的反应，挑眉一笑："师妹好像很惊讶？"

的确很惊讶！田老头子咋给她这么大的一个惊喜？慕轻寒意外

之下连忙寻找田老头子的身影，可这周围，哪里还有他的身影？她无奈，只能硬着头皮回答道："不是，只是偶尔听舍友们提过师兄的名字……"

风祈夜凝视着面前的少女，显得疑惑："哦？"

慕轻寒侧过身，看向远处，故作镇定地轻松一笑："风师兄，我带你去熟悉学校吧？"

优美的薄唇稍稍弯了下，他噙着笑，只余看向她的那双黑眸点如墨漆，俊灼朗朗。

"好，那麻烦师妹了。"

于是慕轻寒就这样领着风大师兄，尽量挑着偏僻的地方走，以避开众人的视线。原以为这样就能安全躲过，然而刚才还在为自己的小聪明沾沾自喜的某人，很快乐极生悲了。

因为，她居然遇到了一个熟人！

"小慕？哎，这位是……"年阿姨乍看见两人的时候，先是惊讶，又马上露出恍然的表情，像是得知了什么重大秘密，笑得合不上嘴巴，"男朋友不错嘛！呵呵，还骗阿姨没有男朋友！就说嘛，小慕这么好的女孩怎么会没男朋友呢？"

慕轻寒着急出声："不，阿姨，你弄错了……"

年阿姨暧昧的目光在两人之间打转，语气更是神秘兮兮："是怕别人知道吧？呵呵，放心，阿姨绝对会给你保密的！"

所谓越描越黑大抵就是这样。

"不是的！年阿姨……"

年阿姨对慕轻寒露出慈爱的笑容，意味深长地看了风祈夜一眼："这位同学啊，小慕可是好女孩，你要好好对她才是。"

慕轻寒顿时目带希翼地望向风祈夜，他……应该会澄清他们的关系吧？

风祈夜嘴角轻勾："嗯，我知道了。"

简单的一句话顿时让慕轻寒的希望破灭了。

她已经被惊得说不出话来了！

"呵呵，好，小慕，不打扰你跟男朋友约会了，再见！"年阿姨朝慕轻寒打了个眼色，贼笑着飘走了。

"……"石化了好一阵的慕轻寒终于回过神，很不好意思地抬眸看向风祈夜，"抱歉啊，师兄，因为我害别人误会了……"

风祈夜露出一个适时的惊讶表情："误会了什么？"

刚刚勉强扬起的那抹笑容又僵在了嘴角，某人只觉冷风飕飕。风师兄，你怎么还好意思这样问？这种事情怎么好意思说出口！

"就是……"

"师妹，你有男朋友吗？"却突然听见风祈夜这样问道。

"哎？"

慕轻寒惊异地抬起头，正好触及他眸光幽深的眼睛，以及他眼底的笑意……

看着风祈夜似笑非笑的神色，慕轻寒突然有了一种极为不好的预感，于是试探地问道："师兄，你为什么这样问？"

风祈夜微微勾唇，深如幽泉的黑眸里满满的高深莫测的笑意："哦，其实也没什么，只是觉得，如果让师妹的男朋友看见你跟我在一起，会不会吃醋？"

"不会啦。"慕轻寒闻言松下一口气，之前不好的念头似乎都烟消云散，同时为自己的念头而惭愧。多不好意思啊，原来是自己在自作多情啊。

风祈夜挑眉，似是不解："嗯？"

"我没有男朋友。"慕轻寒摇头，望了他一眼，又犹豫地开口，"倒是被师兄你的女朋友看见，会不会……"

风祈夜黑眸中笑意不减："我也没有女朋友。"

"哎？"慕轻寒有些惊讶，倒映着他那张俊颜的眼眸里划过一丝惊愕。

风祈夜微微一笑："师妹的脸，好像很红呢……"

"有、有吗？"慕轻寒下意识摸向自己的脸，不知道是心理作用，还是其他原因，脸的确有些烫。

风祈夜观察着她受惊的反应，只觉心情格外愉悦，紧随着他的脚步挪前一点，站定，促狭地笑："师妹，如果……"

　　“啊，师兄！”慕轻寒略带惊慌地后退了一步，“我突然想起还有事……抱歉啊，不能带你参观校园了！你就随便在这附近逛逛吧，我先走一步……”

　　话未说完，慕轻寒已转身头也不回地跑掉了，风祈夜只是静静地站立在原地，目送着她仓皇而逃的背影，淡然一笑。

　　“逃得还真快……”他眼睑微垂，便将眼中的笑意全部隐藏在了那片睫毛覆盖下的阴影下面，“真是过分害羞。”

逃出风祈夜的视线范围，慕轻寒回过神，才后知后觉地发现自己站了一个她从来没来过的地方。这是一条青石板铺成的小路，大概常年经受风雨的侵蚀而长满了连片的青苔，而她的正前方，似乎是一座陈旧废弃的教学楼。放眼望去，屋檐上蛛网满布，正门入口那扇年久失修的木门，已经破了几个大洞。

学校原来还有这样一个地方？为什么她从来不知道？她正要离开，却在这时看到一个东西，不由得愣住。正门入口的一侧，挂着一个像秋千一样晃荡的牌子，上面印着三个格外鲜明的红色黑体大字——音乐社！

不知道是不是她的错觉，周围突然刮起阴冷的风，透着一丝丝诡异的寒气从她的脊背蔓延而上……慕轻寒莫名地打了个寒噤，紧盯着那摇摇欲坠的歪斜门牌，有些不敢相信自己的眼睛。

不会吧？这里就是音乐社？为什么会在一个这样偏僻这样诡异这样灵异的地方？她好像有点明白为什么莫莎莎称音乐社社长为女鬼了，能在这样一个地方建立社团的人，的确不太正常。

她咬了咬唇，压下心底不断涌出的恐惧感，鼓起勇气挪出脚步，慢慢地向那扇风一吹就倒的破门移近一步又一步……

四周静悄悄的，空无一人，气氛逐渐变得紧迫起来，连身边流淌的空气，似乎也渗入了丝丝彻骨的寒意。似乎为了配合这诡异的气氛，点缀在教学楼走廊上的灯光更是一闪一闪，恍如鬼眼一开一闭，

闪出了冰冷的光芒。

只是一小段路程，她却花费了十几分钟，才走到了那扇破门前，手在推门的那一刻定在了门上，犹豫了起来。

该不该进去？

正当她犹豫不定的时候，一股凉风缓缓地吹过来，她只感觉自己浑身的汗毛都立起来了。

"嘿！"一个声音从身后传来。

全身感官处于紧张戒备状态的慕轻寒，立刻条件反射地惊叫起来："啊！"

"啊，怎么了？"身后那个声音也跟着她尖叫，惊慌地回应着她。

慕轻寒听到这个声音乍然一愣，随即转身，才发现原来是一个长得秀气可爱的少女。只是眼前的少女头发没有打理好，乱糟糟地披散在肩上，加上她蒙眬未醒的睡眼，还穿着白色的衬衫，不仔细看还真有点像从电视里爬出来的贞子呢。

慕轻寒按着胸口，惊魂未定地看着眼前的少女："你……"

"你……找谁？"少女在看到她的那一瞬间也愣怔了一下，但很快恢复回漫不经心的状态，打着哈欠，一脸倦意地绕过她，推开那扇破木门。

慕轻寒连忙跟了上去，尽量让自己的语气听起来友好："请问，音乐社社长祁清冷在吗？"

"原来你是来找我的？"少女脚步一顿，突然转身眼睛发亮地望向慕轻寒，原先那昏昏欲睡的状态顿时消失得无影无踪。

"什么？"这位就是音乐社社长？

只见祁清冷一脸雀跃地冲上前，紧握起慕轻寒的手，喋喋不休地说道："太好了，终于有人明白艺术的真谛，迷途知返，不错不错，有前途……"

慕轻寒知道她误会了，连忙解释："不……"

激动不已的祁清冷不由分说地打断了她，急切地将她拉到一张破旧的办公桌前，拉开抽屉，取出一张表格，又继续开始她的絮絮叨叨："来来来！过来填表！填了表以后，你就是我们的一员……"

慕轻寒只好用更高的声音覆盖了祁清冷的声音："不，师姐你误会了。"

祁清冷一愣，用怪异的眼神望着她。

慕轻寒被她盯得发毛，连忙从口袋里取出折了两半的社团活动通知，递到她面前："我只是来送通知的……"

祁清冷愣愣接过通知，有些失望地摇了摇头，哀叹出声："唉，真让人失望，还以为是迷途知返的孩子……"就在慕轻寒因为她失望而内疚的时候，她突然仰头望向天花板，抱着脸自怜自艾地感慨起来，"也是，这世间，又有多少人能像我一样，懂得那高深莫测的艺术，大概我这一生再找不到什么知己了……"

"祁师姐，我有事，先走了哦！再见！"慕轻寒只觉额上青筋暴起，当机立断丢下一句告别的话，便溜之大吉。

"哎！等等——"祁清冷对着她的背影焦急地叫了起来，却发现下一秒已不见她的身影，只好独自嘀咕，"真是的，跑那么快干吗？我都还没说完呢……"

已经离开的慕轻寒没有看见，祁清冷在说这话的时候，眼底似乎划过一丝与她的形象极不相称的狡黠。


身心俱疲的慕轻寒回到宿舍，原本想向舍友们寻求一些心灵安慰，可回去之后才发现宿舍里竟空无一人。无奈之下，她只好从行李箱里取出《乱世》的虚拟眼罩，打算登录游戏——这是购买《乱世》游戏养生舱的时候赠送的东西，它能随身携带，是专门为需要离家远游的玩家设计，只需要用数据线接通网络就能登录，基本功能和养生舱差不多。

登入游戏界面后，她却听见接待的NPC美眉用甜美的声音对她说："你好，游戏目前处于升级状态，下午三点后升级完毕，请继续关注《乱世》的动态，谢谢你的支持。"

慕轻寒不由得郁闷地退出游戏，消沉地打开电脑，登录《乱世》官网，发现官网的版块早已沸腾了。大家都在讨论青龙城和夜初寒的事情，其中虚构的八卦绯闻更是数不胜数，有恭喜的、嫉妒的，

还有骂落雪轻寒走了狗屎运的，实在没有什么有价值的新闻。

鼠标继续往下，她的目光突然定在了两张并排在一起的帖子上。

这两则八卦，一则是血染衣被轮白的内幕，据说是血染衣的好兄弟浪翻云喜欢上了逝水家族的逝水琉璃，为了讨好逝水琉璃，伙同逝水帮众轮白了血染衣，只是为了爆出逝水琉璃一直想要的抗眩晕+5的铃铛。还有一种说法是血染衣曾经拒绝了逝水琉璃的求爱，因此遭到报复。不过无论哪种说法，血染衣就因为被轮白一事而删号自杀，从此淡出了人们的视线。

至于另一则八卦，则是逝水年华放弃追杀落雪轻寒的世界公告，但并未说出原因。不过发帖人透露，内幕是逝水年华被夜初寒连杀十级！

逝水年华被夜初寒连杀十级？

大大的黑标题映入了慕轻寒眼中，填满了她的视线，她盯着电脑屏幕，心里涌起无法说清的复杂情绪。

什么时候的事情？她居然不知道？夜初寒为什么要杀逝水年华？难道真的是因为那则追杀公告？

心底隐隐生出一丝温暖。无论是因为她，还是因为看逝水年华不顺眼，不知道为什么，她突然觉得很感动。

终于熬到下午三点，慕轻寒终于顺利地登录了游戏，周身闪烁的白光方散去，夜初寒着一身白衣的身影便映入了她的眼中。

白衣如雪，眼眸深邃，那被白亮如昼的烛光映照得金碧辉煌的城主大殿，似乎也因为他的存在而黯然失色。

这一刻在她眼中，夜初寒就是如此独特的一个存在。

想起论坛上的那张帖子，她情不自禁地出声唤出他的名字："夜初寒……"

夜初寒一怔，往日平静如湖水的黑眸中亦掠起一丝难以察觉的波澜。

然后听见她问："你是不是杀了逝水年华十级？"

"唔？"夜初寒没有想到她会这样问，神色一怔，才轻轻点头，不在意地开口说道，"好像是有那么一回事……"

好像？

"……"慕轻寒原本的激动情绪，被他这语气弄得瞬间烟消云散。他根本没当一回事嘛！那么自己之前那么激动到底是为了什么啊！

夜初寒看向她，似是漫不经心地问道："为什么突然这样问？"

"呃？"慕轻寒莫名紧张起来，怔愕一阵后，才欲言又止地开口，"啊……其实也没什么，只是突然在官网上看见，说你杀了逝水年华。"

似乎局面完全扭转了呢，形势已经被夜初寒完全掌控了。

解释完毕，慕轻寒迫不及待地抬头："那你为什么要杀他啊？"

夜初寒沉默一会儿，才轻描淡写地开口："他挡住了我的路。"

慕轻寒听到这个回答纠结了……这算是什么回答？

似乎感受到她窘迫的心情，一抹笑意从夜初寒眼里闪过，又听见他淡淡道："落雪，那些不过是无关紧要的人，不必理会。"

"嗯……"慕轻寒顺从地点了点头，心里却复杂万千。她根本不想理会什么，也不是在意逝水年华被杀，她想询问的、在意的，明明是……

"我就说夜你为什么连手续也没办好，就不见人影了，原来是来勾搭嫂子！"

一个带着调侃的声音冷不丁从慕轻寒身后冒出，打断了她接下来要说的话。慕轻寒被这个突然冒出来的声音弄得有些不爽，转身用锐利的目光瞪着嬉皮笑脸没个正行的乱码先生。

乱码先生没想到自己刚刚上线，就会看到这么有趣的一幕，还没来得及得意就被慕轻寒那满是不爽的眼神弄得别扭万分，于是连忙转移话题以迷惑慕轻寒的视线："噢，对了……嫂子，你跟夜见面了吧？觉得怎么样啊？嘿嘿……"

慕轻寒在那一瞬间，只觉得他的笑容十分阴险，但又为他的话而莫名其妙，只好敛起怒意问道："什么见面？"

"啊？你怎么可能不知道？你不是跟夜……夜——"乱码先生像是想到什么，将惊讶的目光投向夜初寒，却发现夜初寒正用凉飕飕的目光盯着自己，他身子一个哆嗦，只好狼狈地收回目光，弱声

开口，"好吧，我什么都不知道，什么都不知道……"

慕轻寒才不相信他呢，冷着声音逼问道："你刚才说的到底是什么？"

乱码先生呵呵呵呵干笑，眼神游离，最后将视线转移到夜初寒身上："夜啊，教授让我来找你呢，快下线吧。"

"知道了。"夜初寒不耐烦地应了一声，顺带打开了控制面板，不知道在上面捣鼓些什么。

乱码先生看着他的举动，不由得奇怪地问："咦？你在做什么？"

话音刚落，他的疑问便马上得到回答——

系统提示：玩家夜初寒将城主之位转让给你，请问是否同意？请选择：是 / 否。

天上掉下来的大馅饼啊！听到系统提示的乱码先生还以为是自己幻听了！毕竟夜初寒不像是那么大方的人，在确认不是幻觉后，乱码先生简直欣喜若狂，他唯恐夜初寒反悔，也不细作思考就迫不及待地选择了"是"。

系统提示：玩家夜初寒退位让贤，恭喜玩家乱码先生成为青龙城之主。

同时，这个无比轰动的消息已由系统消息发出。

『系统公告：玩家夜初寒退位让贤，玩家乱码先生成为青龙城之主。』

听着美妙的系统提示音，乱码先生叉着腰得意扬扬地笑起来，就差没手舞足蹈："夜！你有生之年做了唯一一次正确选择！不过你怎么突然变得这么好心？"他现在可是一城之主，万人之上，无比尊贵啊。可是为什么总觉得心里怪怪的，貌似有什么阴谋？

总不能……是上了夜初寒的当吧？

仿佛是为了验证他的想法，原本还平静的大殿之外突然响起一阵翅膀扇动时才会产生的气流加剧的风声！

"怎么回事？"乱码先生陡然一惊，心中涌出了非常不好的预感，下意识望向声音的来源，蓦然瞪圆了眼睛，声音颤抖满是惊恐之意，"这、这是什么东西？"

只见紧闭的殿门不知什么时候漾开一层幻影，像是被石子击中的水波一样，涟漪圈圈扩散，而那圈涟漪中，突然冒出了成千上万的白色信鸽，仿佛破风的子弹一样全部集中向他冲来！

乱码先生被这架势弄得呆愣在原地，完全忘记了反应。而罪魁祸首夜初寒此时像个局外人一样悠闲，漫不经心地开口，语气满是不怀好意："这大概是青龙城的入城申请吧，好好接受着啊，城主大人。"

城主大人！乱码先生听着那满是调侃之意的四个字，又看着那丝毫没有断绝趋势的鸽子群，顿时悲愤了："我去，我就说你怎么突然变得那么大方，原来是打这个主意！"

话未说完，乱码先生就被淹没在蜂拥而来的鸽群里，整个人连同声音，都消失在白色的鸽子海洋里！

"我早让你设置拒绝陌生人信件了。"夜初寒没心没肺地说道，"谁让你不听我的？"

此时在鸽子群里的乱码先生欲哭无泪：怪我咯？

"这叫自作孽不可活！"最后慕轻寒还非常没有好心地加了这么一句，在鸽子群里像是小丑一样胡乱挣扎的乱码先生真的想哭了，见此慕轻寒幸灾乐祸地笑出了声。

其实，最开始夜初寒退位让贤的时候，她也是大吃一惊，但现在她明白是怎么一回事了……只能说，夜初寒实在是太腹黑太奸诈了，好吧，虽然自己心中不能这样想，但她还是要说上一句："做得好！"

狠狠整完乱码先生的夜初寒同学终于想起正事，深邃的目光落到了悠然浅笑的她身上："落雪，那……"

慕轻寒知道他想说什么，打断他接下来要说的话："你放心下线吧，我自己一个人在城里逛逛就好。"

夜初寒像是松了一口气一样："那我上来后再找你，不要走远。"

"嗯，好……"

告别了夜初寒，慕轻寒独自一人走出了城主殿。在通往城主宫殿出口的道路上，她无聊之中，打开了游戏的系统公告面板，却意

外发现，游戏升级后，新增了几项功能。

第一，开通了现实币与游戏币的兑换。两者兑换比例为100:50，并且游戏公司还要扣除5%的手续费。因为开通了这项服务，游戏中怪物掉落装备金钱的概率会有所下调，装备、药物的价格飙升的速度更是高得惊人！

第二，开通了玩家相貌调整功能。每个玩家有一次调整相貌的功能，可选择上调10%或下调10%，一旦调整确认后不可再恢复原样。

第三，开通拍卖行。玩家可以将装备或物品放入系统拍卖行拍卖，价格由卖家自由设定。买家可以对拍卖的商品进行抢拍，出价最高者将得到被拍卖物品，拍卖人姓名不公布，而拍卖所得的款项由系统扣除5%的代理费后直接打入玩家账户中。

第四，结婚系统进行了升级，增设了求婚模式。例如简单的抛绣球，或者是高级的漫天花雨、十里红妆等求婚方式等，求婚场景越华丽，价格越高。申请求婚场景必须先交纳费用，如果遭遇求婚失败，系统也只会退还原价的50%给玩家。

第五，系统为了纪念青龙城开通，特意举行了一个奖励活动，在青龙城开通后的50天内，每天前十位进入的玩家可享受双倍经验和领取随机道具一个。

此外任务系统也进行了全面升级，新加了若干个隐藏任务，但具体任务要由玩家自由探索。但总的来说，弊大于利，特别是游戏币这方面令人难以接受！不得不说，游戏公司真是越来越黑了！


不知不觉慕轻寒已经走到了繁华的青龙城大街上，但查看系统公告的她恍然未觉自己身在何处。

"落雪轻寒——"

身后突然响起一声几乎能穿透耳膜的娇喝，慕轻寒身子一哆嗦，从自己的思绪之中走了出来，她诧异地回头望去。接着就看到了一个鼓着腮帮子、气呼呼地瞪着她的少女。

少女皮肤白皙，浓眉大眼，但那盛世凌人的气息让人忽略了她那原本明艳的五官。只见她穿着一身火红的衣服，张狂夺目，手中握着一条与她装扮相衬的火红长鞭，正用极不友好的目光瞪着自己，那眼神像是要将她穿透一样。

可以很确认，这个人她是见过的……

仔细思索一番之后，她整个人都不好了！

逝水琉璃！慕轻寒完全不能理解，迷茫地环顾四周，青龙城的古道大街上，此刻已经挤满了不少得到批准入城的玩家，那熙熙攘攘的程度简直比得上其余三座主城了，但是刚开通的主城没理由一下子来这么多玩家啊？

若是想要进来一定要通过审核的，一定是乱码先生贪图方便，没有仔细审核就将所有人都放进来了！在心里将乱码先生责怪一通后，她将目光落在了逝水琉璃身上，结果不等她开口，逝水琉璃已经冲了过来，微微仰起下巴，神色孤傲："说吧，要多少钱，你才肯离开夜初寒？"

慕轻寒先是被她嚣张的来势吓了一跳，然后被那句话雷得外焦里嫩，她怀疑自己是不是听错了，这种小说一样的台词真让人无语，于是她不确定地开口问道："你刚才说什么？我不太明白……"

逝水琉璃冷哼一声，语气咄咄逼人："别装蒜了！你一个人妖，死缠着夜初寒不放，不就是为了他的钱吗？谁不知道他财富榜排名第一！"

"那么我继续跟着他不是更好？何必要你的钱。"压制下内心的极度不爽，慕轻寒用满是风轻云淡的语气说道。气一个人的最好办法，就是要装得毫不在意，去无视她。

"你——"逝水琉璃气结，却出乎意料没有回骂过来，而是突然跪倒在地上，一改刚才嚣张迫人的态度，用布满泪水的大眼睛看着慕轻寒，泫然欲泣地哀求起来，"落雪姐姐，我求求你放过我吧！我跟翻云是真心相爱的，我已经放弃了对夜初寒的痴心妄想，你为什么还要跟我抢呢？"

"啊？"慕轻寒被逝水琉璃突然转变的态度惊蒙，现在又是演的哪一出？

见她没什么反应，逝水琉璃不由得提高了音调，语气也变得更

加楚楚可怜："落雪姐姐，求你不要缠着翻云好不好？"

"琉璃，你怎么能给那种人下跪！快起来！"一直站在逝水琉璃身边沉默不语、一度被慕轻寒误认为是路人甲的男子突然冲上前，想要将逝水琉璃扶起来，随后又用类似于仇恨和厌恶的眼神看着慕轻寒，"我早说过了！我不喜欢人妖，你不要再来缠着我们了！"

慕轻寒被连续的变故弄得脑袋发晕，她努力让自己的思绪保持清醒，开始在脑海里细细搜索这个名字——翻云？浪翻云？

牵涉逝水琉璃的事情，她很自然地想到了论坛上，那个血染衣被轮白的内幕帖子。大概了解到事情的前因后果，慕轻寒心中也有数了，于是镇定自若地一笑，迎上对方的目光："哦？阁下可是为了琉璃小姐，连自己的好兄弟也不惜出卖的浪翻云？"

她故意停顿了一下语气，见对方脸色一变，又接着说："不愧对琉璃小姐一往情深，不惜牺牲自己的名声去陷害我。"

她的话语虽然轻描淡写，却一针见血，令浪翻云一阵心慌。

浪翻云没想到她还能从容应对，心里虽然有些乱了，但依旧维持着表面上的镇定，厉声吼道："落雪轻寒你够了！我已经说过不喜欢你，你怎么这样不要脸！"

一声怒吼在十里大街上响彻，余音不断，不少玩家被这阵吼声惊到，纷纷驻足，将八卦的目光投向这边。

逝水琉璃见已经有不少玩家在这边驻足了，知道自己计谋得逞，心里暗暗得意，使劲从眼睛里挤出几滴泪水，啜泣着上前拉住了她的裙摆："落雪姐姐，我知道我以前的行为不太检点，惹来了许多非议，但是这一次，我是真心喜欢翻云的，你已经有夜初寒了，所以求你不要再缠着他好不好？"

周围的人逐渐聚拢上来，很快以三人为中心，形成了一个不大不小的包围圈。

看着周围的玩家一个个对着自己指指点点、窃窃私语的模样，慕轻寒反而淡定了，她索性一屁股坐在旁边的小吃摊上，瞥了一眼菜牌，小手一挥，豪爽地对NPC说道："老板，来一碗阳春面，不加辣！"

"好咧！客官请稍等。"NPC老板热情地应了一声，便开始忙碌起来，对周围的一切异常视若无睹。

不消一刻，一碗热气蒸腾的阳春面已经端到慕轻寒跟前。一只色泽金黄诱人的荷包蛋铺在面上，撒上葱花，香气迎面扑来，让人食欲大增。

"好香！"慕轻寒用力吸了吸鼻子，也不顾众人惊异的目光，一把扯下面纱，抓起筷子狼吞虎咽地吃起面来。

围观的玩家面面相觑，原本为八卦而来的他们的注意力落在慕轻寒身上。其实逝水琉璃是什么人大家都心知肚明，更何况恶名昭彰的逝水家族的人绝对好不到哪儿去，只是大家想看看落雪轻寒在这个窘局中会做出什么反应。有人甚至打开了录像功能，准备将一幕幕精彩录下来，可如今她的举动，就像一个完全跟这事无关的局外人，此情此景更像是逝水琉璃一人在唱独角戏。

"好饱！"慕轻寒终于放下筷子，心满意足地用衣袖擦了擦嘴角。她无意抬眸，对上逝水琉璃错愕的目光，脸上露出诧异的神情，"咦？怎么停下来了？继续啊，我还没看够呢！"

听听，这语气，这表情，简直就是八卦群众中的一员嘛！

"落雪轻寒，你这是什么意思？"原本浪翻云还有一点心虚，但看见慕轻寒不将他们放在眼里的态度，怒从心生，更加理直气壮地质问她，"琉璃已经低声下气向你下跪了，你还想怎样？"

"其实我也想知道我应该怎样做，可我实在不明白你们的意思啊。"慕轻寒无奈地耸了耸肩，表示爱莫能助，"再说，浪兄弟你也太自恋了吧？你连夜初寒的一根头发都比不上，我喜欢你什么？"只是风轻云淡的随意一句，但进入当事人的耳朵时，怎样听都像是讥讽。

众人哗然。

"你——"浪翻云没想到慕轻寒会当众损他颜面，顿时气得脸色发青。

逝水琉璃见浪翻云气得憋红了脸而说不出一句话，生怕失去有

利的处境，连忙发出一阵干号扑上去，想扯住慕轻寒的裙子："不！落雪姐姐，我知道我错了，求求你别生气了，放过我跟翻云吧……"

"第一，我不是你姐姐，不要乱叫。"慕轻寒不着痕迹地拉过裙子，免得遭到逝水琉璃的毒手摧残，她顿了顿，继续说，"第二，我对你跟你的翻云毫无兴趣，麻烦离开我的视线之内，还有——善恶终有报！"

"不，落雪姐姐，我不是那个意思……"

"琉璃，别跟她废话了！这种人早应该被轮白才对！"浪翻云煞白着脸打断逝水琉璃，冷哼一声，突然打了个响指。仿佛是响应这一声呼唤，四面八方的小巷中涌出了一批批逝水帮众，将街道的出路围了个水泄不通！

这群帮众训练有素地站好位置，不约而同地做出一系列动作，架箭、拉弓、瞄准！霎时，一张张满的箭网在四周撒开，朝着慕轻寒蓄势待发。

"落雪轻寒，你今天插翅难飞！"浪翻云嘴角扬起冷笑，眼中闪过一抹威胁的厉色，"你自己选择吧！是删号自杀，还是由我们动手？"

慕轻寒做恍然大悟状："原来，血染衣就是这样被你们轮白的？"

浪翻云不置可否地挑了挑眉，又扫了全场一眼，冷声道："今天在场的各位，不要怪我们！既然你们看到了一切，就只怨你们运气不好吧！"

在场的人早已被逝水帮众的阵势吓了一跳，听浪翻云这般一说，加上玩家中突然有人大喊一声"逝水家族又出来杀人了"，众人顿时惊慌失措地尖叫起来，化作鸟散，胡乱向四处逃跑。

浪翻云看着乱成一窝蜂的玩家，冷哼一声，手一扬，马上十几支箭矢从箭阵飞出，跑得最快的几个玩家首当其冲，被乱箭射死。

接连掀起一阵白光浪潮，剩余的玩家都惊得冷汗直冒，有猛然醒悟过来逃下线的，也有惊慌无措地僵在原地不敢再乱动的，而此刻他们大概只有同一个想法：老天啊！我以后再也不敢八卦了！

"杀无辜的人算什么本事！"慕轻寒皱眉，不禁在心里狠狠地问候乱码先生。一般人是不敢在城内胡乱杀人的，因为会被守城护卫追杀，如果被抓住更会有牢狱之灾，但如今逝水帮众敢如此狂妄地在城内肆意杀人，大概是因为……主城护卫队还没有设置好？

"成者为王，败者为寇，没什么欺负不欺负的！"浪翻云大笑，猛地大喝一声，"落雪轻寒，你受死吧！今天我就要为琉璃出这一口恶气！"他霍地从背后抽出大刀向毫无防备的慕轻寒砍来！

几乎同时！

咻——

一支羽箭凌空破风而来，直直贯穿浪翻云的身体，他举刀的动作僵住，还没来得及惊恐地睁大眼，已经随着死亡白光挂到复活点去了。

浪翻云消失的地方，斜插着一支蕴着蓝光的羽箭，箭头完全没入了地面。

使用弓箭到如此出神入化的，《乱世》中恐怕只有一人。

"是乱码先生的飞羽箭！"人群中，有人认出了这支箭的来历，惊叫出声。

"没错，是乱码先生！"

"太好了，我们有救了！"

人群开始骚动起来，发出一阵阵欢呼声。

"乱码先生！滚出来！"心有余悸的慕轻寒压抑着心中的怒意，朝某个方向大喊一声，马上有一道蓝色身影飞快地从人群里窜出，跑到慕轻寒跟前，上气不接下气地说道："来……来了……"

还没站稳，他就迎来慕轻寒的一阵斥责："乱码！你怎么连这些人也放进来了？"

"嘿嘿，这个……"乱码先生不好意思地挠了挠头，一脸讨好的笑容，"嫂子对不起啊，千万别生气，我下次一定注意……"

众人看见那震撼人心的一箭时，都以为能看见一个威风凛凛的乱码先生，没想到出来一个如此狗腿的乱码先生，不是目瞪口呆，就是窃窃私语起来。

可是这次的议论很快戛然而止，人们的视线，全部投落到乱码

先生……身后……

因为一个男子，一个白衣胜雪的男子。

那一身白衣，明明像雪一样柔和明亮，却带着寒冰一样的冷冽，就恍如他从骨子里透出的高傲。

夜初寒！人群因为他的出现再次沸腾起来！

"夜、夜初寒？"

"天！偶像！我是不是在做梦？快掐我一下——哎呀！好痛！"

"传说中的第一高手？我一定是幻觉了！"

……

原本躲在一旁看戏而在心里偷着乐的逝水琉璃突然见浪翻云被秒杀，顿时乱了阵脚，吓得花容失色，接着又看见夜初寒出现，心里更是慌乱。她连忙冲上前，露出一副楚楚可怜的模样，像是快哭出来了："夜哥哥！我……只是来道歉。"

"道歉？道歉就要来轮白嫂子？"乱码先生不耐地打断她，嗤笑出声，"逝水琉璃你别装了！"

逝水琉璃顿时语塞，脸色变得煞白。乱码先生的冷嘲热讽令她倍感屈辱，她突然歇斯底里地吼了起来："是！我是喜欢他，那又怎样？我们两情相悦，偏偏被这个死人妖横插一脚！"嫉恨的目光化作刀子狠狠剜向慕轻寒。

乱码先生闻言，禁不住捧腹大笑起来："两情相悦？哈哈哈，我不行了……笑死我了……"

逝水琉璃气得直跺脚："你笑什么，我说的是事实！"她又将求证的目光投向夜初寒，"夜哥哥……"

夜初寒眉心深蹙，忽地从乱码先生背后的箭筒中抽出一支羽箭就往逝水琉璃脖子上抹去！

逝水琉璃还没看清他是怎样下的手，只觉颈上剧痛传来，所有不甘和怨恨全被覆没在死亡的白光下："为什么——"

『系统公告：玩家逝水琉璃被列入青龙城永久黑名单，获得"青龙城头号公敌"称号一个，直至黑名单解除，永远不得进入青龙城内。』

『系统公告：玩家浪翻云被列入青龙城永久黑名单，获得"青龙城头号公敌"称号一个，直至黑名单解除，永远不得进入青龙城内。』

"这种恶心女人，当然要永久黑名单了。"乱码先生正要为自己明智的抉择而沾沾自喜时，却无意中瞥到夜初寒此刻的神情，下意识收住声音。

羽箭被随手扔到地上，击起了一声清脆响声，重重敲落在场每个人的心上。

从出现开始就没有说过一句话的夜初寒黑眸冷冽如冰，不悦的目光猛地横扫向四周，冷喝出声："滚！回去告诉你们帮主，谁再找落雪的麻烦，我一定踏平整个逝水家族！"

这一番话惊得无论是逝水帮众还是普通群众，都连退了好几步，握着武器的手也发起颤来。这番听似不自量力的话经夜初寒口中说出，却比威胁更加令人胆战心惊！

即使是慕轻寒，也被他这迫人的气势惊到。

他，生气了呢……


察觉到不对劲的乱码先生小心翼翼地瞥了夜初寒一眼，将警告的视线扫向四周，故作轻松地轻咳一声，朗声道："还不走？是不是想跟我比箭法啊？"虽然逝水家族的人是该死，但恐怕不是现在，何况始作俑者已经得到了教训呢。

这话虽然不具备什么威胁，却让在场所有玩家如梦初醒，不等乱码先生说第二遍，无论是逝水帮众还是来看热闹的群众，都慌不择路四散奔逃。

然而，这个世界上仍存在着一种不怕死的特殊人群……

啪！啪！啪！

就在场面成一团糟的时候，突然从乱如蜂团的人群中，传出了三声稳健有力的鼓掌声，一个爽朗的笑声随之响起。

"不愧是第一高手，让我心生佩服。"

正在考虑要不要趁乱找借口溜走的慕轻寒，听到这一阵笑声，下意识地抬头，只见一位身着明黄色衣服的男子从人群中稳步走出。他神情泰然自若，居然长了一张娃娃脸，特别是那两道犹如蜡笔小

新的粗眉毛，在那身高贵明耀的衣着衬托下，简直成了一只黄澄澄的鸡蛋。

慕轻寒一愣，不由得脱口道："鸡蛋黄……你是谁？"

男子本来还是那样从容自如，可听了这话之后，神情陡然大变，火烧眉毛一样跳了起来，像是受了侮辱般大嚷道："可恶！你说我是鸡蛋黄？还有，你——居然不认识我？"

慕轻寒一脸莫名其妙地看着他："我为什么要认识你啊？"

"你你你——"

"哈哈！鸡蛋黄……我咋没有想到这个词？像，实在太像了！"乱码先生在一旁笑得直不起腰来，更让男子气得七窍生烟。

男子无奈，只好将视线转到夜初寒身上："喂，夜初……"

夜初寒只是淡淡瞥了他一眼："柳猩猩，今天没心情跟你PK，你走吧。"这语气简直跟打发叫花子没有什么两样。

"夜初寒，你够了！我不叫柳猩猩！你再叫我柳猩猩我就——"柳星离注视着夜初寒的双眼几乎喷出火焰来，但是这副生气的模样出现在这张粗眉大眼的娃娃脸上，是那样滑稽。

乱码先生忍笑正色，抱着双臂一副看好戏的模样："就怎样？我说，鸡蛋黄猩猩兄，你每次PK都输，还总不死心，这样拼命地掉级，图什么？"

"够了你们两个！谁说我打不过他？"柳星离抱着脑袋抓狂起来，可怎样看都像是小孩子在耍脾气，"夜初寒等着瞧，总有一天我会打败你，成功将你挤下第一的！"

这边，夜初寒却完全没将他的示威放在眼内，拉过慕轻寒就要走。察觉到他手上的温度，某人一僵，下意识地眨了眨眼。

"等等！"柳星离大急，终于敛起那副嚣张的嘴脸，连忙一个箭步蹿上，拦住了两人的去路。

"又干什么？"夜初寒十分不耐。

"那……那个我……"他被这骇人的目光盯得毛骨悚然，一改刚才挑衅的模样，拦在两人面前的双臂开始发颤，他心虚地转移目光，向慕轻寒露出讨好的笑容，"嫂夫人，听说你得了一块建城令？"

"你怎么会知道？"慕轻寒不免有些诧异，那块建城令是夜初寒随手扔给她玩的，除了当时来拦路抢劫的逝水年华一众，没有几人知道啊，怎么……

"逝水家族的逝水年华上次打劫你不成，就到处宣扬你有一块建城令，现在《乱世》内半数玩家都知道了。"柳星离解释道，望向慕轻寒的眼睛里满是盼望的光芒，就像是一个在向大人撒娇要糖的孩子。

果然是逝水年华干的好事！慕轻寒咬牙切齿地在心里诅咒着他，心情不好态度自然不好，她望向男子的目光倏地变得凌厉起来："那你想干什么？"

似乎都是不好惹的主哎……柳星离的后脑勺上滴下一滴冷汗："落雪姐姐，把建城令卖给我吧！你要多少钱都……"

"不卖！"

某人话未说完，就被夜初寒无情地打断了。

"别这样嘛！"柳星离沮丧下脸，却不愿死心，狗腿地小跑上去，拉拉夜初寒的衣袖，完全没有最初盛气凌人的模样，"夜初寒！夜大哥！夜大神！你说打个建城令多不容易啊，你忍心拒绝我吗？你让嫂子卖给我好不好？"

就在他死缠着夜初寒的时候，慕轻寒悄悄移动脚步，不动声色地挪到乱码先生身边，压低了声音，好奇地问："这鸡蛋黄到底是谁啊？怎么这样急切地要买建城令？"

乱码先生惊讶道："他是柳星离啊！"

慕轻寒难以置信道："柳星离？传说中的第二高手兼第一帮派流月星矢帮的帮主？不是吧！果然是人不可貌相……"

"对啊！这家伙喜欢找夜PK，可是每次都被打得落花流水，输光了经验不说，还亏了许多钱，但依旧不死心……不过这人花起钱来挺大手笔的。"

这边两人在八卦着柳星离同学的倒霉往事，而另外一边，柳星离同学还在施展他死缠烂打的招数。终于，夜初寒被他缠得失去耐心："那你说一个我一定要卖给你的理由！"

柳星离眼睛一亮，忙说："听说逝水家族正在挑一个会爆建城令的超系boss，而现在还没有任何帮派建城呢，如果让他们爆到了建城令抢先第一建了城……"说到这里，他的声音逐渐小了下去，下意识咽了咽口水，小心翼翼观察夜初寒的表情。

听到逝水家族这个敏感词，夜初寒眼中寒光一闪，片刻后开口："好，一千万，我卖给你。"

柳星离顿时欣喜若狂，大眼睛中闪出几朵闪亮亮的泪花，激动得几乎想在青龙城中狂奔了："真的吗？夜大哥，太感谢你了！"

"不过……"

话锋一转，让柳星离的心猛地一跳，悬到了嗓子眼儿里，整个人提起了十二万分精神："不过什么？"

"不过建城之后，你每月要付城市所得收入的百分之五十给我。"

"……"柳星离仿佛被一个霹雳迎面劈中，整个人都傻掉了，半天说不出一句话，"你……"

一旁，慕轻寒转过身捂嘴窃笑起来。夜他又开始打劫人了！不知道为什么，她突然喜欢上看他欺负别人的情景。

良久，柳星离终于回过神来，却依然是一副呆滞的模样，泪花闪闪地望向夜初寒，结结巴巴地开口哭求："大哥啊，百分之五十是不是太多了？我会被我们帮的人砍死的……能不能减到百分之二十？"

夜初寒毫不动容："百分之四十。"

柳星离狠狠咬了咬牙，再接再厉地讨价还价："百分之二十五！"

"百分之三十，再减不卖。"夜初寒下了最后通牒。

"好、好吧……"欲哭无泪的柳星离终于妥协了，嘴角抽搐了一下，扯出一个难看的笑容，"大哥，你真是比无良的奸商还要奸商啊！"

打发掉鸡蛋黄同学，拿着一大沓银票的慕轻寒乐得心里开了花，对夜初寒的崇拜更是上升到极点！她从来没见过这么多钱呢！拿着这么多钱的感觉实在是太——爽——了！

"嫂子……"乱码先生看着慕轻寒手中那一大沓银票，眼睛都绿了，忍着哗啦啦想要直流下来的口水，很狗腿地凑上前，眼光闪闪，"可不可以分我一点？"

"不行！这是夜给我的！"慕轻寒双眉一挑，想也不想就拒绝了，手疾眼快地将银票放入储物空间中，还朝乱码先生做了个鬼脸。

"嫂子别这样小气嘛。"乱码先生一副幼小心灵受到伤害的模样，躲到被阴影笼罩的墙角画圈圈去了。

"落雪。"夜初寒唤了她一声，眸中带笑。

"嗯？"欺负完乱码先生的慕轻寒笑嘻嘻地转过头，望向夜初寒的眼神清澈明亮，"有事？"

夜初寒眼中的笑意加深："晚上……"

"啊……"慕轻寒惊异地睁大眼睛，周身突然泛起一阵耀目白光，瞬间覆盖了她的全身，并将她眼前的一切淹没。

她居然掉线了！

通常在游戏里只有两种情况会掉线，一是系统更新被踢下线，另一种则是……游戏公司为了保护玩家的安全，特意在连接游戏的虚拟器中加了一项设置，当网络连接失效或突然停电时会自动下线。

可刚刚系统明明没有更新，所以只剩下第二种可能……

网络连接被人断开了？

慕轻寒的意识逐渐飘回现实，还没从眼前那片黑暗的混沌中完全清醒过来，就听到一个犹如雷声轰鸣的声音在耳边炸响："轻寒，不好了！逝水琉璃那个女人又搞出事情来了！"

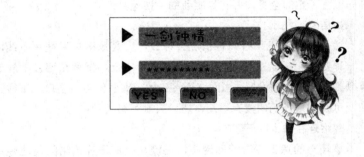

听着夏淘淘焦虑的嚷嚷声，慕轻寒恼怒之余也有小小的惊讶，她怎么会提起逝水琉璃？于是一把扯下虚拟眼罩，有些不满地说道："你怎么突然拔了我的线？还有逝水琉璃——"话说到一半戛然而止，她暗暗庆幸自己及时收住话题，随即露出一副疑惑不解的模样，"逝水琉璃又是谁？"

"逝水琉璃就是师兄帮里一个讨厌的女人！她总爱做一些抹黑逝水家族的事情，但因为她是副帮主逝水年华的妹妹，所以师兄也要给她留几分面子，对她平常的抹黑行为也没说什么……"夏淘淘面带厌恶地控诉着逝水琉璃的罪行，顺带打开了《乱世》官网BBS，果然上面清一色关于逝水琉璃的帖子，"但轻寒你知道不？她今天竟然带了一群人去挑衅夜初寒！天哪，她不要命不要紧，最后夜初寒还扬言要踏平逝水家族……"

"哎？那跟你有什么关系？你也犯不着拔掉我的网线吧？"这是令慕轻寒郁闷的地方。

夏淘淘瞪她一眼，似乎很不满意她的提问："怎么没关系？我也是逝水家族的人！对了，你迟早也会是的，得要关心家族的事情才对。"

慕轻寒郁闷，谁说过要加入那个强盗团伙了？

那边夏淘淘动了动唇，还想要以她喋喋不休的言论开始洗脑，慕轻寒当机立断，抄起搁在桌上的英语词典就往门外走去，朝她挥

了挥手："我去图书馆自习了。"

其实她也没有到图书馆自习的打算，只是想尽快脱离夏淘淘的魔音，找了个借口从宿舍溜出来而已。

不知道自己突然下线，夜初寒会怎样想呢？下次上线的时候，再向他解释清楚吧，只能这样了。

慕轻寒仰头望向天空，微微叹了一口气。

临近黄昏，夕阳的余晖渲染了天空，云朵透出了淡淡的红晕，原本显得冷清的校园，被这迷离柔和的颜色照耀着，变得温暖起来。

果然是夕阳无限好，只是近黄昏。可惜慕轻寒此刻无心欣赏，心里只顾着游戏的事情。虽然没有缘由就下线很没有礼貌，但更令她疑惑的是她掉线前夜初寒所说的一句话——

"今晚……"

今晚？今晚怎么了？一起打怪，还是……果然，掉线就是郁闷！

"喂，林务，被祁大美女倒追的感觉如何啊？"

正在她绞尽脑汁猜测夜初寒那句话的意思时，身后突然传来一个戏谑的男声。慕轻寒不由得一怔，她刚才好像听到了……祁大美女？她认识的人当中姓祁的，似乎只有一个——幽灵音乐社社长祁清冷。

慕轻寒十分好奇，索性就这样站在原地，翻开字典假装好学生复习的模样。

"你别提了！我根本不认识那个疯婆子，她一见到我突然追上来……"接着有另一个男生喘着粗气接话，他的声音颤抖不已，显然心有余悸。

重重的拍肩膀声响起，第一位男生幸灾乐祸地哈哈大笑起来："哈哈！恭喜你刚回来就得到祁大美女的青睐，实在荣幸至极啊！"

"你还敢说——"被他调侃的男生似乎怒了，想要扑上去揍他。

结果意外，就在刹那间发生了！

正竖着耳朵打起十二分精神偷听的慕轻寒突然被什么一撞，一个趔趄向前，手中厚重的字典因为失去支托飞脱出自己的手，重重摔落地面。

第一位男生"哎呀"一声，不由得责备起另一位男生来："林务，我就让你走路注意点嘛！看，把人家师妹撞倒了！"

"对不起对不起……"那位叫林务的男生则一边道歉，一边慌张地冲上前，帮慕轻寒拾回摔落到地上的字典，转身递过来，却在看到她的面容的那一刻，愣住了，"师妹你没事——咦？嫂子？"

慕轻寒正在心虚着，愣愣地接过字典，突然听见一声响彻云霄的"嫂子"，身体猛地一颤，难以置信地抬头望向眼前的人，当看清对方的那一刻，不禁大吃一惊！竟然是现实版的乱码先生！他的相貌跟游戏里一模一样，只是那用蓝色发带束起的长发变成了清爽阳光的短碎发。

可是，这……还能不能玄幻一点？她刚掉线，就在学校看见了一个现实版的乱码先生？

慕轻寒像见到幻觉一样看着面前的人："你……乱码先生？"

双方在表情震惊地对视了一秒后，异口同声地大喊出声："怎么会是你！"

"你们认识？"匆匆赶上来的男生显得很吃惊，探究的目光在两人之间来回扫视，朝林务同学挤眉弄眼，"艳福不浅嘛，嗯？什么时候勾搭上的小师妹？"

林务猛然回过神来，也不明说，只是狠狠瞪了那男生一眼，俊眉一挑："你没听见我叫她什么吗？"

那男生并没有马上反应过来，一脸茫然："什么啊……嫂子？什么？难、难道她是——"

像是被什么劈中，男生恍若石化般全身僵住，那目瞪口呆的模样，让人忍俊不禁。

林务似乎很满意这位男生被雷到的结果，朝慕轻寒爽朗一笑："嫂子，走，我请你喝饮料去！"

某人还没有完全回过神来，张了张嘴，朝那位男生指了指："那他呢？"

"不用管他了，走吧。"

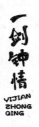

　　结果，在林务同学的哄骗下，神志不清的慕轻寒真的乖乖跟着他走了，直到在学校的小卖部前坐下，才猛然清醒过来，不由得激动得一拍桌子："乱码！你怎么会出现在Y大？有什么企图？"

　　刚买了两杯橙汁折返回来的林务手一颤，杯中的橙汁差点倾洒出来。他赶紧将手中的杯子塞到慕轻寒手里，惊慌地解释："那个那个……嫂子啊！我发誓我没有任何企图！"然后有些不好意思地挠了挠脑袋，有点尴尬地干笑几声，"还有嫂子，我在现实中的名字叫林务，你能不能不要叫我乱码？因为那个名字实在太那个啥了……"

　　难听你还起这样的名字？慕轻寒皱眉，好奇地问："那你为什么要起这个名字？"

　　不提还好，现在一提起来，林务立刻火冒三丈："还不是夜的错！当初我原本不叫这个名字的！可夜说我起的名字不好听，会影响他的声誉，硬要我改成'乱码先生'，我不依，他就跟我打赌，结果……"

　　虽然慕轻寒对林务的话有所怀疑，但还是出声打断了他："不用结果了，我明白了，可你当初起的是什么名字啊？"

　　"雾杀。"

　　"……"误杀？听到这个名字后的慕轻寒表情变得怪异，望向他的眼中是满满的怜悯。然后，重重地点了点头，一脸赞同，"不得不说，夜实在太有先见之明了。"

　　"喂！连嫂子你你你……"林务无语凝噎，目光却有意无意地扫向慕轻寒身后某个方向，"嫂子，夜来了！"

　　"他也在Y大？"慕轻寒闻言一惊，心不由得跳快了半拍！等等，她还没做好准备呢！这么快就要现实见面了？虽然她对夜初寒的长相非常好奇，但她从来没有想过这么快就见面……

　　慕轻寒深深地呼吸一下，终于鼓起勇气，顺着林务的目光转过身去——可是这样一望，她心里的不安无措又在刹那间转变成惊吓！

　　那个人顺着夕阳的余晖向这边徐徐走来。

　　黄昏的光辉在他脸上染上一层朦胧的色彩，但夕阳因为他的出现而暗淡下去了，仿佛天地间的光华在一瞬间全部被他夺走。

那是……

曾经被她半路抛下的风祈夜风大师兄……

完全没将两个名字联系在一起的慕轻寒赶紧收回视线，一副唯恐对方认出自己找自己算账的模样，将声音压得很低："喂，哪里啊？我只见到风师兄……"

为了掩饰内心的慌乱，她还故作轻松地端起橙汁喝了好几口。

林务一脸错愕，用不可思议的眼光紧盯着她："嫂子，你真不知道啊？夜就是风祈夜啊！"

"噗——"话音刚落，橙色的果汁雨猛地从慕轻寒口中喷出，华丽丽洒落到林务同学身上……

"对不起！"慕轻寒低头去掏纸巾，但注意力明显不在林务身上。眼角的余光不时向侧边瞟去，只看见那道身影径直从她身边经过，若无其事地拉开她身旁的椅子，坐下。

慕轻寒的神经一下子紧绷起来，她连忙收回视线，继续去找纸巾。

"纸巾，快擦擦。"她花了很长时间，才从口袋里翻出一张纸巾，递给林务。谁知，她一慌神，竟然忘了另一只手上还捧着果汁杯，结果手往前一动，整杯果汁如瀑布般从杯子里倾洒出，全部倒到林务的白衬衫上！

洁白的衣服，顿时渲染开一团鲜艳的橙色……

"呃……"慕轻寒眨了眨眼睛，一脸抱歉地望过去。

"嫂子……"林务欲哭无泪，"你是故意的吧？"


傍晚时分，正是学生们的休闲时刻。此时的小卖部周围已坐满了人，原本热火朝天的议论声似乎小了下去，不时有目光向着这边投来。

慕轻寒僵硬地站在原地不知所措，坐在她身旁的某人却那样镇定自若，仿佛周围发生的一切都不存在，这样鲜明的对比所造成的压抑气氛更令她如坐针毡……

林务今天也被接连而来的倒霉事折磨得够呛了，先是被一个疯

女人追了好几百米，接着又被无辜地泼了一大杯橙汁。他用哀怨的眼神望了某位冷漠的仁兄一眼后，迅速转身，用手遮掩着自己壮烈牺牲的白衬衫，以百米冲刺的速度逃离现场。

"哎……"慕轻寒看着招呼也不打就落荒而逃的林务，心中立即生出了一丝内疚的情绪，但下一刻，手就被人拉住了。

她身体一震，犹豫着转过头，对上一双深不见底的黑眸。眼中没有初见时的笑意，深邃的黑眸底下泛起一层几不可见的涟漪。

他是风祈夜，Y大的传奇人物，可他也是夜初寒，她游戏中的夫君。

慕轻寒从来没有想过，这两个毫无联系的人，居然会是同一个人！那时候她狠心将他抛下，却没想到会将自己逼到如此窘迫的境地。她张了张嘴，想说些什么，话语却全部哽在喉间，什么也说不出来了。

她的目光颤抖着落在风祈夜紧握着自己的手上，眼神有些恍惚……

"先离开这里。"直到他低沉的声音在耳边响起，她才猛地回过神。

"嗯。"望了望周围不断闪烁着八卦之色的目光，慕轻寒乖乖地点了点头，大概她的神思已经被今天的事情搞得乱如麻团，居然十分主动地抓起对方的手，拉着就走。

就这样毫无意识地走了好一段路……

意识迟钝的慕轻寒突然清醒过来，脚步一顿，一个转身扑上前揪着风祈夜的衣袖，定定凝视着他的双眸，万分不敢相信地问："师兄，你……真的是夜初寒？"

风祈夜眼中那泉幽潭泛起轻微的涟漪。

慕轻寒这才注意到自己的失态，可揪着某人衣袖的手似乎僵住了，居然不能动了！她一点一点地移开目光，神情却很不自然。她下意识地就要缩回手，然而，就在她的手即将成功逃离的时候，却被风祈夜一把反扣住了！

她的心猛地一跳，接着在她的胸膛里四处乱撞。

她无措地抬头，望向他渲染着笑意的眼睛。

"是啊。"风祈夜微微一笑，可他的下一句话瞬间将她秒杀，"你家的夫君大人。"

慕轻寒一下子涨红脸，恨不得马上挖个洞将自己埋进去！于是正当她在心里默默感叹的时候，更加戏剧化的一幕发生了——

"小慕，跟男朋友约会回来了？"管理员年阿姨笑呵呵地向她招了招手，满眼净是散不开的笑意。

"年阿姨……"慕轻寒这才发现，不知不觉中，她把他拉到了女生宿舍门口，于是艰难地扯开一个僵硬的笑容回应年阿姨，飞快向四周张望一眼，然后不安地说，"很晚了，你快回去吧。"

风祈夜挑眉，眼底飞快闪过一丝不满，她这是在赶自己走吗？

"轻寒？"一个惊讶的女声突然传来。

慕轻寒再度石化！她知道那个声音是谁发出的，只是不敢去确认而已……

声音的主人——莫莎莎一脸被惊到的表情，她呆滞的目光慢慢从慕轻寒的脸上移下，一直滑到两人相握的手上，然后又慢慢往上升，最终落到了风祈夜的脸上……

"你们——"她不敢相信自己的眼睛，用手揉了揉，又匆匆跑前几步，似乎要确认自己看到的不是幻觉。

而慕轻寒依然保持着跟风祈夜两手相握的动作，似乎……她全身的感觉已经麻木了呢，连身子僵硬到哪种程度，也感觉不到了。

不过，她心里已经有了某种觉悟——

这下完蛋了！

莫莎莎突然爆发出一阵激动的尖叫："啊啊啊！风祈夜！我见到风祈夜本人了！我一定是出现幻觉了！"

慕轻寒因为她刺耳的尖叫稍微清醒了一点，趁这个空隙不着痕迹地脱离了风祈夜的手，望向激动得风中凌乱的莫莎莎，犹豫着开口："莎莎……"

莫莎莎突然冲上前，握着慕轻寒的双肩，大声道："慕轻寒！你给我老实交代！你什么时候勾搭上风师兄的？"

"呃……"慕轻寒一脸惊悚，完全不知道应该怎样回答。什么叫勾搭？她跟风祈夜明明很清白好不好！可惜，其他人却不是这样

想的，一个低沉的声音在耳畔响起："是我勾搭她的。"

莫莎莎瞪大了眼睛："什么？"风祈夜在说啥？一定是自己听觉也出问题了！

"是我先勾搭轻寒的。"风祈夜微微一笑，然后看向慕轻寒，"是吧，轻寒？"

"……"望着他蛊惑人心的笑容，慕轻寒一阵恍惚，居然莫名其妙地点了点头！

莫莎莎惊得魂飞魄散，微张着嘴，石化般僵在原地。

风祈夜瞥了某人一眼，眼中闪过促狭的笑意："不过，目前轻寒好像不太愿意让人知道……"他顿了顿，又继续道，"我们的事情，希望这位师妹可以为我们保密。"他没有挑明了说，但那别有深意的话语极容易误导人。

风大师兄请求的事情岂能不答应？这是多么荣幸的事情啊！莫莎莎心花怒放，连忙点头如捣蒜："好！师兄放心，我一定会的！"

"嗯，那么轻寒就拜托你多照顾了。"

"放心吧！师兄，我一定会好好照顾轻寒……"莫莎莎笑容灿烂地将风大师兄送走后，又一把扯过被她卖掉的可怜人回宿舍去了。

原本还陷在幻觉中的慕轻寒被莫莎莎这样一扯，才蓦然醒悟过来，后知后觉地发现自己已经被人卖掉了……欲哭无泪的同时，她心里掠过一丝疑惑，话说，他怎么会知道自己的真名？

莫莎莎显然还沉浸在今天的奇遇中，目光闪烁，上楼梯的这段路程都没跟她说过话，可这诡异的气氛更令她心惊肉跳。直到回到宿舍，轻轻推开门，从里面突然传出的一声急吼成功将这怪异的气氛打破。

"慕轻寒！你到哪里去了？刚刚你男人给你打电话了！"

"哈？"慕轻寒推门的手一僵，错愕地站在原地。

莫莎莎显然也被夏淘淘这阵势吓到了，望向她的目光既惊讶又疑惑。

夏淘淘气势汹汹地冲过来，不由分说地将慕轻寒拉进宿舍，一副长辈教训晚辈的威严模样："是颜师兄！快给老娘回复电话去！"

"你怎么比我妈还像我妈！"慕轻寒挣脱她的手，皱眉反驳，"还有，说几遍了！颜师兄不是我男人。"

夏淘淘转过身，单手叉腰，挑了挑眉，不满地数落她："颜师兄有什么不好？唔？家境好，成绩好，人长得帅。最重要的是，他对你一往情深……"

站在一旁被忽视的莫莎莎忍不住小声嘟囔了一句："说不定她的'那个'更好……"

莫莎莎的声音散入空气中成了一团模糊，虽然听不清她在说什么，但还是被听觉灵敏的夏淘淘捕捉到了，于是疑惑的目光向她投去："莎莎，你刚刚说什么？"

"没什么啊！"莫莎莎脸色微变，她没有料到自己的嘟囔会被夏淘淘听见。

"哦。"夏淘淘的注意力显然不在莫莎莎身上，她的目光，随即落到慕轻寒身上，以不容反对的语气说道，"对了，明天早上我们不是没课吗？我已经帮你答应师兄了，明天带你去练级。"

话音刚落，慕轻寒立刻出声拒绝："什么？我不要！"

"没什么不要的！"不容置疑地驳回她的抗议，夏淘淘转头笑眯眯地对莫莎莎说，"莎莎，你也一起来玩吧？"

"《乱世》？好啊，我暑假买了养生舱，可一直没时间玩呢。"莫莎莎耸耸肩，偷偷向慕轻寒丢去一个"你自求多福吧"的眼神。

再次被彻底无视的慕轻寒苦着一张小脸，无奈地叹息出声。


到了第二天，慕轻寒一大早就被吵醒了，在夏淘淘女王的半强迫半哄骗之下，十分无奈地爬上了游戏。她依然站在上次掉线的地方，虽然天已经亮了，但古色古香的街道只有零零散散的几人，周围的店铺也只是开了两三间。昨日热闹非凡的青龙城，在这个时候竟显得如此冷清。

查看了好友列表，大概夜初寒和乱码先生早上有课，他们的名字都呈灰色状态。慕轻寒只好给夜初寒发了一封私人短信，简单说明了情况。接着小心翼翼往四周张望了一下，趁无人注意的时候

跑入了附近一个偏僻的角落里，切换到那个早被她遗忘到脑后的小号——落樱飘雪。

她打开好友控制面板，输入了"冰蓝水蜜桃"，添加为好友，之后发去一封信问人在哪里。很快，一只雪白的鸽子扑棱着翅膀飞了回来，准确无误地飞落到她手中，倏地化作一张白色的字条，上面书写着一行格外显眼的加粗字体。

"到玄武城城门前，马上！记得，不要穿白色衣服。"

不要穿白色衣服？慕轻寒一愣，诧异不已地回了一条短信："为什么？"

但等了好久，也没有收到冰蓝水蜜桃的回复，她着急地往白鸽飞走的方向望了一眼，可连影子也没看见一个。只好匆匆跑入附近的装备店，买了一套便宜的蓝色纱裙换上，又匆忙找到青龙城内的传送阵，踏入了往玄武城的传送路途。

玄武城，四大主城之一。

一如青龙城以青色建筑为布局，玄武城内的建筑以黑色为主，房屋的瓦檐四角略翘起，分别有一只威风凛凛的玄武石像伫立其上。

这种房屋的设计，是玄武城的特色。

一大早，逝水年华就带着帮里的一个小弟在玄武城内巡逻。玄武城是逝水家族的驻扎地，他很喜欢这个地方，因为在这里，他可以狐假虎威、欺凌弱小……哦，不不不，应该是耀武扬威、惩恶锄奸，顺便向别人展示自己逝水家族副帮主的气势。

逝水年华穿着一身蓝光流转的高级装备，提着一把紫光凛凛的长剑，昂首挺胸走在街道上，不时用凌厉的目光扫向周围，勘察有没有穿白衣的玩家。

白色，是他最痛恨的颜色。

每当看见城内有玩家穿白色衣服，他都会毫不犹豫地冲上前，将那位无辜的玩家轮白到重生！这一切只因为落雪轻寒，也因为夜初寒。这两个跟他有不共戴天之仇的人，都喜欢穿白衣，所以，不知从何时起，他就恨上了白色！

大概因为这样，城中的玩家再也无人敢穿白衣了。

街道上来来往往的玩家穿着各色漂亮的衣服，争彩斗艳，唯独没有白色。

逝水年华看着来回穿梭的玩家，得意扬扬地点了点头，仿佛居高临下的君王一样将头仰得更高，自豪之感溢满心头。突然，逝水年华脚步一顿，目光被城门前一抹水蓝色的身影吸引住了。

似乎是一个新手少女玩家，虽然只穿着白板装备，但丝毫不能掩盖她身上散发的光华。水蓝色羽纱层层叠叠披在裙上，腰束一条与裙子相衬的蓝色缎带，长发如瀑布般倾泻披落。不施粉黛的脸容淡雅精致，特别是那一双清澈剔透的黑眸格外引人注目。她站在城门前，四处张望，似乎在等什么人。

只是这样，逝水年华的心却不能平静了！莫名的电击感在身体内流窜，活了二十多年的他，心脏第一次跳得如此激烈，连脸也情不自禁地绯红起来。

他的心，被一支名为一见钟情的箭射穿了！

逝水年华的心慌乱起来，怦怦地乱跳着，他想上前去搭讪少女，可又怕太唐突了，只会招惹对方的白眼。怎么办？他按着自己心脏的地方，努力使自己平静下来，脑袋却飞快转着，力求寻找到一个最佳的搭讪方式。

"老大，怎么了？"跟在他身后的小弟为他莫名其妙的举动感到错愕，不由得奇怪地问道。

逝水年华飞快运转的思绪突然被这个声音打断，心中生出一股愠怒的情绪，目光落到小弟身上，正要斥他一顿，猛然发现这小弟居然一副贼眉鼠眼的样子，脑里突然灵光一闪，一计涌上心头。于是，他按捺住心中的狂喜，故作镇定地轻咳一声，指了指前方的蓝衣少女："你，上去调戏那个女的，记住，不要让她知道是我指使的。"

那小弟惊得目瞪口呆，不由得惊呼起来："什么？老大！这种事情我怎么做得出来？"

"笨！"逝水年华狠狠朝他一瞪眼，挑眉道，"什么叫英雄救美？英雄救美这样经典的场面当然要有一个恶霸去调戏美人啦！还

不快去？"

小弟看着逝水年华一副恶霸的模样，心里叫苦不迭。敢情老大是看上了人家 MM，所以让自己去做恶霸，然后他来英雄救美啊……

小弟欲哭无泪，在逝水年华凶狠目光的注视下，战战兢兢地扮演恶霸去了。

"美女，一个人吗？"见对方半天没有回应，小弟又说，"MM，来让爷调戏下——"

话未说完，小弟只见眼前寒光一闪，一股冷冽的气息迎面扑来，只感到胸膛一痛，冰寒的气息透入身体，顺着血液四处游走！他冷得瑟瑟发抖，定睛一看，才赫然发现，他的心脏居然被一把剑贯穿了！

慕轻寒正憋了一肚子火气没处发作，如今一个倒霉蛋自动送上门，岂能放过他？反正未满 10 级的玩家是受到系统保护的。于是在听见他说出第二句话后，毫不犹豫地抽出打兔子 boss 掉落的风之剑，不由分说朝他刺去！

"住手！竟敢当众调戏——"看准了机会，准备从一边跳出来英雄救美的逝水年华被这突如其来的变故吓了一跳，说到一半的话全哽在喉咙里了。

他没想到那 MM 会恼羞成怒、狠下杀手，更没想到一名新手玩家居然有足以秒杀十多级玩家的实力。随着那阵死亡白光的消散，逝水年华暗骂自己失策，同时看向少女的目光，多了一种崇拜！她实在是太英勇了！

逝水年华的眼里，生出了串串红心，如果能得到对方的青睐，他们两人就可以成为一对侠侣，快意江湖，畅游四海……这是多么幸福的一件事啊……

可是很快，他的白日梦就被一个熟悉的男声打断了！

"师妹，发生了什么事？"

慕轻寒听到熟悉的声音，知道是她等待的人来了，于是收起剑，朝声音的方向看去，果然看到了逝水无尘和冰蓝水蜜桃徐徐向她走来。

她敛起怒容，不冷不热地向他们打了一声招呼："淘淘，师兄。"

"师妹。"逝水无尘微笑着朝慕轻寒点了点头，当看到她一脸冷淡，眼底不由得闪过一抹失落。

　　躲在一旁的逝水年华倒是按捺不住了，一个箭步冲上前，故作偶遇的样子："无尘哥、桃桃妹，真巧啊！咦，这位MM是……新来的？"

　　冰蓝水蜜桃一愣，女人总是特别敏感，这一刻她已经隐约察觉到什么，尤其当她看到逝水年华眼中的情意的时候，更加肯定了心里的想法，于是她嘻嘻一笑，半调侃半提示地说道："喂，年华哥，你是不是对我们家轻寒产生了兴趣？告诉你哦，别乱打她的主意，她很有可能是未来的帮主夫人。"她特意咬重了"帮主"一词，让逝水年华听得清清楚楚。

　　慕轻寒马上恼怒地打断她："喂，淘淘你不要胡说！"

　　"我哪里有胡说……"

　　但很快，冰蓝水蜜桃的话就被一个洪亮有力的声音覆盖过去。

　　"无尘哥，我喜欢这个MM！我决定了！我要跟你公平竞争！"逝水年华目光坚定地望着逝水无尘，高声宣布，语气不容置疑！他单手紧握成拳，显示了他无法摧毁的决心！

　　冰蓝水蜜桃惊得目瞪口呆。

　　逝水无尘脸上一向保持的温文尔雅的微笑也有了瓦解的迹象，他的笑容变得僵硬，望向逝水年华的目光，全是难以置信和深邃的探究。

　　其余两人的反应已经如此惊悚，更别说当事人慕轻寒了……

　　其实慕轻寒在看见逝水年华突然冒出来的时候，已经十分惊讶了，不知道是不是长久敌对的缘故，她心里自动产生一种戒备的情绪，连望向他的目光也充满敌意。

　　没想到他会突然向逝水无尘下战书！

　　慕轻寒被震惊了！她的魂魄仿佛被一道狂雷劈中，瞬间灰、飞、烟、灭！

　　"你……说什么？"冰蓝水蜜桃眼神呆滞，半晌才犹如梦呓地挤出一句话。

"我是认真的！"逝水年华看着慕轻寒的目光十分炽热。

看着眼神炽热的逝水年华，慕轻寒浑身不自在，脸色更是一阵青一阵红。她最终气得一跺脚，恼怒地骂了一句"神经病"，仓皇逃下线去了。

"哎！你把我们家轻寒吓跑了！"冰蓝水蜜桃见慕轻寒突然下线，不由得急了，愠怒地指责逝水年华，"还有，你不是很讨厌跟落雪轻寒有关的东西吗？轻寒的名字也有'轻寒'这两个字，你怎么不讨厌她……"

逝水年华高声打断她，一脸"心中的女神受到侮辱"的表情："落雪轻寒那个死人妖怎么能跟她比！"

冰蓝水蜜桃气呼呼地瞪了他一眼，显然还想说什么反驳，却被逝水无尘阻止了："淘淘师妹，算了，去追轻寒要紧。"

冰蓝水蜜桃愤愤哼了一声，还是听了逝水无尘的话，追下线去了。

"无尘哥，你考虑得怎样？"逝水年华下巴微仰，跩跩地看向逝水无尘。

"……"迎向逝水年华净是挑衅的眼神，逝水无尘一言不发，只是不悦地看了他一眼，也随着冰蓝水蜜桃下线了。

慕轻寒惊魂未定地扯下虚拟眼罩，心有余悸地朝夏淘淘的方向望了一眼，接着受到了惊吓般从床上弹跳起来，头也不回地冲出了宿舍。

正拿了虚拟眼罩研究怎样用的莫莎莎看到这一幕，愣了愣，一脸茫然地望着慕轻寒狼狈逃出宿舍的背影，自言自语地喃喃："她怎么了？"

太可怕了！居然被逝水年华表白了！一定是她以前做的坏事太多，现在报应来了……要不然，为什么这样极品的事情也能让她碰上？

慕轻寒匆匆一口气奔下宿舍楼，慌不择路地跑着，完全没有注意到前方有人，一不留神撞上了一堵人墙，巨大的反冲击力令她往后倒去，幸亏对方用手揽住了她的腰。

慕轻寒好不容易站稳脚，一边揉着酸痛的小腰，一边连连向面前的人道歉，直到耳边炸响一个透着兴奋的声音："哇！嫂子，你不用一大早就来向夜投怀送抱吧？"

慕轻寒这才反应过来，愕然抬眸，看到被她撞到的那个人居然是她家"夫君"的时候，立刻恼怒地瞪了旁边的林务一眼。

风祈夜的黑眸中泛起一丝不易察觉的微澜，似是看出她心情烦乱，不由得皱眉："怎么了？"

"没事。"慕轻寒唯恐他知道游戏里发生的纠结事，连忙摇头道。

风祈夜眼中闪过一抹怀疑，但他并没有继续问下去，反倒是林务，笑嘻嘻地调侃起来："没事？那嫂子你刚才怎么一副惊魂未定的模样？莫非……你也被谁追了？"

"去死！"

"嫂子，你不用上课吗？一大早就在学校里闲逛。"某人立即转移了话题。

慕轻寒没好气地随口答道："早上没课。"

"那嫂子要不要跟我们去上课？"林务奸诈一笑，暧昧的目光在某两人之间游走。

"你又有什么阴谋？"林务不怀好意的眼神令慕轻寒顿时警惕起来，连看他的目光也带着戒备和怀疑。

"轻寒……"风祈夜嘴角轻翘，勾起一抹诱人的弧度，十分纯真无害地朝慕轻寒微笑，"一起来吧？"

结果……

"好啊。"慕轻寒不假思索就答应了，从微微发亮的眼神可以看出她的向往。

"……"林务为自己抱不平！同样的事，为啥待遇差别就这么大呢？


慕轻寒就这样被拐到了大四的物理课堂上，跟随着风祈夜和林务坐在了一个不起眼的角落里。

上物理课的是一个四十出头的男教授，头发尚算浓密，只是五官长得有点像章鱼。

　　刚坐下的慕轻寒目光就开始不安分地乱扫，偷偷观察起周围的人来，大家并没有她想象中的懒散厌倦模样，而是一个个精神抖擞，不是在认真做笔记，就是一丝不苟地听教授讲解。

　　慕轻寒实在觉得有些不可思议，大四的学生，为什么会这么认真？她觉得不解，原本以为风祈夜和林务也会这样认真听课的，谁知一看……

　　这两个人，不约而同地打开了自己随身带的笔记本电脑，接上了学校的无线网络……

　　林务同学正在看《乱世》官网上一个玩家发布的视频，丝毫没有察觉被一道怪异的目光盯着……

　　"你连夜初寒的一根头发也比不上！"笔记本电脑中传出一个女子清如幽泉的冷笑声，屏幕中，雪白的身影格外鲜明地跃入了慕轻寒的视线中。

　　坐在她身边的风祈夜似乎也听到了白衣女子的这句话，微微侧头，眼神幽深。

　　慕轻寒大惊失色地扑上去惊叫道："林务！你在看什么？"

　　林务无意中看到了这经典的一幕，心里甚是扬扬得意。此刻看见慕轻寒惊慌失措的反应，更是嘚瑟不已，他转过头，笑得一脸戏谑："论坛上的视频啊，没想到嫂子你……"

　　"别、别乱想……"慕轻寒连忙打断他，紧张地解释起来，连脸涨红了也没有察觉到。

　　"嘿嘿，其实不用解释，我都明白！"林务向她丢了一个心照不宣的眼神，嘴角笑意不减，他又随手点开一个视频，结果……逝水年华那张放大的白痴脸突然弹了出来！

　　"我喜欢这个MM，我要跟你公平竞争！"

　　视频里，逝水年华语气激昂地高调表白，那眼神，充满了火焰般的炽热和绵绵情意，让林务身上的鸡皮疙瘩都起来了。

　　"天——好可怕！"他打了一个哆嗦，正要关掉视频，突然画面一转，逝水年华那张脸消失了，镜头转到一个蓝衣少女身上，林务动作一顿，"咦？落樱飘雪？这个ID有点熟悉……"

啊啊啊！为什么会被偷拍到？在一旁已经石化的慕轻寒猛然一个激灵清醒过来，脸色煞白地夺过林务的鼠标，不由分说将他打开的视频网页全部关掉！还顺便帮他关机了。

林务看着屏幕上"关机中"的字样，转过头问："嫂子你干吗那么激动？你认识她？"

"这是我小号……啊……"慕轻寒无意识地脱口而出，当意识到自己失言的时候，猛地捂住了嘴巴！可是……已经迟了……

风祈夜敲打键盘的动作完全停止，他掉转视线，目光落在了那部屏幕已经黑了的笔记本电脑上，深邃如夜的眼眸中凝聚起锐利如刀的光芒。

而林务同学瞪圆了眼睛，下巴几乎掉到了地上，他霍地从座位上站了起来，失控地惊叫出声！洪亮的声音在偌大的教室中回响，然后，成千上万道目光不约而同向这个方向射来。

于是，悲剧发生了……

林务意识到自己惊人的举动，顿时僵在了原地，他只觉得有成千上万道冰箭同时刺穿了他的身体，令他石化、冰冻，再风化龟裂成一块块……

讲台上的教授眉心颦蹙，眉宇间透出不满的神色，似乎对自己的课堂纪律被破坏十分不快。他轻咳一声，往林务的方向一指，十分威严道："那位站着的同学，麻烦回答一下我刚才的问题！"

"这、这个……"林务一身冷汗，心中叫苦不迭。刚才教授说了什么他完全不知道啊！更何况入学的时候还曾经被警告过这位章鱼教授的手段，想到这里，他更是心急如焚！大急之下，连忙向身旁的两人抛去求救的目光……

慕轻寒尴尬一笑，朝他抛去一个抱歉的眼神，表示爱莫能助。

至于风祈夜，连看也不看他一眼，不动声色地拿出一张纸，在上面写着什么。

见到两人见死不救的行为，林务彻底绝望了！正当他准备破罐子破摔的时候，一张字条递过来了……

真是绝处逢生！他激动得几乎要喜极而泣了！他大喜过望地拾

起字条，不假思索就完全照着字条上的字读了出来——

"教授长了一副章鱼脸！"

一阵凉风吹过，捧着小字条的林务的一颗玻璃心碎裂了……

天哪！他被风祈夜给耍了！

空旷的教室顿然安静下来，连仅有的窃窃私语也消失了，鸦雀无声。

紧跟着，不知是谁带的头，教室里爆发出一阵响亮的笑声！

林务僵硬地抬起头望向教授，露出一副很无辜的表情。那位"章鱼教授"，早已气得脸色煞白，完全不顾仪态地用书猛敲桌子，大声喝道："安静！安静！还有你——下课后留下！"

最后那句话，当然是对林务说的。

无辜被陷害的某人此刻已经不能用悲惨来形容了，他觉得，任何言语也不能够准确表达自己这时候的心情。于是下课后，他就这样很倒霉地被教授留下了，慕轻寒则幸灾乐祸地望了一脸悲愤留下的林务一眼，跟着风祈夜离开了教室。

可是很快，慕轻寒大概忘记了这世上存在一个名叫乐极生悲的词语，才跟着风祈夜走出这栋教学楼，她脸上的笑容还来不及收回就这样僵在了嘴角。

因为，她看到了一个人。

风祈夜感觉到了身边的人的异常，脚步顿住，顺着她的目光往前看去。黑眸顿时映入了一张说陌生却又不算陌生的俊颜，他的眼中闪过一丝了然，嘴角轻扬起一抹意味不明的浅笑。

"轻寒师妹？"颜千晨的笑容，在看到风祈夜的那一刻完全隐去，他突然感受到一股无形的压力迎面而来，那温和的眼神不由得变得凝重起来。他将目光锁定在风祈夜身上，眼神充满了探究和敌意，"这位是……"

【第八章】
高端挑衅

YIJIAN
ZHONGQING

两道目光对上，在空气中撞出剧烈的火花。对峙的两人之间，不知什么时候旋开一道无形的气场，令四周的气氛渐渐变得压抑。

慕轻寒被这紧迫的气氛逼得往后退了一步，却在那一刻，手被人握住。她下意识地抬头，望向那双深邃如暗夜的黑眸。风祈夜的目光并不在她身上，但他眼中那从容不迫的神色让她安心。于是微垂下眼睑，脸因为感到窘迫而微微涨红，心里又莫名地涌出了一丝类似甜蜜的感觉。

颜千晨的视线落在两人相握的手上，眉头不悦地皱起，又飞快展平，继而露出温和的笑容："轻寒师妹，这位是你哥哥？"曾经听说慕轻寒有一位哥哥，虽然未曾见过他，而夏淘淘又一直在宣扬轻寒是异性绝缘体……

"……"话音落下，慕轻寒心里生出了一种类似无语的感觉。

"哥哥？"风祈夜挑眉，黑眸中原有的几分戒备已经转化为不屑。这算是对方的自我安慰，还是自己高估了对方的实力？

他的目光在颜千晨身上随意转了一圈，心里已经有了应对的计划，于是丢过去一记从容的笑，松开慕轻寒的手，几步走上前伸出右手，视线直直对上颜千晨的目光，嘴角轻勾："你好，我是风祈夜，初次见面，以后请多多指教。"

"风祈夜……"颜千晨喃喃着这个名字，脑海中迅速浮现和这个名字相关的一切信息，心不由得重重一沉。

　　风祈夜，这个名字他当然听过！正是Y大传闻中的天才！不过为什么轻寒会跟他在一起？

　　不等愣怔的颜千晨有所回应，风祈夜接着微笑道："你就是轻寒说的那位师兄吧？"

　　"哎？"颜千晨不知不觉蹙起的眉宇透出一丝疑惑，有些莫名地看向风祈夜。他为什么这样问？

　　"谢谢我不在的这一年里，你对轻寒的照顾。"风祈夜话锋一转，眼睛微眯，锐利的目光直直逼向颜千晨，话中别有所指地道，"不过，现在我回来了，以后就不必麻烦你了。"

　　慕轻寒站在旁边，不由得暗自为风祈夜的腹黑所折服——多么狠绝的话！既礼貌地用谢谢堵了对方的口，又轻易地断绝了对方的后路，不留一丝挽留的余地。

　　言下之意，你以后就不要来骚扰轻寒了……

　　颜千晨被他含义深刻的话断绝了去路，进也不是退也不是，只能生硬地扯开一个笑容，被动地挤出一句："不客气。"

　　"那么，我们先走一步了。"风祈夜嘴角弧度更深，很有风度地朝他一笑，然后再不看他一眼，拉过慕轻寒径直从他身边经过。

　　直到两人从自己的视线里消失，颜千晨才蓦然醒悟过来，眼中掠过一抹恼怒的光芒，暗骂自己失策。他的脑袋飞快运转，暗自思索了一会儿，掏出手机拨通了一个电话。

　　"淘淘师妹？现在有空吗？"他眯起眼睛，一抹锐利的光芒从眼中掠过，声音陡然压低了几分，"对，可不可以出来见一面，我有很重要的事情要跟你商量……"


　　她的清白，似乎就这样，被夜毁掉了。

　　被风祈夜拉着，木讷地跟着他走，慕轻寒如是想着。

　　其实一路走来，风祈夜的注意力大部分落在了慕轻寒身上，所以身边人的异样，他第一时间就察觉到了。当这种不对劲的气氛愈渐浓烈的时候，他眸光一转，脚步猛地顿住，转身，目光锁定着目标，不让她有丝毫逃脱的余地。

"轻寒，你是不是有什么想跟我说？"

慕轻寒眨了眨眼，连忙摇头否认："啊？没有啦……"

"没关系，说出来吧。"他似乎完全不相信她的话，直接跳过戳破她谎言的步骤，"我又不会吃了你。"

不会吃了……你是不会吃了我，不过会比吃了更可怕啊！

慕轻寒心里默默地想着，却被他的笑容迷惑得头晕目眩，嘴唇动了动，就要将心里的想法说出来，话到了嘴边，却变成了："你为了帮我，毁了自己的清白，没关系吗？"

得到了自己想要的答案，风祈夜嘴角的弧度又加深了一点，黑眸中流转着意味不明的光芒，似笑非笑。他微微俯下身，目光直直地望入慕轻寒的眼中，她被他突如其来的举动吓了一跳，惊得连条件反射也没有做出，只能被动地、呆呆地接受着他的注视，看着他灼灼的眸光，脸慢慢涨红，迎面扑来的炙热气息更让她心跳加快。

但是，他的下一句话，把她的思绪狠狠击飞了！

他微笑，语气如此风轻云淡："哦？你的意思是，要对我负责？"


"啊？"

一句话，让慕轻寒唰地瞪大了眼睛，红晕在她的脸颊上渲染开，慢慢地向整张脸蔓延而去。她惊得不知所措，再也不能像原来那样镇定自若了，无奈肩膀被紧紧握住，无法后退，只能眼睁睁迎向他的目光，视线很不自然地一点一点往下移。

风祈夜似乎不愿意放过她，眼眸眯起："难道不是？"

他的声音仿佛有魔力一般，引诱着她偷偷抬了抬眸，从这个角度望下来，光线微暗，他的黑眸仿佛染上了一层魅惑的色彩，让她莫名心悸。

她连忙低下头，狼狈地躲开他的注视："我……"

"怎么，不愿意？"看着她犹豫不决的神色，某人眯起的黑眸中闪过一丝不悦。

慕轻寒心中有种欲哭无泪的感觉。

她什么时候说过要对他负责了？最重要的是，她真正想说的明明是"我的清白被毁了"，而不是"你的清白被毁了"。

　　然而事情已经发展至此，面对风祈夜的不快，她只能硬着头皮解释道："不，我的意思是……"深深地呼吸一口气，她小声地说出事实真相，"刚刚，我好像说错了……其实我的意思是，我的清白被毁了……"

　　风祈夜剑眉轻挑。

　　"哦，原来你的意思是……"他脸上的笑容似有若无，"想让我对你负责？"

　　听到自己的意思又一次被曲解，慕轻寒连忙否认："啊，我不是这个意思……"

　　"不是这个意思？难道你不需要我负责？"风祈夜这次出乎意料地没有露出不满的表情，嘴角的弧度弯得更深，浅淡的笑容在日光的渲染下蒙上了一层高深莫测的颜色，"你确定？"

　　一句话问得慕轻寒怔住。

　　"呃……"

　　她真的不需要他负责吗？

　　到底要不要呢？

　　慕轻寒抬眸定定地看着他，映入眼帘的是他乱人心弦的笑容。她有片刻的恍惚，最初见到他，是在游戏里，那时候他一袭白衣，骑着神兽白虎而来，恍若神人下凡。她未曾见到他的真容，却被他深深地吸引住了，也许令她心悸的，并不是他的容颜，而是他的气场。

　　是的，他的气场，太过于强大，连带气质都沾上了几分锋利，让人无法挪开视线，并且深深地为他折服。其实颜千晨也同样有这般出众的容颜，为什么她就从来没有那种感觉？其实，她一直觉得颜千晨太阴柔太拖沓了，她实在很不喜欢这种性格。

　　可是下一秒，她又陷入了纠结之中，被他吸引和要他负责，明明是两码事啊！

　　风祈夜淡然微笑，倒映着她身影的黑眸中划过一丝愉悦，仿佛很享受她的纠结模样。

　　他步步紧逼，丝毫不留给她考虑的余地："要不要我负责？"

慕轻寒还深陷在思考的困境中，注意力根本没有集中起来，被他这样一问，想也没想就随口回答："要！"

话音刚落，她猛地僵住，缓缓地抬起头，当目光接触到风祈夜嘴边那抹促狭的笑容时，瞬间石化了。

他刚刚问了什么？而她又回答了什么？

似乎……

他说，要不要我负责？

然后，她很肯定地回答说，要！

反应过来自己做了什么后，慕轻寒几乎不敢再去看他的表情了！

鱼儿终于上钩了呢。

得到了那个最令他满意的答案，风祈夜眯起的眼眸透出了得逞的笑意，他终于松开了她，抚着下巴故作深思状："好吧，既然这样，我就勉为其难地对你负责吧。"

勉为其难……

即使慕轻寒现在的心情很复杂，听他这么一说，还是忍不住暴跳起来瞪他："喂！你这是什么意思？"要对她负责就那么为难？

"就是……"风祈夜喉间溢出一声轻盈的叹息，在她没有防备的时候突然将她拥入怀中，温暖熟悉的气息瞬间将她整个人萦绕起来，温热的气息扑向耳畔，"这个意思。"

这个突如其来的拥抱让慕轻寒浑身一僵，脸上也以迅雷不及掩耳之势染上了绯红，幸好整张脸都埋入了对方怀中才没有被他发现。

"你不喜欢吗？"某人带着笑意的声音传入耳中。

慕轻寒脸上的温度蓦然升高！他还能不能再无耻一点？她红着脸想要反驳回去，但话到嘴边说不出来了，她的心似乎很不愿意反驳他的话……

躲在他的怀中，感受着他节奏规律的心跳，她的嘴角，竟然忍不住向上扬起。

似乎，这样也很不错呢……

"什么？颜师兄你想在游戏里向轻寒求婚？"一个激动的女声从校园安静少人的林荫间传出。

颜千晨轻咳一声，侧过脸，秀美的俊颜上露出一抹类似尴尬的红晕。

"啊，对不起，我太激动了……"夏淘淘猛地醒悟过来，歉然地捂住嘴巴，"不过师兄，你最近受到什么刺激，怎么会有这样的想法？你以前不是说，要用行动慢慢打动轻寒的心吗？"

"我觉得我们现在的进度太慢了，这样迟迟毫无进展下去也不是办法，所以……"颜千晨微笑着解释道，"你知道，游戏里可以用夫妻技能和增加经验当借口，轻寒或许不会像现实那么拘束了。"

"也对，这样很不错呢！"夏淘淘想了想，激动不已地跳了起来，连连夸赞颜千晨，"颜师兄你真聪明！不过颜师兄你打算怎样做？"

颜千晨笑得如同谦谦君子，温润如玉，那笑容令人赏心悦目："我需要师妹的帮忙。"

"好的！你尽管说吧！事关你们两个的幸福！能帮的，我一定帮！"夏淘淘兴奋地握拳，示意自己的决心，"我需要怎么做？"

"师妹你只要劝服轻寒，让她上线，然后拖着她在玄武城一段时间，剩下的事情交给我就可以了。"他似乎一早就有了完整的计划，所以没经思索就脱口而出。

"明白！可是……"夏淘淘想了想，又犹豫起来，"可是，那个逝水年华呢？还有，轻寒会不会像上次一样恼羞成怒突然下线啊？"

"这个我也考虑过，逝水年华的事情，你就跟她说，他是开玩笑的。"颜千晨顿了顿，又接着说道，"我最近到官网查过结婚系统的信息，发现向对象求婚期间，对象是不能下线的。"

"原来是这样。"夏淘淘恍然大悟般点了点头，又信誓旦旦地向颜千晨保证，"好，颜师兄，你放心吧！一切就交给我吧！"

颜千晨依然保持着万年不变的温和微笑："那，先谢谢师妹了。"

"不用客气！不过师兄，你求婚成功后，一定要请客哦！"夏淘淘俏皮地朝他眨了眨眼，半开玩笑半认真道。

"一定一定。"

夏淘淘双手合起："那，我先预祝师兄你成功啦！"

"谢谢，我一定……"会成功的！

颜千晨嘴角温柔如水的笑容越发高深莫测。只要能求婚成功，一切都会有回转的余地，所以他绝对不能失败！

于是她跟风祈夜的关系，就这样确认下来了。

很莫名其妙，也很迅速，就像做梦一样。

慕轻寒至今想不通，于是就在下午上完课后，还处于神游状态下的某人不等夏淘淘开口，就自己登录了游戏。

"等等，轻寒——"夏淘淘连忙手忙脚乱地套上眼罩，接通了游戏登录器。

尽管做好了百分之两百的心理准备，但当慕轻寒登上游戏的那一刻，还是被吓了一跳。

逝水年华果然还站在原来的地方等她！但奇怪的是，他并没有露出含情脉脉的白痴样，而是眼中燃着熊熊怒火，直冲着她站的方向大吼："把那只白色的兔子给我宰了！马上！"

发生了什么事？慕轻寒被他的狮子吼惊得浑身一震，愣怔地望着他，一时忘记了逃跑。

逝水年华看见前方突然冒出一个人的时候，也是一愣，但当他看见那个人竟然是他心中的女神的时候，顿时心花怒放，马上挤出一副哈巴狗般的讨好模样："女神，你来了……"

慕轻寒看着他那比翻书还快的变脸，纠结了。

而就在她发愣的时候，身后传来了一个带着几分惊喜的清脆女声："落樱姐姐？"

慕轻寒闻言一怔，转头一望，只看见一位碧衣少女被几个逝水帮众围在中央，一只雪白的绒毛兔子，正拼命往她怀里钻。

"你是……云影？"慕轻寒从脑海里飞快地搜索到关于这位少女的信息，不禁讶然地看向她，"你怎么会在玄武城？"

云影箫笙见到熟人，自然十分惊喜，完全无视了一旁还对她虎视眈眈的逝水帮众，几步跑了过来："我不是自己一个人，月黑风

高和杀虫日他们也在，不过刚刚我们分头去买东西了，约好了在城门前集合。"

"他们也来了？你们后来又撞上了？不过这又是怎么回事？"慕轻寒的目光有意无意地瞟向周围的逝水帮众，压低了声音问道。

"对啊，后来我们做完新手村任务，就在主城里碰上了，不过可惜没有再见到逆瞳。"云影箫笙的语气略有惋惜，"瞧，这兔兔还是我做完新手村任务得到的奖励。"

慕轻寒下意识看向她手中的兔子，又听云影箫笙继续说道："可是那个家伙，一看见我手中的兔兔，就冲上来让我交出来，我不交，他还威胁我要轮白我！"

她一脸厌恶地看着逝水年华。

慕轻寒听着她的陈述，心里似乎有点明白，为什么当初夏淘淘不让她穿白色的衣服进玄武城了。

云影箫笙的声音虽然很小，却十分清晰地传入了逝水年华的耳中，他大惊失色，唯恐破坏了自己在慕轻寒心中的形象，连忙辩解道："女神，刚刚我……"

"行了！"慕轻寒才没有空听他废话，直截了当地打断他，不耐烦地道，"她是我朋友！你们想动她，就先轮白我吧。"她之所以敢对逝水年华说出这一番挑衅的话，一方面是确信对方不敢动自己，另一方面，他们无法跟逝水无尘交代。

"女神，我……"逝水年华这下更是急得脸色通红，他还想要说些什么去挽救场面，却被慕轻寒彻底无视。

"云影，别理他们，我们走。"慕轻寒看也不看某人一眼，拉过云影箫笙的手径直从他身边走过。

"年华大哥，那现在怎么办？还杀兔子吗？"眼睁睁看着自己的老大把原先要围剿的对象放走，几个帮众面面相觑。

逝水年华见形象被毁已经心急如焚，如今听自己的小弟们这般一说，更是胸口郁闷，一阵气结。他怒从心生，忍不住劈头一顿痛骂："杀杀杀，杀你个大头鬼！"

"哦噢，明白！那年华大哥，我们去杀大头鬼啦！"几个逝水帮众恍然大悟，连忙点头如捣蒜，不等他说第二遍，一群人手忙脚乱地拿出武器，成群结队冲出了城门。

一阵凉风吹过。

看着那群跑得比疾风还快的小弟，僵立在原地有石化趋势的逝水年华彻底傻眼了。

苍天啊，谁来救救他，他为什么会养了这样一群笨蛋小弟？

一汀烟雨杏花寒。

杏花居，玄武城第一名楼，是玩家消遣娱乐的好地方，以其独特的美食而闻名，平日玩家们杀怪做任务累了，有事没事都爱来这里点上一壶香茗，几碟小食，细细品尝一番。

玩家们如此钟情杏花居，是因为据闻杏花居的厨师都是厨师等级达到了宗师级以上的职业玩家，做出来的食物色香味俱全，而另外一个重要的原因则是，这杏花居并不是逝水家族的产业，而是第一帮派的产业。

可第一帮派的驻扎地明明建在了白虎城，为什么偏偏挑了远离自己地盘十万八千里的地方建酒楼？用帮主柳星离的话说就是，占别人的地方，赚别人的钱，顺便还可以监视别人的动向。

而建酒楼这事情是正当的系统交易，受到系统的保护，逝水家族也无可奈何，所以杏花居也成了众玩家的"避难所"，这一招气死人不偿命，的确够高明。

杏花居，一个不起眼的角落里。

刚坐下，云影箫笙就按捺不住好奇心，扯着慕轻寒的衣袖好奇地问道："落樱姐姐，你怎么会认识逝水年华？对了，我好像听到他叫你，女神……"

"别理他，他神经病！"慕轻寒嗤之以鼻。

"哦，我明白了。"云影箫笙点了点头，声音压得更低了，"早听闻逝水年华这人有点……今天一见，果然如此！"

云影箫笙那神秘兮兮的语气，加上联想到逝水年华那副转变迅速的诡异表情，慕轻寒忍不住笑出了声。

　　"对了，落樱姐姐，你为什么也会在玄武城？"

　　被她这么一说，慕轻寒才想起自己上线的目的，她还答应了风祈夜一上线就去找他，结果一撞见逝水年华就把这件事忘记得一干二净了。

　　云影箫笙看出她的着急，很善解人意地说道："落樱姐姐，你有急事？那我不打搅你了，我还要去跟月黑风高他们会合……"

　　可话未说完，就被一个陡然插进来，带着粗喘的声音打断："女神，我终于找到你了！你听我解释——"

　　乍一听见这个声音，慕轻寒差点拍案，真是阴魂不散啊！原本的好心情被一扫而空，一旁的云影箫笙见逝水年华这副模样，也忍不住嘴角抽搐。

　　"轻寒，原来你在这里！"突然，一个蓝色身影疾风般冲了过来，拉过慕轻寒的手就往门外拽，"快快快，跟我走，颜师兄……我有很重要的事情要告诉你，快跟我来。"

　　"等等，我有话要跟女神说！"逝水年华急了，一个箭步冲上前，拦住了两人的去路。

　　"说什么啊！年华哥，你的事情能比我的事情重要吗？"

　　逝水年华回答得那么不容置疑："当然！"

　　"快一边去！轻寒跟我走！"

　　"不！先听我解释！"

　　一个急着要走，一个忙着阻止，还有一个站在一旁不知所措。

　　他们似乎都忽略了当事人慕轻寒的感受。

　　"都给我停下来！"

　　一声呼喝成功制止了两人的争执，他们保持着原来的姿势，愣愣地看向慕轻寒。

　　"轻寒？"半晌，夏淘淘终于挤出两个字。

　　性格一向温和，不到关键时刻不会爆发的慕轻寒会突然做出这样一个举动，不情愿是一个原因，而另一个原因是……

　　"我的储物空间好像有什么在动……"慕轻寒尴尬地挣脱夏淘淘的手，不顾众人惊异的眼光，将手伸入储物空间翻了翻，掏出一个散发着淡红色光芒的蛋形东西。

"这是什么？"在场的三人不约而同地好奇出声。

然后，慕轻寒一看那东西的属性，顿时蒙了！

**【物品】**

**名称：九天神凤宠物蛋（破壳中）**

**属性：？？？**

**说明：不可交易，不可掉落**

这不是九天神凤的宠物蛋吗？它不是在大号的储物空间里吗？怎么会突然跑这儿来了？难道它能自由穿越不成？

不过，更令她惊讶的是……

咔……啪咔……啪啪咔……

从蛋尖的一端，开始出现一条条细细的裂纹，宛如蔓藤一样往光滑的蛋壳四周爬开，龟裂成一小块的形状，最后……

啪！

一大块蛋壳掉到了地面上，一只毛茸茸的爪子从蛋壳的破洞中伸了出来，很快又缩了回去。接着，一只模样可爱的狐狸倏地从那个洞中冒出头来。

慕轻寒惊呆了！这不是九天神凤吗？怎么成了白毛小狐狸？只见它两只耳朵俏皮地动了动，眨着水灵的眼睛，用稚嫩犹如婴儿的声音冲着慕轻寒大喊："妈妈！笨蛋妈妈！"

系统提示：恭喜玩家成功孵化出神兽九天神凤，请为宠物命名。

系统提示音在下一秒紧接着传来，但慕轻寒似乎完全没有听见一样。

笨蛋妈妈……

当慕轻寒听到这个称呼的时候，嘴角轻微抽搐了一下，用类似无语的眼神紧盯着她手中这只毛茸茸的小狐狸。

她居然……被一只狐狸形的傻鸟鄙视了？

"傻鸟……"她捧着蛋壳的双手微微发颤，十分不可思议地问，"你……不是凤凰吗？怎么变成了狐狸？"

147

"妈妈果然是个笨蛋！连起名都不会，我这样英俊潇洒、玉树临风的神兽，才不会叫傻鸟！"小狐狸用十分鄙视的目光瞟了慕轻寒一眼，水灵的眼珠一转，用不容拒绝的语气道，"我叫夜辰好了。"

系统提示：宠物九天神凤命名"夜辰"成功。

慕轻寒彻底蒙了，宠物居然还可以给自己命名？

云影箫笙显然被这只小狐狸的语气雷倒，半晌说不出一句话："落樱姐姐，这狐狸……"

夏淘淘嘴角一抽："好高能。"

可是这世上总有特殊人群的存在，就譬如……

"哎？居然是会叫妈妈的宠物？那会叫爸爸吗？叫一声来听听。"逝水年华喜滋滋地凑上前，逗起小狐狸来。他又开始了自己的翩翩联想，不知不觉露出了傻笑。

哪知小狐狸用看白痴的眼神，很不屑地瞪了他一眼，稚嫩的声音充满了讥讽："谁会叫你这种白痴男人爸爸啊！"

可怜的逝水年华，似乎连游戏里的一堆数据也认为他是个神经病啊！

闻言，逝水年华嘴角那讨好的笑容顿时僵住，他瞪着那只很贱很大爷的小狐狸，额角青筋暴起，但他碍于自己在心上人面前的印象，最终还是忍了下来。

"我先走了……"捧着蛋壳小狐狸的慕轻寒最先回过神来，就要离开杏花居，却被夏淘淘一把扯住。

"别急，我差点把最重要的事情给忘记了！来，跟我走。"

"淘淘，你干吗？我真的还有事……"无奈手中捧着一只蛋壳，慕轻寒没有空余的手去挣扎，只能被动地被拉着走。

"落樱姐姐，你们去哪儿？"

"哎，女神！等等我，我还有话没说呢——"

就这样，慕轻寒被夏淘淘一路拽着走，七拐八弯，把一直尾随在后的两个人都给甩掉了。直到到达了玄武城的中央广场才停了下来。慕轻寒正要发怒，却被广场上的人群和装饰的阵势吓了一跳。

广场中央，原本安放着象征着玄武城标志的玄武像，此刻被一对七彩流光的鸳鸯所代替，四条红绸带从半空一直延伸到东、南、西、北四方，仿佛看不到尽头。红绣球、金铃铛挂满了周围的建筑，脚下是价格不菲的鲜红地毯，金丝线绣成的比翼双飞图案栩栩如生。

玄武城洋溢着一派喜气洋洋的气氛。

"发生了什么事？"慕轻寒瞠目结舌，不禁讶然地问道，却听见身旁的人笑了起来。正要问个究竟，旁边两个女玩家的议论声传入了耳中。

"听说了吗？逝水家族的帮主今天要求婚，选择的还是求婚的最高级模式——此生不换！他实在太有钱了！"

"逝水无尘？哎呀，不知道是哪个女的这么荣幸？虽然逝水家族的名声是不太好，但好歹人家也是一帮之主啊！"

"对啊，而且他长得很帅。说实话，我真有点羡慕那个女的……"

听着两个女玩家的对话，慕轻寒总算理清了思绪，有些疑惑地看向夏淘淘："淘淘，这就是……你说的大事？颜师兄要求婚？不过，他跟谁？"

"嘿嘿，保密！等会儿你就知道啦！"冰蓝水蜜桃神秘兮兮地笑了笑，拉着她就往广场中央跑，"走，我们挑个好地方慢慢观看。

"可是淘淘……"这笑容，让慕轻寒心里突然有了种不好的预感，颜师兄要求婚的那个人……不会是她吧？

仿佛是为了验证她的不安，又仿佛是为了专程捉弄她一般，当夏淘淘将她拉到广场中央的时候，突然从四面八方窜出一群身穿红色喜服的逝水帮众，他们手拉手围成了一个包围圈，将周围观礼的人都隔在了包围圈外。

而夏淘淘，在将她带入这个地方之后，不知道什么时候，也悄然退了出去。于是偌大的广场中央，只剩下慕轻寒一人手捧着小狐狸，傻乎乎地站着。

现在又是怎么回事？

慕轻寒突然感到一股寒意自脊背缓缓爬上，四面八方八卦的目光不断向她投来，令她恐慌不安有些喘不过气来。碧蓝透彻的天空，

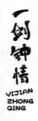

突然飘下了粉色的花瓣，纷纷扬扬，宛如落雪，跟周围的景色交织成一幅如梦似幻的画面。

紧接着，一位身着红色绫罗的男子缓缓而至，宛如从梦境中走出的王子一般。他的嘴角含着柔和如春风的微笑，那笑容仿佛能将天地间的一切融化成水，那般温润，让人醉心。

微笑吹拂起他的碎发，那双饱含了深邃感情的澄澈黑眸格外明亮，而他，正向着中央的她缓步走来。

这一刻，慕轻寒只感到无所适从，捧着小狐狸的手抖了一下。

"喂！笨蛋妈妈，你抱好，不要让我掉下去了。"小狐狸连忙急急地叫了起来。

粉色的花瓣如同精灵般在半空飞舞旋转，纷纷落下，一切犹如童话般梦幻美好。童话中的王子微笑着走到她面前，目光深情地望着她，然后单脚跪下，轻轻一笑，万籁寂静。

"轻寒，嫁给我吧。"

慕轻寒惊得连连后退数步，她居然猜对了！原来颜师兄求婚的对象真是她！

"笨蛋妈妈，你被人卖了还不知道！"怀中的小狐狸咕哝了一句，索性把头缩入了蛋壳，眼不见为净。

"轻寒？"逝水无尘见慕轻寒一直没有回应，不禁轻蹙起眉。

窘迫之下，慕轻寒唯有使出她一向逃跑的招数——下线！

可是……

系统提示：你正处于被求婚状态中，无法下线。

失去了唯一退路的慕轻寒愈发不安。

"那个女的不是还是新手吗？逝水无尘怎么会向她求婚呀？"

"也许人家两个本来就是现实中的男女朋友呢！"

"也对……"

"我觉得这样好浪漫！"

"是啊……"

周围的玩家议论了起来，一直站在圈外的急性子夏淘淘见慕轻寒许久没有动静，连忙探出身子朝她大嚷："你就答应师兄吧！答应他吧——嫁给他吧！"

而刚刚挤入人群，发现了这诡异一幕的逝水年华突然听到这句，反驳的话马上脱口而出："我反对！"

慕轻寒第一次如此待见逝水年华。

"无尘哥你耍赖！明明说好公平竞争的！我反对！反对！"

但是很快，逝水年华的愤怒就被淹没在众人的指责当中。

"人家你情我愿，你抗议什么！不要破坏好事，滚一边去！"

"就是！破坏人家好事会折福的！"

"美女！嫁给他吧！嫁给他！"

不知是夏淘淘的一喊还是逝水年华的怒吼，完全激起了群众的情绪，大家不约而同地高喊起来。

在众目睽睽之下，慕轻寒进退不得，只能无措地站在原地，心里叫苦不迭。

"轻寒，嫁给我吧？"逝水无尘再次开口，温和深邃如海洋的眼眸中，划过一丝了无痕迹的狡黠，嘴角也扬起了一抹笑容。她被逼到无处可逃的地步，就会答应了吧？

"爸爸——"一声尖锐的呼喊蓦地划破天空，慕轻寒捧着的小狐狸突然从蛋壳中伸出头，倏地展开一双火焰般艳丽的翅膀，朝天空中某个方向欢快地扑了过去！

慕轻寒这才赫然发现，自己所处的地方被一片巨大的阴影覆盖了。四周的起哄声似乎逐渐小了下去，最后竟然变得鸦雀无声！她似乎感觉到周围的空气又冷了几分……

她有些奇怪地望向逝水无尘，却见他正用充满敌意的目光紧盯着小狐狸突然扑去的方向！她的视线，顺着小狐狸飞向的地方慢慢移去，然后，止不住浑身一颤！

一种无法用言语说清的复杂情绪盈满了她的心……

激动？欣喜？害怕？担心？

似乎都有。

炽热如火的朱雀背上，夜初寒黑眸寒凛，那种犹如千年寒冰一样的眼神，似乎要将周围的一切都冰冻起来，让在场的人不寒而栗。

朱雀似乎得到了他的命令，又飞低了一点，夜初寒朝她的方向伸出手，双眉轻挑，冷声开口："娘子，玩够了吧，跟我回家吧。"

娘子……

慕轻寒听到这个熟悉的称呼的那一刻，大脑嗡然作响，她已经不知道要用什么反应去回应了。

他居然当着这么多人叫她的小号娘子！

她以后再也不能开小号去玩了……

沉默，沉默，还是沉默。

以广场为中心的方圆十里，鸦雀无声。

以往夜初寒一出场，大街小巷基本都是充斥膜拜之类的呼喊声，可是如今，这狂热的尖叫欢呼居然完全绝迹了。

在场的玩家表情不一，但都有着统一特点——震惊！

婚礼谋划者之一的夏淘淘显然也被这突如其来的变故惊蒙了，望向夜初寒的眼睛瞪得像铜铃一般大！

为什么夜初寒会突然出现在逝水无尘的婚礼上？为什么他会喊一个新手娘子？他的娘子不是落雪轻寒吗？

这是在场所有玩家疑惑不解的地方。

于是数万道目光，不约而同地落在了广场中央的三人身上，可怕的寂静让在场的人心都揪了起来，没有人敢轻举妄动地打破沉默。

倒是神经大条的逝水年华最先反应过来，怒不可遏地朝朱雀背上的夜初寒吼道："你不是有落雪轻寒那个死人妖了吗？别以为你是等级第一——"

夜初寒右手一挥，一道蓝光破风射出！逝水年华还没弄清是怎么一回事，就被一阵白光送回了复活点！

他本来站的地方，被一把斜插在地面的蓝剑取代了……

倒霉帝逝水年华，苦练等级一个月，终于在今天清晨勉强挤入了等级前三十。没想到会在这里被夜初寒秒掉，等级排名又悲剧地掉回去了。

众人哗然。

原本站在逝水年华周围的群众慌乱地往后退了几米，逃命般往密密麻麻的人群中挤去，唯恐自己被杀而掉了等级。

　　"夜初寒，今日是我求婚的日子，你这是什么意思？"一直保持单膝跪地求婚状的逝水无尘俊眉深蹙，望向夜初寒的目光充满了敌意和戒备。他终于站了起来，步伐优雅地上前几步，将慕轻寒挡在身后。

　　"什么意思？"夜初寒嗤笑出声，回应逝水无尘的声音更是冷若寒冰，"你求婚的确与我无关，不过，你求婚的对象，是我的娘子。"

　　他有意无意咬重了"我的娘子"四个字的音。

　　逝水无尘的神色愈发凝重，但依然保持着一帮之主的风范："你的娘子不是落雪轻寒吗？"这正是他疑惑的地方。

　　夜初寒却没有再理会他，视线转落到依然陷在失神状态中的慕轻寒身上，目光也柔和了几分："落雪，跟我回去吧。"

　　飞到朱雀背上的傻鸟小狐狸也扯着稚嫩的嗓音叫嚷起来："笨蛋妈妈，还不快走！"

　　他是故意的……他一定是故意的！

　　慕轻寒无语地望着自己的夫君大人，经过一番激烈的思想斗争，终于暗叹了一口气，唤出了人物控制面板，闭上眼睛，切换了角色。

　　一阵白光过后。

　　广场上再也不见那位名为"落樱飘雪"的新手玩家，有的只是一位白衣如雪、戴着白色纱巾的少女……

　　"落……落雪轻寒！"人群中，不知是谁惊呼了一声，整个广场顿时像炸开了油锅，沸腾起来了！

　　"天哪！逝水无尘居然向落雪轻寒求婚！"

　　"想不到，人妖哥哥也这么有魅力……"

　　"太惊悚了！喂，谁将刚才那一幕录下来啦？我出高价买啊！"

　　刚刚怒气冲冲从复活点跑回来的逝水年华，恰恰看到慕轻寒变身这一幕，不由得傻了眼，整个人风中凌乱了……在石化了好几十秒后，终于猛地清醒过来，胡乱抱着旁边一个男玩家就要朝他身上撞去："啊啊啊！我居然喜欢上了死人妖？！天哪——你们都不要

拦我，我要去死！"

身旁的男玩家连忙一脚踹开他，破口大骂："神经病！谁要管你去死啊！"

"轻寒，你——"随着白光的消散，逝水无尘的瞳孔一点点地收紧，他难以置信地注视着面前的白衣少女，一向沉稳睿智的他到了如今的地步，也无法保持平静。他完全不能相信，慕轻寒居然会是落雪轻寒！

慕轻寒避开他的视线，淡淡出声："给你带来了这么多麻烦，很抱歉。"现在能说的，唯有抱歉了，但她觉得，其实她什么都没做错啊，为什么要道歉呢？果然她是一个好人哪。

感叹完毕，她趁逝水无尘还在发怔的空隙，飞快地朝夜初寒走去。心情仿佛在那一刻，逃脱了束缚飞往了自由。她是不是跟夜学坏了呢？为什么她会觉得这样其实很爽？

等逝水无尘回过神来的时候，慕轻寒已经跳到了朱雀的背上，他心急如焚地冲上前："等等，轻寒——"

可话未说完，就被夜初寒的声音打断："记得逝水年华的下场，凡是觊觎我的人者——死！"

多么嚣张、多么狂妄的话！虽然语气轻描淡写，却充满了威胁。

逝水无尘深深地皱起眉，不甘地迎向夜初寒的目光，却被那骇人的气势逼得往后倒退一步。他咬了咬牙，输了吗？不！他不甘心！他还想要说些什么，朱雀却毫无征兆地扇动起翅膀，羽翼一展，转眼间已经飞离了玄武城，没入了远处的天空。

风呼呼地从耳边吹过，带来一阵清爽的感觉，坐在朱雀背上的慕轻寒却感觉到无比巨大的压力。

自从离开玄武城后，夜就没有跟她说过一句话，只是目不转睛地望着远方天空飘浮的云朵……

这种压抑的气氛，让她十分坐立不安。

她憋了半天，终于忍不住扯了扯夜初寒的衣角："夜，我们现在去哪儿？"

"去做任务。"十分简洁的回答，视线却没有落到她身上。

"……"他是不是生气了？

"哦。"慕轻寒见这个办法不行，赶紧转移了话题，"对了，怎么不见乱码？他没有跟你一起吗？"

夜初寒微微怔了一下，这回终于有了反应："你很想他？"

"呃，当然不是……"慕轻寒嘴角一抽，连忙摇头摆手否认，"喂，你不要乱想！我只是觉得没人给我欺负会闷啊。"

"……"夜初寒注视了她半晌，终于，夜色般深邃的黑眸里溢出了淡淡的笑意，"他似乎，遇到了一些麻烦。"

"哦……哎？麻烦？"

乱码先生觉得，他上辈子一定是得罪了霉神。

这天他如常地登录了游戏，可还来不及看清眼前的景象，就听到头顶传来一阵清澈如泉水滴落的笑声。

这个声音，好熟悉……

这个带着几分俏皮的熟悉笑声扎入了乱码先生的神经中，让他浑身一震，心里涌上了一种不好的预感。他忐忑不安地顺着声音的方向移去，不由得惊呆，嘴巴张得老大，身体顿时像被冰封一般僵住。

旁边的屋檐上，怀抱古筝的少女朝他甜甜地笑着，她坐在屋檐边，那样随意，装饰宝蓝长袍边缘的丝带像流苏一样垂下屋檐。古色古香的建筑，明媚动人的少女，画面上的一切都是那么美好，可这样的景象让乱码先生心惊胆战。

"小乱码，好久不见。"屋檐上的少女笑嘻嘻地道，一双水灵的眸子狡黠地转着，像是在打乱码先生的什么主意，"上次的事情，你考虑好了吗？"

那个女人分明是……

莞、尔、刺、痛！

这个疯女人怎么老阴魂不散啊？

乱码先生后退一步，下意识望向旁边的夜初寒，向他抛去求救的目光。可夜初寒是什么人？这是由乱码先生总结的几个特点：没心没肺、腹黑、无耻……由此可见，某人绝对是百分之两百不会救

他脱离苦海的！

　　果然，夜初寒十分无情地扫了他一眼："自己的事情自己解决。"扔出轻描淡写的一句话后，召唤出神宠朱雀，再也不看他一眼，乘着飞行坐骑毫不留恋地离开了。

　　朱雀拍打翅膀卷起的风迎面吹来，街道上只留下乱码先生一人独自在风中泪流满脸。

　　莞尔刺痛看到如此形势，笑容愈发甜美。她一个灵活的翻身，从屋檐上跳了下来，稳稳降落到街道上，然后，微笑着一步步逼近可怜的乱码先生。

　　"小乱码？怎么浑身发抖？我很可怕吗？"她似乎很满意乱码先生这样的反应，露出了一副惊讶的模样，显得那么清纯无害，"我只是请求你帮一个忙，你用得着对我避如蛇蝎？"

　　莞尔刺痛的委屈模样让他差点吐血！这女人的演技也太好了吧？如果不是早知她的真面目，一定会被她骗的！

　　"你你……你又想干什么？别……过来！"乱码先生倒映着莞尔刺痛身影的眼睛瞪大，激动得语无伦次，"我警告你哦！你再过来，我就……我就……"他拼命地凑着威胁的词语，却发现自己苦思冥想了半天，什么话也说不出来，只能瞪着眼睛干着急。

　　莞尔刺痛笑得眉眼弯弯，不逼出乱码先生下一句誓不罢休："你就怎样？"

　　"我就逃！"话音刚落，乱码先生已经迈开了步子，如风一般向着莞尔刺痛站的相反方向逃跑了！

　　"每次都这样，你不觉得很没营养吗？"看着面前那因乱码先生飞快逃跑而纷纷扬起的尘土，莞尔刺痛低声轻喃，嘴角浮上了一抹意味不明的笑容，"不过，既然你要玩，那么我就奉陪到底吧……"

　　于是，在青龙城上就上演了这经典的一幕。

　　青龙城的现任城主乱码先生目露惊恐之色，紧咬着牙关在青龙城中拼命飞奔，那速度，简直比千里马还要快！

　　而身后，一位怀抱古筝的少女紧追其后，可怜楚楚地朝他哭喊道："老公，你不要我了？我做错了什么？你对我有什么不满意，我都改了，你原谅我好不？"

这一幕果然引起了很大轰动！路边的玩家纷纷向少女投去同情的目光，可怜的乱码先生则受到了重重的白眼和凌迟的目光。更有同情心泛滥的玩家拍下了这一幕，发上论坛，义愤填膺地控诉他的罪行。

就这样，可怜的乱码先生的黑历史上，又添上如此光荣的一笔……

这个女人到底有什么极品加速装备？难道她这样锲而不舍地追着他跑不嫌累吗？乱码先生一边拼了命地狂奔，一边恼怒地想。直到莞尔刺痛追着他在城内跑了 N 个来回，他才赫然记起——他现在是青龙城城主，是可以随便踢人出城的！

大喜过望之余也有少许郁闷，为什么他没早点想起来？那么他就不用如此辛苦地逃命了！乱码先生当机立断，连忙唤出了控制面板，没有半分迟疑地，将莞尔刺痛拉入了青龙城的黑名单。

『系统公告：玩家莞尔刺痛被列入青龙城永久黑名单，获得"青龙城头号公敌"称号一个，至黑名单解除前，永远不得进入青龙城内。』

而另一边，莞尔刺痛发现飞快狂奔的乱码先生突然停下了脚步，于是赶紧加快了脚步——眼看就要抓到他了，正暗自窃喜，突然听到了这么一个系统公告！而她的身体，马上被一阵传送的白光包围住了。

莞尔刺痛愤怒的喊叫全被淹没在那片白亮的光芒之中："乱码，你给我记住！"

"呼——"乱码先生抬袖擦去额上冒出的冷汗，虚脱般长出一口气，"好险。"但当他望着莞尔刺痛消失的方向时，依然感到一阵心悸。

不一会儿，一位蓝衣少女随着一阵白光出现在青龙城外。蓝衣少女朝着青龙城相反的方向走了几步，又不甘地回过头，望着那高大的城墙，哼了一声，嘴角扬起一抹冷笑："你以为将我列入黑名单，我就进不了青龙城了吗？林务……"

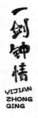

慕轻寒听到那接连响了三遍的系统公告，有些无语地望向夜初寒："原来是这么回事，又是他的桃花债。"

"所以，就不要理他了。"夜初寒风轻云淡地接话道，顺着她的思路，轻易将她的注意力从乱码先生身上转移。

一旁的小狐狸抱着尾巴，不停打滚，企图引起两人的注意。可慕轻寒完全无视了那一团不断翻滚的雪白东西，她点了点头，想了一阵，又问道："对了，我们要去做的，是什么任务？"

"上次的连环任务，你可以打开任务面板看看。"

慕轻寒依言打开了任务控制面板，果然看到了夜初寒所说的连环任务。

**【任务】**

**任务名称：连环任务（三）朱雀城盗宝**

**任务奖励：随机**

**任务提示：在任务（一）中，从神偷知了手中取得的物品里竟然有一块半边的朱雀玉玺！上面居然刻着"得天下"。这是怎么回事？请玩家潜入朱雀城中，取得另外半边玉玺，揭开玉玺的谜团。**

**完成程度：未完成**

"潜入朱雀城？这是要去偷东西吗？会不会很……危险？"慕轻寒本来想说，会不会被城主护卫给秒掉，因为据闻城主的护卫的等级都在 100 级以上。

夜初寒微微一笑："放心，很简单。"

一句话，让慕轻寒顿时无语，默默地仰望天空。


转眼间，朱雀已经飞到了目的地——朱雀城的城主殿。谁也没有注意到，有一只火红的大鸟载着两人不知不觉潜入了城主殿，在一个偏僻的角落悄然降落。

这里是一个偏僻的小院落，不见半个侍卫的身影，而地面堆积了厚厚的落叶和尘土，花圃因为鲜有人打理而长满凌乱杂草。

小狐狸趁着朱雀刚降落还未消失的那一刻，用力一蹬，跳到了慕轻寒的头顶，乖巧地缩成一团，不肯下来了。慕轻寒无奈地摇了摇头，也随它去了。她小心翼翼地踩在落到地面的枯叶上，还是无可避免地发出了声音。

面对着空无一人的院落，她有些困惑地回过头，望向她家沉着冷静的夫君大人："夜，我们现在要从哪里下手？"这个偏僻的地方什么都没有，根本无从下手啊！她又往前走了几步，"是不是应该到城主寝殿？还是藏宝库？可是……"

"再等等。"夜初寒却一把拉住了她的手，视线定格在某个地方。

"哈？"

夜初寒的声音陡然压低："看前面……"

慕轻寒微怔，顺着夜初寒的视线望去，却看见了一个鼓鼓的大布包在地上滑稽地弹跳着……不！应该说，是一个年约六岁的小女孩拖着一个大布包，在地上努力地往屋顶跳跃着。由于布包太大，女孩身躯太小，被布包遮住，所以才会看到了"布包在弹跳"的景象……

咦？那个女孩，似乎有点眼熟，对了！这个女孩不是那一次故意撞到她怀里，偷了她的宠物蛋的神偷知了吗？

她现在是在做什么呢？

此刻的神偷知了正拖着那个大布包，努力地想要往屋檐上跳去，但无论她怎样努力，始终跳不上屋檐。于是知了对着高大的墙壁纠结了，她既不想放弃来之不易的财宝，又想要尽快跳出这道围墙。正在苦苦思索该如何是好的时候，她发现，自己站着的地方不知什么时候被一大片阴影覆盖了。

"拿着一个大布包跳来跳去，很好玩吧？"耳边，随即响起一个戏谑的声音，如香醇的酒般低沉，却叫人心惊。

知了一怔，心突地跳了一下，然后，她颤抖着慢慢地转过头。

咚！

布包蓦地从她手中滑下，掉在地上发出沉闷的声响！她难以置信地瞪圆了眼睛看着面前的两人，突然嘴巴一扁，扯开嗓子号啕大哭起来："呜哇——怎么又是你们两个坏人！"

坏人？慕轻寒望着哭得天昏地暗的知了，顿时哭笑不得，难道

是上次给她的打击太大了，导致她产生了心理阴影？

慕轻寒下意识地看向一旁的夫君大人，可夜初寒出乎意料地没有进行下一步行动，他依旧不动声色地看着知了，让人看不透他到底在想什么。

知了见两人没有行动，胆子似乎大了一点，猛地往地上的大布包扑去，死死抱住不放，朝两人哭喊道："呜……这个不能给你们！我好不容易偷来的，不能给你们……"

夜初寒慢条斯理地开口："谁说要抢你的东西了？"

"那你到底想要什么？"

夜初寒一笑，从储物空间里取出半边玉玺，递到知了面前："我需要这玉玺的另一半，还有一半被你藏起来了吧？"

知了被他那像是能看穿一切的目光逼得无路可退，脸色唰地变得煞白。的确，当初被他打劫的时候，因为不甘心，她故意将这块玉玺折断成两半，偷偷将另一半藏了起来……

"坏……坏人……"骂完，尽管很不服气，但神偷大人还是将另一半玉玺双手奉上了。

慕轻寒见夜初寒很理所当然地接过玉玺，有些蒙了，这任务……就这样简单地完成了？

"啊——"突然，知了一声杀猪般的惨叫打断了她的思绪。

她循声望去，只见一直蜷缩在自己头上的绒毛小狐狸，不知道什么时候跳到了地上，偷偷爬到了知了那一大包赃物前，用两只小爪子扒开布包，抓过一块块金锭、银条，拼命往嘴里塞。

"哇！臭狐狸！你在干什么？不要啊——"知了连忙扑上去阻止狐狸的囫囵吞金银，可是已经迟了……

躺在一边的小狐狸拍了拍鼓鼓的肚子，心满意足地眯起了眼睛，一副十分享受的模样："吞这些东西的感觉实在太爽了！"

可小狐狸嘚瑟不了几秒钟，就被皱着眉的慕轻寒腾空拎起，不由得挥起爪子挣扎："笨……呜，妈妈你干什么，放我下来，放我下来！"

紧跟着，美妙的系统提示音响了起来，将小狐狸的声音覆盖过去——

系统提示：恭喜您的宠物九天神凤升到2级。

系统提示：恭喜您的宠物九天神凤升到3级。

……

系统提示：恭喜您的宠物九天神凤升到22级，学会技能三昧真火、天怒之炎。

听着这十分正经的系统提示，回想着小狐狸刚才的狼吞虎咽，慕轻寒怎样都觉得，这更像是恶作剧多一些。于是她很肯定地得出一个结论：这只狐狸形傻鸟的设计者，绝对是个十分恶趣味的人！

知了好不容易从悲伤的状态中回过神来，并用哀怨的目光望着面前的两人，语无伦次："你们一定是故意的……你们要赔……赔我的金子银子！"

可她得到的只是夜初寒的白眼："赔什么？你的东西又不是我吃的，有本事让狐狸吐出来还给你。"

于是悲哀的小知了，只能幽怨地飘到角落里画圈圈去了。

其实慕轻寒十分想要同情知了的，不过一想到知了只是游戏里的一堆数据，又想到自己被这个游戏的NPC坑害不浅，于是这同情就这样被扼杀在摇篮里了。

自圆其说之后，慕轻寒满意地点了点头，接着抱着小狐狸凑到夜初寒身边，好奇地问："夜，玉玺上说的是什么？"

夜初寒没有答话，拿着两半玉玺，对准接合口，小心翼翼地将它们合在一起。

就在裂缝合上的那一刻，一阵淡淡的月白色光芒从缝隙中溢出，光芒流过后——两边的玉玺成功合在一起，完好如初！

系统提示：恭喜玩家夜初寒、玩家落雪轻寒完成了连环任务（三）朱雀城盗宝，获得经验200000，金钱100000，声望100，任务物品承天玉玺一个。

这次连环任务的奖励让慕轻寒大失所望，前几次的奖励都十分丰富，而这一次除了经验金钱，就只有那块玉玺了，连装备都不奖一件。

紧跟着——

系统提示：玩家夜初寒、玩家落雪轻寒触发了连环任务（四）真假城主，是否接受任务？请选择：是／否。

原来……还有后续的任务啊？

选了"是"后，慕轻寒迫不及待打开了任务控制面板，任务提示的内容却让她大吃一惊。

**【任务】**

**任务名称：连环任务（四）真假城主**

**任务奖励：经验、金钱、朱雀城友好之证（在城内 PK 将永远不变红名）**

**任务提示：原来这玉玺乃华夏大陆皇陵的镇陵之宝，能保佑大陆的安宁祥和。朱雀城城主却将此玉玺盗出，难道他要叛乱？还是另有奸人冒充？请玩家前往城主殿一探虚实。**

**完成程度：未完成**

"夜，这个任务……"慕轻寒有些惊讶地看向夜初寒。

夜初寒将那块碧绿色的玉玺递到她的手上，语气有些不耐："既麻烦又无聊的连环任务。"

无聊？听到他的评价，慕轻寒嘴角一抽，接过玉玺一看，却惊得差点把它摔落地上！

**【物品】**

**名称：承天玉玺**

**说明：四城若合，得此玉玺，得天下。**

这个连环任务越来越玄了，竟然涉及了四座主城和华夏大陆的安宁问题！青龙城开通的时候，她也在官网上看过类似的介绍，好像是关于《乱世》游戏里的一个重要的主线任务，通过做这个主线任务，可以得到丰厚的奖励和特权，当时她并没有仔细看——难道就是跟这个连环任务有关？

不过，眼下更重要的事情是——难道朱雀城的城主，想要一统华夏大陆？

主城的城主殿是不允许玩家随便进入的，即使是领取和交付任务，也要有专门的NPC跟随。普通玩家能到达的地方只是城主殿的外围，除非有特殊的荣誉得到城主的接见，否则休想踏入内殿一步，而守护城主殿的护卫都有100级以上，随便一个都能轻易将他们秒杀。

也就是说，想要见城主一面，比登天还难。不过，夜初寒似乎一点也不担心这个问题，胸有成竹地笑道："当然是光明正大地进去。"

"啊？"

直到跟着一群精英级的护卫NPC踏入城主殿，慕轻寒才知道，某人所谓的"光明正大"，其实是……

"不知青龙城特使光临，在下有失远迎，望阁下原谅。"一位有些发福迹象的中年男子笑容可掬地迎了上来，他身穿朱色锦缎，用金色丝线绣着一只展翅欲飞的朱雀，头戴五彩琉璃冠，腰间挂满了奢华的玉佩玉环，但无论他装扮得怎样华贵，两鬓长出的鹤发早已暴露他风华不再的事实。

慕轻寒望着一旁镇定如初的夜初寒，再望望笑脸相迎的朱雀城城主，这才恍然。难怪他会如此笃定，原来是利用青龙城特使的身份。

"朱雀城主客气了。"夜初寒虽然很不耐烦这表面的恭维，但为了完成任务，客套的话还是必须的。

朱雀城城主呵呵笑道："特使到来实在是我们朱雀城的荣幸，也使两城友谊更进一步。"

慕轻寒听着两人你来我往的客套，心里却隐隐生出一丝奇怪的感觉，怎么这朱雀城城主一点也不怀疑他们？也不问问他们是来干什么的？

突然，系统提示音响起。

系统提示：请玩家注意，第一批怪物将于5秒后出现，请玩家做好准备。

怎么回事？慕轻寒跟夜初寒的目光同时对上，他们都从对方的眼中看到了一丝诧异，很显然，两人都收到了相同的信息。

夜初寒朝她使了一个眼色，她马上会意，暗中握住了冰天雪舞剑，

做好了随时反攻的准备。

而另一边，朱雀城城主笑得连眼睛也眯成了一条缝，半点危难将至的灾难感也没有："既然两位远道而来……"

话未说完，五支冷箭快疾如电般从门外射入，直直向殿上三人飞刺过来。不知是系统设定，还是朱雀城城主本来就是一个胆小如鼠的人，眼看就要被冷箭贯穿身体，他大惊失色，着急万分地大嚷起来："有刺客，来人啊——"

只听一声武器撞击发出的清脆声，半空幻出眼乱迷人的剑花，两人同时出手，五支箭矢顺利被他们截下，转瞬间折成两半，无力地坠落到地面。

朱雀城城主瘫坐在地上，冷汗涔涔。紧接着，五名黑衣刺客从大殿的四方冒出，手持青光闪烁的长剑，来势汹汹、如乘疾风般向着两人刺来。

朱雀城城主显然被这阵势吓得魂飞魄散，惊恐地大叫一声，连滚带爬地躲到了城主座下，不敢再出来了。就在五名刺客的剑即将刺到目标的时候，两人突然停下了脚步，刺客们不约而同挥舞起手中的剑，动作迅速利落，挥剑晃出的光芒交错成一片刺目耀眼的白光，顿时扰乱了两人的视线。

这群人形怪物并不好对付！慕轻寒跟夜初寒交换了一个眼神后，从储物空间里拿出一包毒粉，向着那片杂乱的飞影扔去，而夜初寒突然如闪电般凌空跃起，手腕一翻，随意取出一把剑，朝着那个地方一记横扫。

交错的光芒骤然消失，稳稳地落回原地，再看向前方，五名黑衣人已经呈中毒状态倒在了血泊中。系统似乎不愿意给他们歇息的时间，第二批怪物的出现提示立刻接踵而来。

系统提示：请玩家注意，第二批怪物将于5秒钟后出现，请玩家做好准备。

这次再也没有冷箭或其他暗器的偷袭攻击，而是直接飞来了几百只巴掌大的火鸟，浑身仿佛被熊熊的火焰包围，如高速飞行的子弹一般朝两人冲来。

"轻寒，你来。"

慕轻寒马上会意，一记群攻的冰天雪舞击向迎面而来的火鸟，瞬间将几百只火鸟冻结成冰。这些火鸟的血虽少，但是防御力高得出奇，这是因为它们有一层无法瓦解的火盔甲防御。被一只火鸟攻击不可怕，但被一群火鸟攻击就十分可怕了，光是伤害累积，就能轻易将一个高级玩家送到复活点。但"冰天雪舞"能将火鸟的防御火盔甲解除，剩下的只是一群少血的冰冻鸟，只是两三下普通攻击，就可以将它们顺利解决掉。

系统提示：请玩家注意，第三批怪物将于 5 秒后出现，请玩家做好准备。

第三次系统提示准时响起，慕轻寒刚放松的神经马上紧绷起来，注意力全部集中在一起，时刻留意着殿内每一处的动静。经过刚才的两次怪物袭击，她发现了一个规律：每一次出现的怪物都比上一次要厉害。如果刚才不是她刚好有招式是克制那类型怪物的，恐怕刚才并不轻松，所以她丝毫不敢松懈。

但是这一回，奇怪的事情发生了！

两人等了许久，依然不见第三批怪物出现。握着剑的手开始酸痛，不知不觉垂了下来的慕轻寒，向四周环顾一圈后，不禁皱起眉疑惑道："怎么第三批怪物这么久都没有出来？会不会是系统搞错了啊？"

夜初寒倒是一点也不着急，漫不经心地答道："再等等看。"

这时候，朱雀城城主见外面没了动静，终于灰头土脸地从椅子底下爬出来，狼狈地拍了拍身上的灰尘，尴尬地笑了笑，一边向两人走过来，一边真诚地道歉道："实在抱歉，没想到城内竟然有刺客入侵，让两位受惊了，我一定让人尽快查明事实，还两位特使一个交代。"

"哎？"慕轻寒眼中掠过一丝诧异，她有些疑惑地看向朱雀城城主。第三批怪物还没出来呢，怎么这朱雀城城主就出来了？还是真是系统搞错了？

眼看朱雀城城主越走越近，一直趴在慕轻寒头顶的小狐狸突然大叫一声："妈妈小心！他是怪物假冒的城主！"话音刚落，它倏

地张开炽热如火的翅膀，往朱雀城城主扑去，顺带往他身上喷出一口三昧真火，结果假冒的朱雀城城主刚说出口的台词，全部被淹没在熊熊的火焰中。

"你这只臭狐狸！"朱雀城城主怒吼出声。

小狐狸轻盈地降落回慕轻寒的头顶，收起翅膀，眨巴着水灵的眼睛，用十分无辜的眼神望着朱雀城城主。

事情发生得如此突然，是慕轻寒始料未及的，她大吃一惊，趁朱雀城城主发愣的片刻，飞快退到夜初寒身边："原来你真是假冒的，那真正的城主在哪儿？我猜……他是被你关起来了吧？"

假冒的朱雀城城主错愕，喉咙一甜，险些吐血："你套我的话！"

"哪有？不是你自己说的吗？"

"别废话，受死吧！"假冒的朱雀城城主猛地发出一声怒吼，伴随着一声巨响，烧焦的身体却突然炸开了。他原先站立的方向，不断冒出黑色絮状物，犹如棉花团般飞离出去，迅速形成了一个个嘴带獠牙、爪子锐利、没有脚、会飞行的云絮状怪物。

紧接着，云絮小怪物中央，冒出了一缕缕黑烟，逐渐勾勒出一个类似人的身形。不消片刻，黑烟散去，一个全身漆黑，手握着一柄纯黑三叉戟的男子傲然立在怪群中央。

"吾乃怨气之灵小羡，尔等速速退散！"他的目光凌厉地扫视全场，那气势让周围的怪物吓得吱吱乱叫。只是他头发披散，脸容也是漆黑一片，令人看不清他的容貌。而他的头顶，分明顶着一行鲜明的红字——

**人形怪：怨气之灵小羡**

**等级：？？？**

竟然是未定等级的红名怪？

感受到一股迎面冲来的无形气压，慕轻寒后退了好几步，心中惊骇，她下意识看向夜初寒，他依旧冷静如初。

"轻寒，保护好自己。"

夜初寒只说了一句话，再没有片刻迟疑，身影疾如闪电般闪出。

刹那间，仿佛有千万道寒冷如冰的光芒在眼前闪过，殿内刮起了无形的狂风！

空气中响起了一声形同撕裂锦帛的声音，云絮状小怪发出一声声凄惨的尖叫，身体被寒光硬生生撕成两半。

大风止息。

白衣男子傲然立在殿中，被风吹起的衣袂轻盈落下，他与怨气之灵小羡对峙着，气势丝毫不输于对方。

但诡异的事情发生了！

随着怨气之灵小羡的一声冷哼，那些死去的怪物形成的黑色云雾又逐渐聚拢起来，竟长成了一只只比原来身体大两倍的絮状怪物。

"哈哈，你杀吧！你杀多少，就有多少生出来！"看着夜初寒眉宇紧锁，怨气之灵小羡不由得狂妄地哈哈大笑起来，震耳欲聋的笑声几乎可以将大殿的屋顶掀翻。

夜初寒嘴角勾起一抹冷笑，右手微抬，七把无形的光剑骤然在他四周腾空冒出，然后，手用力一握，七把光剑同时掉转方向，如七道流星一般极速划破空气，以怨气之灵小羡为中心，呈包围圈状朝它狠狠刺去。

站在一旁的慕轻寒瞪大了眼睛！

这是夜初寒的必杀技能？

从来没有看过他使用，那是因为从来没有人值得他动用必杀技能，难怪他从来没有固定的武器……原来他的必杀技能，竟然就是七道光剑？

怨气之灵小羡大吃一惊，不过随即又爆发出一阵刺耳的笑声："哈哈哈哈……你以为这些雕虫小技，就能伤害到我了？"说着，他浑身又爆发出一阵浓烈的黑气，像是一道无形的墙壁，将七道光剑格挡在外面。

"哈哈，看到没？刺不到我吧！"怨气之灵小羡看着那七道拼命想刺进来，却被他的防御墙挡下的光剑，得意地哈哈大笑。

岂料，夜初寒发出一声嗤笑："是吗？"右手再次轻抬，第八道光剑以迅雷不及掩耳之势在怨气之灵小羡头顶冒出，狠狠插下！

那道无形的墙壁瞬间瓦解，七道光剑乘着巨大的冲力攻入，顺利刺中目标。

顿时，万籁寂静。

怨气之灵小羡惊恐地睁大了眼睛，难以置信地看着面前一脸淡然的白衣男子，半晌发出了一丝微弱的声音："你……"

四周的絮状怪物轰然倒下，化作齑粉纷纷扬扬散入空气中。

"为什么……"被七把光剑插中再也不能动弹的怨气之灵小羡无法相信，语气里是无尽的不甘心，"为什么我会被打败……为什么……"

异于刚才的黑气逐渐从光剑插入的地方冒出。

"怎么可能呢？我是神兽朱雀阴暗面所产生的怨气之灵，怎么会输呢？不，我没有输……我还要统一这片大陆呢……怎么能这么快……哈哈……"怨气之灵小羡疯狂地大笑起来，在那响彻大殿的笑声中，黑气不断消散，他的身体逐渐散为尘埃，散向空中。

怨气之灵小羡消失了。

在他消失的地方，爆出了一大堆装备和金钱，还有一把耀目的赤色钥匙。

系统提示：恭喜玩家夜初寒、玩家落雪轻寒完成连环任务（四）真假城主，请到地下牢房救出真正的朱雀城城主，以领取任务奖励。

慕轻寒看着自己不断上涨的经验条，首次对这个任务产生了类似无语的感觉。也许这个任务真的如夜初寒所说……很无聊。

在她愣神的片刻，小狐狸已经迫不及待地从她头顶跳到地上，飞快爬到那堆金光闪闪的金子堆前，大口大口将金子吞下。

"等等，狐狸住——住口！"慕轻寒回过神来，赶紧冲上去将剩余的装备和金钱从小狐狸口中抢救出来，这才没造成巨大的损失。倒是小狐狸眼泪汪汪地望着她，像受到了极大的委屈，不过都被在场的两人无视掉了。

用钥匙将真正的朱雀城城主救了出来，他感激万分地给两人颁发了朱雀城友好之证，又千恩万谢后，才恋恋不舍地派人将他们送出了城主殿。

奇怪的是，连环任务并没有到此结束，但任务面板显示出来的第五环任务，却是个未知任务。

**【任务】**

**任务名称：连环任务（五）？？？**

**任务奖励：？？？**

**任务提示：？？？**

**完成程度：未完成**

难道连环任务，还需要特定条件激活不成？在离开朱雀城的路上，慕轻寒一边查看着任务面板，一边思索着，突然耳畔传来一个低沉好听的声音："轻寒。"

"哈？"她迅速抬头，却对上了夜初寒的黑眸，那无尽深渊之中，似乎包含了千丝万缕的难以读懂的复杂感情。那专注的目光让她微微一震，心蓦地跳快了半拍，顿时有些无所适从，"怎么了？

他深深地凝视着她，嘴角微扬，低沉的声音似乎柔和了几分："明天……我们去约会吧？"


一个约会成功将慕轻寒的思绪拍飞，以至于下线后，慕轻寒依然处于神游天外的状态，最后还是夏淘淘一声怒吼，将她的神思拉回现实。

"慕轻寒，你给我老实交代！你游戏里的'奸夫'是怎么回事？"

慕轻寒嘴角抽搐："夜才不是奸夫！"

"还说不是，你是故意害师兄丢脸的吧？"夏淘淘叉腰怒道。

"什么什么？你们在说什么？"在一旁假装看书的莫莎莎终于按捺不住好奇的心情，凑上前问道。

慕轻寒翻了翻白眼，心里无奈极了，但还是耐心地解释："我早说了不喜欢颜师兄，可你总不听，还有我跟夜……"

"夜？是风祈夜吗？"外貌协会会长莫莎莎眼睛一亮，立刻追问道。

夏淘淘显然还处在暴躁的状态中："什么风祈夜，分明是奸夫……哎？什么？你说什么？风祈夜？"

莫莎莎意识到自己说漏嘴，连忙捂住嘴巴，然后看向慕轻寒，

见她没有什么异常的反应，才吞吞吐吐说了下去："那个就是……"她顿了顿，再次瞄向慕轻寒，终于支支吾吾说出了真相，"轻寒在跟风祈夜交往啊。"

似是被电击了一下，夏淘淘叉腰的手僵住，竖眉瞪眼的表情渐渐转化成难以置信，半晌说不出一句话，过了好久才回过神。

听她这么问，慕轻寒反而一脸惊讶："啊？难道你还不知道他就是夜初寒？"

夏淘淘彻底风中凌乱了……

第二天恰好是周末，知道了今天要跟风祈夜约会，所以慕轻寒一大早就被两位舍友赶出了宿舍。

在关门之前，夏淘淘女王更是理直气壮地捂嘴笑道："赶紧去约会吧！别让人家风师兄等急了！"

"……"慕轻寒望着那扇紧闭的门，"黑线"三千丈。

可是，要去约会了呀，跟夜，太不真实了……她神情恍惚地下了楼，直到耳边传入一声轻笑，一抬头，才发现早在宿舍楼下等待的那个人。

清晨微暖的阳光细细勾勒出他线条优美的轮廓，那双倒映着自己身影的乌黑深邃的眼眸，正泛着诱人的色泽。

但是，他看着自己的目光，似乎有点奇怪？

风祈夜的视线慢慢地移到了她的脚下，黑眸里透出了淡淡的笑意："穿错鞋子了。"

慕轻寒下意识低头，顿时整个人都不好了！她今天穿的鞋子并不是一双，而是一只球鞋，一只皮鞋，一只黑色，一只白色……

"你等等，我回去换！"

风祈夜手疾眼快地拉住她："不用了。"

"哎？可是鞋子……"慕轻寒脸颊微红，有些迟疑。

"跟我走就可以了。"毫无反抗余地的语气。

"但是……"

十分钟后，Y大十米外的步行街的某精品鞋店里，传出了一段这样的对话。

"呃，不要这样。"

"没关系，让我来吧。"

"可是，很多人看着……"

"不要管他们。"

慕轻寒坐在精品鞋店的长凳上，坐立不安地看着面前那个半跪在地上的男子，红晕一点点从脸上透出。风祈夜修长的手指握住她的脚踝，小心翼翼地帮她脱下套在脚上显得无比滑稽的鞋子，换上了刚刚选好的一双漂亮的鞋子。

他低垂着头，轻微颤动着的睫毛投射下一片扇形的阴影，那专注的模样让慕轻寒不觉失神。手指灵活地转了一圈，一个漂亮结实的蝴蝶结便如翩翩起舞的蝴蝶一样缀在了鞋子上。

"好了。"他动作飞快地完成一系列动作，抬起头，恰好看见了慕轻寒发怔的模样，不禁轻笑出声，"轻寒，怎么？"

"啊？没有。"慕轻寒欲盖弥彰地摇了摇头，迅速站起身，"没什么，我们走吧。"

可在接触到他的目光时，又不自然地垂下了眼睑。风祈夜并没有说什么，只是勾了勾唇，拉过慕轻寒的手，走到柜台前付了款，然后带着她离开了鞋店。

"那个男的长得好帅啊，而且对女朋友又细心又温柔……"

"对啊对啊，不过可惜名草有主了……"

身后隐约传来的谈话声提醒了慕轻寒，她看向风祈夜："对了，鞋子的钱……"

"嗯？"风祈夜停下脚步，侧头疑惑地看向她。

"鞋子的钱，我回去……"

"还给你"还没说出口，就被前方一声愤怒而抓狂的喊叫打断："我去！莞尔刺痛你这个阴魂不散的女人怎么到现实了！你放过我吧——"

慕轻寒微愕地抬起头，正好看到了面前狗血的一幕——一个男生不断大喊救命，在人行道上狂奔，英俊的容颜因为恐慌而变得扭曲，

而他身后紧追着一男一女。

被追着跑的男生是林务，紧追着他不放、一副可怜凄凄的模样的女生像是……灵异音乐社社长祁清冷？

除了祁清冷，林务身后还紧追着一个穿着淡灰色衣服、深蓝色裤子、戴着眼镜的男生是她不认识的。

"林务，你说过会对我好的！为什么你要抛弃我？你对得起我对你的爱吗？"祁清冷凄凉的声音引来了路人的频频注目，过路的人纷纷向林务投去愤怒的视线。

"林务哥，你等等——你不是跟夜表哥才是一对吗？这个母夜叉是怎么回事？你怎么能这样对夜表哥！"眼镜男对林务亦是穷追不舍。

这是什么状况？

风祈夜握着慕轻寒的手明显一僵，当机立断，马上拉着她转身就走。可是，已经迟了，眼尖的林务一下就发现了风祈夜引人注目的身影，顿时像见到救命稻草已经向着他猛扑过来："夜！嫂子！救命啊——"

风祈夜顿住脚步，猛地转头朝林务怒目而视。

右眼皮跳了又跳，林务冷汗涔涔，于是试探道："夜啊，你……没有生气吧？"

"当然没有，我怎么会生气呢？"风祈夜脸上的笑容渐渐加深，看着他的目光温柔得几乎能滴出水来，"你居然把风卿茂那个小子也引来了，我怎么会生气呢？"

在场的人不约而同打了一个寒噤。

当时的慕轻寒还不明白发生了什么事情，只是傻眼一样看着面前发生的这一幕。直到今天过去，她才意识到这是怎么一回事——人生的第一次约会，就这样彻底毁在了林务同学手里。

"林务，你不要抛弃我！"

祁清冷一个箭步扑了上来，像一只八爪鱼一样黏到了林务身上，而紧跟在她身后跑过来的那位眼镜男在看到风祈夜的那一刻，双目放光，掩饰不住激动神情地稍微抬了抬眼镜，镜片在阳光的照映下折射出一片耀目的光泽。

"……"风祈夜第一次露出了类似崩溃的神情。

眼镜男的目光紧紧锁定在风祈夜身上，眼睛微微眯起，嘴角扬起一抹像极了风祈夜往常表示阴谋的弧度："夜表哥。"

**姓名：风卿茂**

**性别：男**

**身份：疑似风祈夜的堂弟一枚（？）**

**属性：宅男、腹黑、阴险**

**爱好：恶作剧**

这个时候，一间位置偏僻的冰饮店内流淌着诡异的气息，而这种让人压抑的气氛正是从店里某个角落源源不断地传出的。

一张方桌，两男一女，三杯冰沙，气氛诡异。

而这三个人之中，只有那位戴着眼镜的男子十分淡定地用勺子搅拌着冰沙，大口大口往嘴里送，另外两个人默默无言地紧盯着他，一动不动。

这么怪异的一幕维持了许久，风卿茂似乎终于察觉到不对劲，不紧不慢地放下勺子，伸手推了推眼镜，嘴角微微扬起："夜表哥你怎么不说话？见到我太开心所以说不出话来了？"

风祈夜望着眼前这位眼镜男，竭力隐忍着胸口涌上来的怒气，冷声道："风卿茂，你不是在国外吗？怎么跑回来了？"

"哎，既然夜表哥你都能跑回来了，我怎么能不跑回来？"风卿茂一笑，头稍微一抬，镜片后掠过一道光亮，"我可是很期待夜表哥你跟林务表嫂的发展，所以特意回来看你，不过表嫂刚刚被一个疯女人扯走了，你却无动于衷。"

风祈夜抚额，语气极不耐烦："你现在看完了吧？看完就给我赶紧滚回去。"

"哟，夜表哥你咋这样无情呢？人家好歹也是为了你回来的啊。"风卿茂装出伤心欲绝的模样，故意拖长了音。

慕轻寒拼命戳着沙冰的手一僵，被他不怀好意的目光吓得往后

缩了一下，不过幸好那阵敌意很快消失得无影无踪，风卿茂打量她的眼神透出几分疑惑："你……好像有点眼熟……"

风家出产的孩子都不是笨蛋，风卿茂很快露出恍然的神色，惊喜地一拍掌："哎？莫非你就是《乱世》的第一人妖，落雪轻寒？"

慕轻寒："……"

喂！为什么每个人听到她的名字的第一反应都是"人妖"？

慕轻寒赶紧纠正他："我才不是人妖！"

见慕轻寒承认，风卿茂大喜过望，连连点头："我知道，你不是人妖，你是受嘛。"

慕轻寒："……"

"我就说夜表哥你为什么会'黑杏'出墙，原来真的跟人妖哥哥好上了。"他抚着下巴，注视着风祈夜的眼睛微眯，做深思状，"不错不错，你终于开窍了，老子当年在论坛大力支持你们两个果然是正确的。"

"论坛？"慕轻寒闻言一怔，脑海里飞快闪过一个内容熟悉的帖子……

风卿茂扬扬自得地笑了起来："唔？你没看见？当年老子还帮你们臭骂了逝水琉璃那恶心女人一顿，大快人心啊。"

果然是那帖子……慕轻寒嘴角明显抽搐了一下，感到十分不可思议："你就是那个总攻团团长？"她最初还以为那个曾经在论坛上大肆地喊"双寒王道"的总攻团团长是一个女生……

"答对了，不过那个只是我论坛的马甲，我在游戏里的名字叫玻璃猫。"风卿茂微笑着点头。

"玻璃猫？好像有点耳熟……"

"就是那个自从血染衣被轮白后挤进前十的玻璃猫？"

风卿茂脸上浮现一抹尴尬："咳咳，表嫂，我现在是在前十没错，但请不要用'挤'，谢谢。"

"风卿茂，你玩够了没有？"风祈夜抱着臂，冷声开口。

"嘿嘿，夜表哥，干吗这样生气呢？"风卿茂依然面不改色，稳坐在椅子上屹立不动，"不过跟表嫂交流交流，用不着这样小气嘛。"

风祈夜继续冷笑："交流？那需要我跟你交流交流吗？"

某人丝毫不受威胁，一语戳破风祈夜的想法："夜表哥你吃醋了吧？"

风祈夜不语，只是冷眼看着他。

风卿茂知道自己已经触到了风祈夜的底线，再这样下去恐怕会有危险。几番衡量之下，当然明哲保身为好，于是他呵呵一笑，迅速站起身，猛地拉开玻璃门，头也不回地冲了出去！

挂在门上的风铃丁零丁零地响，冰沙店内哪里还有风卿茂的身影。

"抱歉，今天出现了这样的状况……"风祈夜看向慕轻寒的眼中满是歉然，"我们回去吧？"

"没关系，还有很多机会的。"她十分善解人意地微笑道。事实上，她也被今天的状况百出折腾得够呛了，于是原本应该很美好的约会，就这样结束在一场闹剧之中。

一剑钟情

**********

YES　　NO

午后的校园显得格外宁静，往常的喧哗嘈杂，都在这一时刻全部隐去了踪影。

风祈夜将慕轻寒送到宿舍楼下，分别的时候，她才蓦然记起鞋子的事情，连忙叫住已经走出几米远的人："鞋子的钱，我还没还给你呢。"

风祈夜的眼中泛出温和的笑意："不用还给我了，鞋子是我送给你的。"

"可是……"慕轻寒低下头，看向那双漂亮的鞋子，既犹豫又纠结，"这样会不会不太好？"

"怎么会。"风祈夜有些好笑道。

"但我总觉得……"

风祈夜耐心地等待着她的理由："嗯？"

"你为什么要对我这么好？我总觉得，你对我太好，我不知道怎样对你才能……"慕轻寒的声音渐渐小了下去，脸上早已绯红一片。

"……"然而，她得到的回答，只是一片缄默。

慕轻寒有些疑惑地抬头，风祈夜脸上的神情是前所未有的专注，那双凝望着她的黑眸深不见底，包含了很多复杂得她看不懂的情绪……

"夜？"

风祈夜突然上前一步，伸手，将她搂入了怀中。

179

"怎么了？"扑面而来的温热气息让她莫名一慌，顿时心跳加速。

"这样就好……"有什么温热的东西落到了她的唇上。

有什么在脑袋里蓦然炸开，大脑顿时陷入宕机状态。

"唔……"慕轻寒瞪大了眼睛，全身血液刹那凝固一般，身体仿佛僵硬麻木了，完全没有了知觉。

他居然……在吻她！

慕轻寒魂不守舍地飘回宿舍，马上就被在宿舍守候的、两只眼中闪烁着八卦光芒的家伙围住。面对乱七八糟的问题，她好不容易回答完，这才登上游戏，却收到了一大堆飞鸽传书。

她边看边顺手回复了几条自认为比较重要的短信，可当她读到逝水年华的飞鸽传书时，顿时哭笑不得！

"死人妖，你居然敢欺骗我的感情，我是绝对不会放过你的！不过如果你肯用小号跟我约会，我就考虑下原谅你。"

看到最后一句，她毫不犹豫地将信销毁，顺带将逝水年华拉入了永久黑名单。

然后是逝水无尘的："轻寒，能不能出来见个面？我……有话想跟你说……"

她接着往下看，最后一条……

"救命啊！我被莞尔刺痛那个疯女人逼婚了，快来朱雀城的洛凝楼救我！"十万火急的内容，让慕轻寒乍然一惊。她惊讶地看向署名，竟然是乱码先生，而发送时间是……刚刚？

"在看什么？"清冽低沉的声音突然传入耳中，让她的动作一顿。

慕轻寒回过头，正好看见夜初寒那一抹孤寒的身影，目光不由自主地移到了他的脸上。回想到刚刚他对自己做的事情，她不觉脸上一热，于是有些不自在地移开了视线："也没什么，乱码先生发来飞鸽传书，说他今天要跟莞尔刺痛结婚。"

夜初寒黑眸里透出了一丝笑意："哦？"

慕轻寒一紧张，竟然把乱码先生的求救帖记成了结婚请帖："我们要不要去祝贺他啊？反正他就在朱雀城的洛凝楼……"

夜初寒倒是一副无所谓的样子，轻轻点了点头："如果你想去，那就去吧。"

可怜的乱码先生，就这样在一场对话中不知不觉地悲剧了。

在《乱世》无人不知、无人不晓，朱雀城中最盛名的是洛凝楼，因为它是游戏中最大的情报贩卖处，它的创建者是一位玩家。

而今天，正是洛凝楼的幕后老板——莞尔刺痛跟高手排行榜第五的乱码先生大婚的日子。

大概谁都没有想到，洛凝楼的幕后老板竟会为了风光一场，选择在大婚当天曝光自己的身份。

吉时未到，被誉为"天下第一楼"的洛凝楼门前已经挤满了前来观礼的玩家。众玩家将街道塞了个水泄不通，有的索性在周围店铺门前的台阶上坐了下来聊起八卦，场面无比热闹。

"没想到洛凝楼的幕后老板竟然是一个女的！莞尔刺痛……这个名字我都没有听过呢，大概是一位隐藏实力的高手吧？"

"莞尔刺痛肯为了乱码先生曝光自己的身份，不容易啊。"

"我听说是莞尔刺痛倒追乱码先生的，据说她为了乱码先生，曾聘请许多高手，将追求乱码先生的女玩家都轮白到删号自杀了。"

"啧啧，爱情果然是盲目的，乱码先生这种负心人她也爱。"

"啊！对了，今天她还请了乱世第一美人碧空灵韵做伴娘呢。"

"哇，第一美人碧空灵韵也来了，到时候一定要合照啊，不知道第一高手和第一人妖会不会来呢？"

"居然连第一美人也请来了，乱码先生很大的面子啊！"人群圈外，慕轻寒跷起脚往里面张望，听见众人的议论，不由得惊讶道。

所谓的乱世第一美人，并不是官方公认的，而是由官方 BBS 上的玩家投票选出的。其实当初，落雪轻寒也在第一美人的候选名单上，而且选票远高于第二的碧空灵韵，只不过众玩家已经将落雪轻寒默认为是男生，纷纷为"他"惋惜，所以第一美人的称号，自然顺理成章落在了票选第二的碧空灵韵身上。

夜初寒的视线始终没有离开过她，黑眸中透出了淡淡的无奈和宠溺，又听她自言自语地喃喃道："可是这么多人，我们怎么找乱码先生啊？"

夜初寒目光略略在洛凝楼四周扫视一番，最后定在空无一人的洛凝楼顶楼，面巾下的嘴角微微翘起，毫不犹豫地拦腰抱起还在发怔的某人："走，我们从顶楼进去。"

她本来还在发呆，突然感到脚下一空，身体已经离开了地面："你要带我去哪里？"

夜初寒没有答话，只是抱着她跳上了旁边的屋顶，绕开了喧嚣热闹的人群，从后面进入了洛凝楼的顶楼，挑开曼舞的轻纱跳了进去。

红烛在安静地燃烧着，散发出明亮的光芒，将房间照得亮如白昼。大概是喜庆的日子，房间的装饰都是鲜艳的红色，纱帘、床帏红得耀眼，所有的物品都被围上了一块红绸，放目望去，满目是喜洋洋的红艳。

双脚刚踏到鲜红的地毯上，慕轻寒一眼就发现那个穿着一身复古新郎服、坐在喜床上满脸愁苦的乱码先生。而他显然也发现了两人，几乎哭出来的脸上马上露出了欣喜若狂的神色，马上从床上一跃而起："夜，嫂子，你们来了？"

"呜呜呜，快来救我！我不想跟那个疯女人成亲！"乱码先生几乎是泪奔着冲了过来。

夜初寒身子一闪，不着痕迹地脱离他的魔爪。

慕轻寒看着跪在地上假泣的某人，不由得奇怪地问："那你还待在这里干什么？怎么不逃？"

乱码先生抬起头，一脸愤懑之色："我逃得了吗？那个疯女人居然跑到我宿舍楼下哭喊着要我负责，弄得整栋宿舍都知道了！她还要挟我，如果我在游戏里不跟她结婚，她就去女宿舍里闹……求你们救救我！把那个疯女人打昏……"

"是吗？怎么你不亲手把我打昏？"清脆如珠落玉盘的笑声突然从门外传来，将乱码先生的滔滔不绝打断，接着门被人推开。

同样一身红艳的莞尔刺痛步伐轻盈地向着三人走来，笑容愈发甜美。

"疯女人……"乱码先生看着那个不断向他逼近的火红身影，惊恐地瞪大了眼睛！

"祁师姐。"慕轻寒不知道怎样称呼莞尔刺痛，只好叫她现实的名字。

莞尔刺痛的注意力果然被慕轻寒吸引去了，她笑得眉眼弯弯："哟，小师妹，你也来了，是来参观我的婚礼吗？"

"嗯……"慕轻寒胡乱地点了点头，完全无视一旁乱码先生怨妇般的表情，"祁师姐的婚礼好华丽。"

"当然，作为朱雀城第一楼洛凝楼的老板，我的婚礼怎能不华丽？"莞尔刺痛笑道，突然眼中精光一闪，打量着她，"有没有兴趣来我的洛凝楼？"

慕轻寒连忙摆手婉拒道："不用了！我还是喜欢跟我家夫君浪迹天涯……"

刚说完这句话，慕轻寒就僵住了！她在说什么啊？

夜初寒的嘴角不着痕迹地勾起。

"那真可惜，不过，本小姐从不夺人所好，既然你不愿意就算了。"莞尔刺痛微微一笑，目光不着痕迹地从夜初寒身上掠过，最后落到了乱码先生身上，故意拖长了话音，"不过他呢，你们是绝对不能带走的。"

"夜……"乱码先生可怜兮兮地望向夜初寒，企图寻找一丝逃生的希望。

"我们没说要带他走。"夜初寒毫不留情地戳破乱码先生希望的泡沫，仅是用同情的目光瞥他一眼，"节哀顺变，轻寒我们走。"说完这句，他很果断地拉过慕轻寒，从进来的地方走了出去。

最后乱码先生还是被逼着成了亲……

而袖手旁观的某对无良夫妻，此刻正坐在洛凝楼对面的屋顶上，兴致盎然地观看着正在进行的成亲仪式。

洛凝楼内满堂宾客的注意力都集中在两位成亲的主角上，谁也没有注意到对面屋顶上的两人。

"哎，这个婚礼果然够华丽啊！莞尔刺痛真下了血本……"慕轻寒支着下巴，欣赏着屋内的一幕，虽然她观赏的是乱码先生的婚礼，但视线始终落在新郎新娘旁边的一抹清丽的绿色身影身上。

那一抹绿色在人群中格外显眼，出众的容貌不必细说，那如云黑发，似雪肌肤，一身葱绿色长裙衬着她淡漠的神情，更像是出尘脱俗的仙子。

她是传说中的第一美人，碧空灵韵啊！

就在她发愣的时候，远处的天空绽开一朵朵五色斑斓的礼花，将天空照得异常明亮。听着洛凝楼里传出的一阵阵欢呼，她忍不住叹息道："真浪费，白天放礼花哪里能看到？可惜……"

她的声音既带有惋惜，又有淡淡的失落，似乎，自己连白天看礼花的机会都没有呢……

"轻寒。"夜初寒低柔的声音在她的耳畔响起，让她一怔。

"嗯？"她转过头，却发现他的面巾不知道在什么时候已经脱掉了，那张俊颜在她眼中赫然放大。

"你想不想要一个更华丽的婚礼？"

慕轻寒有些羞涩地低下头。他正在向她逼近，即使她知道接下来会发生的事情，但她还是乖乖地闭上了眼睛。就在她的心几乎要跳出来的时候，一个带着万分惊喜的女声陡然插入了两人之间："祈夜同学，真的是你呀？"

慕轻寒身体一僵，连忙睁开眼睛，挣扎着退离夜初寒身边少许。慌乱之中，她往旁边的屋顶望了一眼，才赫然发现，他们面前多了一抹浅绿色身影。

绿衣少女脸上的笑容在看到两人的动作时逐渐被冰冷所冻结，最后全部僵在嘴角。

慕轻寒也是一怔，碧空灵韵怎么来了？而且好像跟夜认识……

充满疑惑的目光在两人之间打转。

碧空灵韵那双盈盈的剪水眸中泛起了惊异的微澜，并开始透出敌意，她很快敛起脸上的笑容，神情恢复了原有的淡漠，一动不动地站在原地，目不转睛地盯着面前动作暧昧的两人。

她那两道像极了 X 光的目光盯得慕轻寒浑身不自在，她皱了一下眉，移开视线，小声向夜初寒询问："夜，你认识她？"

"不认识。"

"咦？"她听出了他的语气明显带有几分不耐烦，忍不住偷偷瞥了碧空灵韵一眼，很意外地发现第一美人脸色僵住，冰眸中居然闪过一抹受伤之色。

慕轻寒心中顿时有了几分了然。

"我们走吧。"夜初寒若无其事地将面巾绑回脸上，全然将碧空灵韵当做透明，似是没有看见她一样，拉起慕轻寒的手，头也不回地转身离开。

"等等，祈——"直到两人走了一段距离，碧空灵韵才猛然回过神来，着急地呼唤出他的名字，可声音刚溢出就哽在喉咙间，因为她发现，对方留给自己的只是一个无情的背影。

碧空灵韵的神色黯淡下去，久久站在原地，目光依旧没有从夜初寒离开的方向移开，慢慢地，她的眼底透出了冰寒的雾气。


慕轻寒下线后，立刻被两个可爱的舍友拎到了莫莎莎的电脑前，她茫然地看着神情严肃的两人："你们又怎么了？"

"看学校论坛，出大事了！"夏淘淘一脸着急的表情。

莫莎莎也不住点头。

"到底怎么了嘛？"慕轻寒一脸莫名其妙，在两人的催促下，打开了学校的论坛，再按照她们的指示打开了某个板块。

然后，惊呆了。

学校论坛的灌水板块里，几乎大半帖子都是在讨论她跟风祈夜的八卦——从他们第一次见面、在哪里相恋、第一次拉手在什么地方……总之从开始到现在，全被八卦了一遍，甚至还有人虚构了他们俩的故事，弄成连载发布上去，结果大受欢迎。

慕轻寒对着屏幕，一副被噎到的模样："学校的人，还真有才。"

"这不是重点！"夏淘淘见她一直盯着那些花花绿绿的八卦帖，不由得气急败坏地吼了起来，"看置顶公告！"

　　"置顶？"慕轻寒眨了眨眼，拉着鼠标往上拖，映入眼帘的就是一个大红的标题。

　　【公告】数理系林务已被本人包养，请各位女同胞不要再打他的主意！旁边显示的发帖人名字是……祁清冷。

　　慕轻寒忍不住喷笑出声，趴在桌子上直不起腰来。难道夏淘淘这么十万火急，就是为了让她看这个变相搞笑的帖子？

　　夏淘淘板着一张后娘脸打断了她："慕轻寒！你笑够没？这样的帖子，你觉得很好笑吗？"

　　莫莎莎也十分严肃地点头："没错，轻寒，面对这样严肃的事情，你不能如此轻佻。"

　　"怎么了？难道这种帖不好笑吗？"她疑惑地看向两人，忍着笑反问道。

　　夏淘淘往屏幕上瞥了一眼，看到了鼠标指针停留的位置，急得直跺脚："你看哪里啊？我让你看的是置顶的那个帖！学系挑战令！"

　　"唔？啊——学系挑战令？"开始慕轻寒还未完全反应过来，当她看到夏淘淘所说的那张帖子时，顿时惊呆了。

　　【公告】美术系正式向中文系发出学系挑战令！

　　居然是学系挑战令这种变态的东西！

　　学系挑战令是Y大的一种传统，每个学系可以自己系的名义向别系发出挑战，针对的可以是全系，也可以是个人。两系确认挑战后，再由第三个系出题，发出挑战和接受挑战的学系需要按指定要求完成这个题目，再由指定的评委评选出胜出的学系，胜利的学系可以要求失败的学系做一件事。

　　这可以说是关乎各系的一种荣耀挑战，也可以说是一种变相恶搞。例如就有一次，化学系要求历史系全体学生打扫厕所一个月，而且不准用任何工具。

　　慕轻寒对着屏幕恍惚了一阵，才缓缓地转过头看向两人："怎么回事？美术系为什么突然向我们系发出这个变态的东西？"

　　"因为夏碧凝……夏碧凝你知道吧？"莫莎莎欲言又止。

作为宅宅更健康的慕轻寒同学果然露出了疑惑的表情："夏碧凝？她是谁？"

夏淘淘气愤地抢过话题："就是暗恋风祈夜的一个女人！哼，明明她才是小三，凭什么说我们家轻寒……"

听着夏淘淘叽里呱啦说了一大通令人晕头转向的话，慕轻寒总算明白过来。原来那夏碧凝是 X 大的交换生一枚，现任美术系的系花，按理说两人毫无交集，可她的交往对象风祈夜是对方暗恋了四年的人，于是问题就出在这里了。

据说夏碧凝在 X 大初次见到风祈夜时，就对他一见钟情了，自身的容貌和特长令她十分自信，频频对风大帅哥示好，但对方每次都装作看不见，三言两语就将她准备了许久的表白带了过去，但她毫不泄气，更在风祈夜返回 Y 大的时候毫不犹豫地以交换生的名义转到 Y 大。

因此，美术系的女生都被她这种百折不挠的精神折服，同时也为她抱不平，暗地里美术系的学生也将她跟风祈夜传为才子佳人呢。

可谁也没想到，半途会杀出慕轻寒这么一个人。如此一来，美术系的女生愤怒了！她们纷纷跳出来，要求打倒小三，还夏碧凝一个公道！于是，她们以美术系的名义，向中文系发出了学系挑战令，矛头当然直指慕轻寒。

听着夏淘淘的陈述，性格一向温和的慕轻寒终于被激怒了，霍地起身："什么小三？她们全家才是小三！拜托让她们上网查一下什么叫小三才来叫嚣吧！还有，那个夏碧凝暗恋夜关我什么事啊？"

良久，夏淘淘扯开一个灿烂的笑容，上前按住她的肩膀："轻寒，别激动……"

莫莎莎也吓了一跳，忙点头如捣蒜："对对对，要冷静冷静……"

"我很冷静！对了，还有那个什么挑战令……"

"放心！轻寒，我们已经帮你接了这个挑战令了！我相信，你一定能将她打得落花流水的！"

慕轻寒顿时整个人都不好了："什么？你们帮我接了？"

"当然了，这种关乎中文系荣誉和你个人面子的事情怎么可以

不接受？明天早上十点，记得做好准备哦。"

"……"

这次的学系挑战是借了音乐系日常排练的场地，作为使用场地的交换，这次出题的人要从音乐系中选出。

上午十时未到，慕轻寒在两位舍友的软硬兼施之下，很不情愿地跟着她们从社会科学课的教室偷偷溜了出来。

"你们为什么这么急？还没到十点呢。"出了教室后，她很是不解地问道。

莫莎莎和夏淘淘一人拉着慕轻寒的一只手拼命往目的地跑，听她这样一问，夏淘淘头也不回地反驳道："这种重要的比赛，是绝对不能迟到的！不然对手就会以为我们退缩了。"

慕轻寒十分无语地看着两个斗志昂扬的舍友，也任由她们拉着走了。

三人很快到达音乐系日常排练的地方，却意外地发现场馆的门口围了几个像是美术系的女生，正在兴致勃勃地议论些什么。见到三人到来，几个女生逐渐停止了说话，互相使着眼色，还不断用怪异的目光打量着慕轻寒。

其中有一个长鬈发的女生往这边瞥了一眼，用极其夸张的诧异语气说："哎，她不就是那个抢走风祈夜的坏女人吗？我以为她都不敢来了呢！"

另一个女生笑着接话道："人不要脸天下无敌嘛！不过长得不怎么样，根本比不上碧凝的十分之一！"

慕轻寒几人本来不想理会她们的，可是夏淘淘沉不住气了，冲上去大喝："到底是谁不要脸了？拜托你们弄清楚事实才来说！"

几个女生显然没想到夏淘淘的反应会如此激动，一时面面相觑。但很快，最先说话的那个鬈发女生露出了很是不屑的神情，接着笑容满脸地朝慕轻寒后方招了招手："碧凝，你来了。"

听鬈发女生这样一喊，美术系的其余女生纷纷回过神来，脸上重新挂回甜美的笑容。慕轻寒三人也顺着鬈发女生的目光向后望去，看到了她口中所说的系花。

不远处，一位打扮时尚的长发女生正向着她们的方向走来，身上成熟的风韵和不容忽视的美貌尤为引人注目，只是那一双剪水眸格外清冷淡漠，仿若远离世间一切尘嚣。她在看到慕轻寒的时候眼中神色明显一怔，流露出几分莫测。

“长得不怎么样嘛，花脸猫……”夏淘淘在一旁嘀咕。

倒是慕轻寒在见到夏碧凝的那一刻，目光充满了惊讶。

这个女生……不就是碧空灵韵吗！

刚才那女生瞟了慕轻寒一眼，绕过她们朝夏碧凝走了过去：“碧凝，刚刚她们……”

夏碧凝摇了摇头，淡淡地开口打断她：“小茹，别这样。”说完，她再也没有理会鬈发女生尴尬的反应，径直向慕轻寒走来，“慕师妹，对不起，她们并没有恶意。”她显然也听到了刚才的对话，嘴上说着抱歉的话语，但眼中依然是一片淡漠。

慕轻寒张了张嘴，刚要说话，就被夏淘淘恼怒地打断：“没有恶意？没有恶意会进行人身攻击？对轻寒冷嘲热讽？会发布那个什么挑战令？”她顿了顿，语气更加激动，“觊觎别人男朋友的人少在这里假惺惺了！我们才不会上你的当！”

夏淘淘不带一个脏字，却犀利地指出了事实真相，让夏碧凝当场怔住，脸色更是一阵青一阵白。

“轻寒我们进去吧！”夏淘淘发泄完心中的怒火，缓了缓气，也不给慕轻寒说话的机会，拉着她就往里走，留下一脸煞白的夏大美人。

她们刚走没多远，就隐约听见身后的那群美术系女生不满地议论开来，无非说她第三者插足什么的。听着这些议论，慕轻寒暗暗叹了一口气，有些头疼地按了按太阳穴。美术系果然就是一群妄想症严重的人，连是非黑白都能随便颠倒。

不过直到进到场馆室，她才发现不对劲，偌大的室内竟座无虚席，连走道也挤满了前来看热闹的人。

不是中文系跟美术系的挑战吗？怎么会来了这么多人？很快，她的疑问由夏淘淘的一声惊叫解答了：“好热闹啊，数理系和音乐

系的人也来了……"

音乐系的人来自己的地盘看热闹，没什么好奇怪的，但是数理系的人来这里就有些奇怪了，如果数理系的人来了，那么也就是说风祈夜也来了吗？

诧异之下，慕轻寒将视线投向四周，可无论她怎样在人群中寻找，始终看不见风祈夜的身影。

"快快，轻寒，比赛快开始了！"耳边突然响起莫莎莎的一声惊叫，她还没弄清是怎么回事，就猛地被一阵推力推到了人群中央。

慕轻寒堪堪稳住身子，再回神却发现所有人的目光都集中在她身上，会场一片诡异的寂静。

站在空荡的场地中间，她尴尬不已，正考虑着要不要逃回人群中去，肩膀就被一只大手搂住了，紧接着耳畔响起祁清冷带着几分阴谋味道的语调："哈！人终于齐了，那就开始吧！"

慕轻寒转过头，才发现夏碧凝不知什么时候已经进来了，就站在离她不远的地方，淡然地等待着。

祁清冷拍了拍慕轻寒的肩膀，朝她露出一个略带狡黠的笑容，接着走到人群中央，大声宣布道："大家安静，既然人都来齐了，那么我宣布今天的挑战，正式开始——"

话音刚落，全场鸦雀无声，不是因为祁清冷的开场白，而是因为突然出现在入口处，正向人群中央走来的风祈夜。

绯闻男主角出现了！在场的观众无不眼冒精光，屏气凝息地注视着他的一举一动。如果是常人，被这么多人注视着，恐怕早在原地挖个洞将自己埋进去了。可风祈夜是何许人也？即使在众目睽睽之下，他依然镇定自若。

只见他径直朝慕轻寒走去，微微一笑，在身体轻微发抖的慕轻寒的额上轻轻落下一吻，柔声低语道："轻寒，加油。"

慕轻寒在成千上万道八卦目光中当场石化。

风祈夜完成了他的使命，安静地退到了数理系的队伍当中。不过他的这一举动果然引起了轰动，数理系的人一下子拥了上来，将他紧紧包围起来。

中文系和音乐系的人不约而同发出了兴奋的欢呼，美术系的女生则一个个气得煞白了脸，握着拳一脸愤恨地盯着慕轻寒。

一旁的夏碧凝依然冷静地站着，眼神平静无波，只是不知不觉间紧咬住嘴唇。

祁清冷见气氛不对，连忙清了清嗓子高声道："好了，请各位来看热闹的同学安静一下！挑战即将开始！"

人群随着她这一声高喊，逐渐安静下来，祁清冷十分满意地点了点头，左右扫了两位主角一眼："你们准备好了吗？"

她这样一问，慕轻寒才察觉到不对劲，难道，这次出题者就是灵异音乐社社长祁清冷？

想到她对付林务的手段，慕轻寒脸色僵了僵，祁清冷像是看破她在想什么一样，继续说："这次的题目就是——"说到关键，她故意停顿几秒，等气氛足够凝固后，才道，"做一件出人意料的事情。"

出人意料的事？题目还算正常，但……她根本就没想过参加啊，慕轻寒还是想拒绝，才不管是不是很多人看着，也不在乎别人会对她说什么，但她再次被打断。

这次是一直沉默不语的夏碧凝："可不可以先由我开始？"

慕轻寒本就没有参加的心情，见她不说话，夏碧凝权当她是默认了，说了一句淡淡的谢谢之后，便往数理系的人群走去，随之站在风祈夜面前，抬头凝视着他好看的双眸。

慕轻寒眼中闪过一抹惊讶，随之沉下脸，她可以肯定夏碧凝不会做什么很好的事情。

一向表情冷漠的夏碧凝此刻脸上竟泛着红晕，下一秒，她仿佛鼓起了最大的勇气，对着一直神色不变的风祈夜说出内心的话："祈夜同学，我一直很喜欢你。"

说完后便羞涩地低下头，但声音依然清晰："我觉得，我比慕师妹更适合你，我有信心可以取代她的位置，希望你能给我一个机会。"

众座哗然！

美术系的女生激动地尖叫起来，几乎掀翻了场馆的屋顶，她们亢奋地起哄：

"风祈夜！答应碧凝——"

"答应碧凝吧！她才是最适合你的！"

风祈夜只当什么也没看到，冷静开口："与我无关。"

美术系女生们的动作在那一刻定格，显得无比滑稽，其余系的人纷纷向她们投去幸灾乐祸的目光，就仿佛在看一群小丑表演。

夏碧凝的笑容僵在脸上，顿时像个泄气的皮球般黯然地退到一边，心碎神伤。

将这一幕尽收眼底的慕轻寒再无刚才的无所谓，她沉着脸走到祁清冷身边："我请求退出比赛。"

在座的人纷纷露出诧异的神色，面面相觑，似乎是不相信她说的话。

祁清冷最先反应过来，哈哈干笑几声："的确是很不可思议呢，看样子大家都没有想到呢，慕同学……"

"我没有开玩笑。"慕轻寒不耐烦地皱了皱眉头，"这种无聊的比赛我一点兴趣都没有，何况我不希望有人借着比赛的名义觊觎我的男朋友。"说着将目光落向了呆愣在一旁，有些狼狈的夏碧凝身上。

看到这一幕，风祈夜勾起了一抹愉悦的浅笑。

夏淘淘瞪圆了眼睛，拼命拉扯莫莎莎的衣袖，语无伦次地道："莎莎啊，我……是不是幻觉了？那个人真的是轻寒吗？怎么这么女王？"

莫莎莎显然也被慕轻寒的举止吓蒙了，只是愣愣地睁着眼睛不知所措。在安静了那么几秒钟后，数理系的人群中突然爆发出激昂的欢呼："嫂子好棒！支持嫂子！嫂子万岁！"

不知是不是他的带动，除了美术系，在场的所有学生热烈鼓掌，纷纷喝起彩来。夏碧凝有些被这群亢奋的家伙吓到了，踉跄地后退几步，用手遮挡着自己的脸，躲避着众人的目光。

美术系的女生顿时无地自容，一个个灰头土脸，低着头不敢再轻举妄动。她们知道自己已经彻底输了！这从一开始就毫无价值可言的比赛早注定了她们必输无疑，只是她们不愿意相信而已！如今众人的反应更是印证了这一事实，她们是在自取其辱！

慕轻寒实在是不想待在这里了，在众目睽睽之下，走到了风祈夜面前，毫不犹豫地抓过他的手就往出口走去。

拉着风祈夜走出音乐系的训练场地后，慕轻寒原本不爽的心情渐渐归为平静，脚步渐渐停了下来。

感受到前面人的异样，风祈夜也不禁停下脚步，轻声问道："轻寒，怎么了？"

慕轻寒松开了拉住他的手，转过身，对上那双泛着笑意的黑眸，迟疑地问出声："我刚刚……是不是……"

风祈夜挑眉："唔？"

"我刚刚是不是很丢人？"她低头对着自己的脚尖，总觉得在那么多人面前说出我男朋友那种话有些难为情，见对方沉默，她忍不住抬眸去观察对方的反应，却发现他黑眸中的笑意正在加深。

"哪里丢人了？"他笑着反问，忽然语气一顿，"只不过的确有点……女王。"

慕轻寒："……"

她抬起头，很认真地看向他墨色的眼眸，又轻声问道："其实，我并不优秀，你当初为什么偏偏会选中我呢？"他太优秀，让她感到自己是那么卑微渺小，他那么优秀的人，为什么会选中她呢？

风祈夜没有马上回答，只是专注地凝望着她，眼眸深邃："谁说你不优秀？"

她明明只是小透明一枚啦，哪里优秀，慕轻寒脸色微红，头脑一热，不经思索就将心里想的话说了出来："那你以后再遇到像夏碧凝那样疯狂的追求者，会不会想要爬墙？"话音刚落，她就后悔了，她一定是被那个夏大美人弄疯了！不然怎么会问一些这样古怪的问题？

"爬墙？这个问题嘛……"风祈夜凑近，双手不知不觉抚上了她的面颊，他双目温柔，嘴角带笑，故意放缓了声音，"那就要看你的表现了……"

即使慕轻寒现在多么困窘，被他如此调侃，还是忍不住瞪了他一眼："喂！"

"轻寒啊……你想要怎样表现呢？"慕轻寒突然发现，风祈夜的脸离她越来越近，能清晰地感受到他迎面扑来的温热气息，他突然在离她还有0.01米的地方停住，声音陡然压低，带有几分诱惑人心的味道，"其实，我不介意你再女王一回。"

听着某人的诱惑，慕轻寒头脑一热，做了一个让她后悔了好久的决定——她猛地扑上去吻住某个十分无耻的人的唇，狠狠地咬……很风光地再次女王了一把。

不过后来，很不幸地被某人反客为主了。


开学初那一段清闲的日子已经过去了，接下来的几天课程表排得密密满满，几乎没有空余的时间娱乐。慕轻寒再次登录游戏，已经是几天后的事情了。

这天下午没有课，她忙完手头上的事情后，终于有空回到了游戏。使用回城符回到了离上次下线郊外最近的青龙城，身上传送的白光还没有消失，就听见一声死气沉沉的呻吟："好饿……"

慕轻寒一惊，等白光完全消退后，才发现待在宠物空间里的小狐狸不知道什么时候爬了出来，软弱无力地趴在自己的怀里，呈现出奄奄一息的状态。

慕轻寒看着怀中毛茸茸的小狐狸，惊讶地问："怎么会这样？"

"妈妈……我饿……"小狐狸睁着泪汪汪的眼睛望着她，楚楚可怜。

饿？慕轻寒稍微一怔，突然想起宠物似乎也有饥饿值的，又不太确定，于是打开了宠物控制面板——

**【宠物资料】**

**种类：九天神凤（神兽）**

**宠物名称：夜辰**

**主人名称：落雪轻寒（落樱飘雪）**

**等级：25**

生命：1500/1500　精神：3500/3500　饥饿：11/100

技能：

**【三昧真火】**

**群攻技能，能命中 5 米范围内 8 个对象，消耗 500 点精神。**

**【天怒之炎】**

**单体技能，消耗 250 点精神。**

小狐狸的饥饿值几乎见底了！

宠物饲料！反应过来后，她连忙抱着小狐狸向宠物商店跑去，要知道，当宠物的饥饿值达到零的时候，宠物就会死亡。当然这种死亡并不是战斗中的死了重生，而是会永远消失。

可她才跑出几步就停下了脚步，因为她猛地想起，这只神兽好像是不吃普通的宠物饲料，而是吃……金子银子。

她下意识地看向自己的钱袋，才发现自己身上居然空无一文了，似乎最近她都是跟着夜初寒混，都没花过钱呢。

那现在该去哪儿？钱……钱庄！

想到这里，慕轻寒马上心急如焚地抱着小狐狸匆匆向钱庄奔跑去，气喘吁吁地到那儿，她却意外地见到了一个熟人。

第一帮派的帮主，拥有"柳猩猩""鸡蛋黄"等一系列称号的娃娃脸柳星离。

柳星离同学正从钱庄取出一大堆银子，看到慕轻寒，眼中也闪过一抹诧然，然后那张蜡笔小新的脸挤出一个笑容："嫂子好啊，你也来取钱？怎么不见你家夫君？"

"啊？他今天没空上来……"慕轻寒随口答道，眼睛随意一瞥，发现柳星离面前的银子依然不断地堆积，不由得好奇地问了一句，"为什么你要取出这么多银子？"

柳星离笑了笑，有些不好意思地抓了抓头："建城费用啊。"

"哦。"慕轻寒恍然大悟地点了点头，随即又想起了什么惊讶道，"不对啊，你不是早有建城令了吗？怎么这么晚才取钱建城。"

慕轻寒的话显然戳中了柳星离的痛脚，他苦笑了一阵，无奈地叹息出声："哎，别提了，我原来以为有了建城令，只要花钱就能

建城了，谁知道建城前有一大堆建城任务要完成，还好我们帮派的人齐心合力，赶在半个月内做完了。现在我交完任务，来取钱呢。"

慕轻寒同情地看了他一眼，难怪夜当初那么坚决地扔掉建城令……

"啊啊啊，我的建城费用啊！"突然，就听见柳星离一声惨叫。

慕轻寒蓦地惊醒，才发现她手中的小狐狸早已经跳出了她的怀抱，爬到了那堆银子前面，趁她和柳星离聊天的空隙，大口大口吞掉银子，满脸满足。

"啊……对不起对不起！"慕轻寒连忙把小狐狸抱了回来，一查宠物状态，惊讶地发现小狐狸的饥饿值已经回满，达到了100%。而这时候的小狐狸，正心满意足趴在她怀里，眯着眼打嗝，小肚子鼓起。

柳星离望着原本堆得小山那么高，现在只剩下一小半的银子，简直欲哭无泪。

慕轻寒手忙脚乱地将小狐狸塞回宠物空间，连连道歉："很抱歉，银子我会还给你，不过我现在没那么多钱……"

"不用了。"柳星离摇了摇头，站在原地神情凄惨，仿佛正在遭受狂风暴雨的无情鞭打，"我再让帮里的人凑凑就可以了。"那可是夜初寒的女人！现在搞好关系，以后才方便抱大腿啊。

"真的不用？"慕轻寒还以为自己出现了幻听，不敢确认地再次问道。

柳星离忙不迭地点头："真的真的。"

"那算了。"她奇怪地看了对方一眼，小声嘟囔，"既然没事，那我先走了。"

"死人妖！我终于找到你了！"突然，钱庄外一声大喝。接着这个声音一顿，转为愤怒，"柳星离！你在对死人妖做什么？"

某两人顿时一怔，同时往门外望去，只见门外站着一个摆着威风姿势、满目愤怒瞪着柳星离的人。

这个一脸嚣张的人，不是逝水年华是谁？

"你约了他？"看见逝水年华突然出现在钱庄入口的时候，慕轻寒大吃一惊。她下意识凑近柳星离，压低声音问道。

柳星离却一脸迷茫地摇了摇头，表示毫不知情。

刚踏入钱庄就看见两人有说有笑，逝水年华心中已经气闷不已，于是头脑一热，不由分说地抽出武器，大喝一声就冲了过去："柳星离，接招——"

才迈出第一步，逝水年华的声音戛然而止！

他的屁股不知被谁用力地踹了一脚，身体重心一失，整个人就这样脸朝下地往地上栽了下去。

砰！地面扬起一阵尘土，逝水年华狼狈不堪地抬起脸，那原本俊朗的脸上除了愤怒的神色，还有几道深红的台阶印。他正要爬起来破口大骂，就被人一脚从身体上踏过，又往地面叩去。

"哎呀，不好了不好了！徒媳妇救命啊！"伴随着一声尖叫，一个胡子花白的年迈老者，似是完全没有看到地上的逝水年华，像踏地毯一样踩过他的身子，十万火急地朝慕轻寒冲了过来。

这个陌生的老头一边着急地朝慕轻寒大喊着，一边胡乱地挥舞着双手，显得十分滑稽。

"徒媳妇，快让我躲一躲！"

慕轻寒看着这一幕戏剧性的变故，开始还有些震惊和疑惑，但在听到老头喊出徒媳妇的时候，心中恍然大悟，甚至带出了几分早

已经消退的怒火，她忍不住朝白胡子老头怒喝："老头！你又来干什么？"

"徒媳妇借我躲一躲……"老头胡子急得一抖一抖，身影灵活地绕过柳星离，闪到了慕轻寒的背后，蹲了下来。

"你被追债了？"

"呜呜……"老头哽咽了几声，"有个人死赖着我，非要我收他为徒！"

"什么人啊？"

"不说了，如果一会儿有个穿猫装的人进来，你不要说见过我。"

"啊？猫装玩家？"在这个古风游戏里，居然……有猫装？

"这位是？"柳星离奇怪地盯着老者。

"他是夜的师父，没想到吧？"

"呃，还真没……"

"走开，丑八怪别挡道！"正这时，一只毛茸茸的猫掌狠狠地一爪拍了过来，将刚要站起身的逝水年华再次拍得踉跄倒地。

猫爪？

慕轻寒的注意力依然停留在那只猫爪上面，只听旁边的柳星离喃喃自语道："咦？那个不是玻璃猫吗？"

"玻璃猫？"慕轻寒没有意识地呢喃了一句。

"嗯，原本排行第十一，后来血染衣被轮白后他就变第十了，据说他一身古怪的猫装，绝招喵喵拳可以一爪将人拍飞。喏，刚才你也看见了……"

慕轻寒心里一咯噔，连忙顺着那只猫爪往上望……猫爪的主人有一张清俊的脸，可能由于足不出户略显苍白，他一身毛茸茸的诡异猫装，两只猫耳在长发间竖起，一条尾巴在身后晃啊晃。

而他是那么熟悉……

"夜的表弟？"那张永生难忘的脸让慕轻寒脱口而出。

看到慕轻寒的时候，玻璃猫显然也是眼前一亮，朝她挥了挥猫爪："嘿！人妖表嫂。"

"你也来青龙城了？"慕轻寒不可思议地问道。

"啊，我来找一个人。"玻璃猫眼珠一转，故作好奇地在钱庄乱扫，"人妖表嫂，你有没有见过一个粘着假胡子的老头从这里经过？"

嗯，报仇的机会来了！慕轻寒当机立断，毫不犹豫地向旁边迈出一步，将那老头完全暴露在玻璃猫的视线内。她朝老头丢了一个没有任何歉意的眼神，朝玻璃猫风轻云淡一笑："你是不是在找这个老头？"

"哎呀，就是他啊！"玻璃猫装出十分惊喜的模样，甩着尾巴奔过来，对着老头笑得眼睛眯成了一条缝，"没错，就是这个老头！"

原本在侥幸逃过一劫的老头心里正乐得哼起了歌儿，忽然发现覆盖着他的那片阴影被光芒驱散，他疑惑地抬起头，映入眼帘的却是那张让他恐惧的脸。

这一刻，从青龙城的钱庄里传出一声杀猪般的惨叫："啊啊啊，徒媳妇你居然出卖我！"

钱庄内，一个老头不停地跺着脚尖叫。而一个身穿猫装的玩家抱着双臂，一副看好戏的模样盯着老头。

气氛异常诡异。

"我还是先走了！各位再见！"柳星离见情况不对，哈哈干笑两声，不等几人开口，已经一溜烟逃离了钱庄，转眼间已经不见了身影。

"哎，干吗跑这么快？本来还想好好感谢他呢。"玻璃猫看着跑得飞快的柳星离，不在意地笑了笑，目光重新落到老头身上，"老头啊，我说的要求你考虑得怎样啦？"

"你这个不尊老爱幼的臭小子！"老头尖叫够了，停下动作，狠狠朝玻璃猫一瞪！

玻璃猫毫无畏惧地抱着双臂，悠然自得地笑："老头你刚刚不是来搭讪嘛，说我骨骼清奇，要收我做徒弟，不过前提是要帮你采摘一朵天山顶上才有的三色花。不巧我正好有了，都给了你，知不知道作为一个NPC食言是不对的？"

"你……你你分明是耍赖！"老头回想起玻璃猫所说的那一幕，险些一口鲜血喷了出来。今天阳光灿烂，天朗气清，正是偷骗拐卖

的好日子。他一如既往到新手村物色捉弄的对象，突然看见一个身穿猫装的玩家走过，新奇之下，他激动地走了上去，再次以收徒弟为名对其下手，哪知道……

这个玩家根本不是什么新手，而且比自己更阴险。他不但飞快地从储物空间里拿出一朵三色花，还死缠着自己，扬言不履行诺言就跟着他一辈子，吃穷他……呜呜，他一个老头儿好命苦啊。

"我哪里耍赖了？是老头你说要收我做徒弟的。"玻璃猫眼中闪过一抹精光。早就看出这老头是隐藏实力的高手，他一定不会就这样放过这老头的。

"那个，这里似乎没我的事，我也走了。"慕轻寒见气氛越来越不对劲，也想趁乱抽身。哪知道老头一个狼扑冲过来拉住了她的衣袖——

"哇，徒媳妇啊，你给我评评理。"

"干、干什么？"慕轻寒原本不想插手这件事的，结果却被眼尖的老头拉住，她陡然一惊，不敢轻举妄动。

喊出了这一声徒媳妇，老头脑中灵光一闪，突然想出了一个绝妙的主意。

他继续哀号："我答应了徒儿，这一生只收一个徒弟的。"

慕轻寒被他死死扯着，心中突然涌出了非常不好的感觉，慕轻寒不由得着急地叫了起来："那跟我无关，你去找夜啊……"

老头很无辜地呜咽道："谁说跟你没关系？你是徒儿的娘子，我再收徒弟要经过徒儿的同意，而现在他不在，那就要经你同意……"

玻璃猫双眸眯起，饶有兴致地看着眼前这一幕，一言不发。原来这老头还是夜表哥的师父，这下更不能放过了……

"你到底想说什么？"慕轻寒转过头，没好气地望向老头。

老头可怜巴巴地扯着慕轻寒的衣服，拼命对她使眼色："所以我要问你，能不能收……"

哦？原来打的是这个主意？老头想借刀杀人？看着不断向她丢来的眼色，慕轻寒不由得警惕起来。

这时候，一直没有说话的玻璃猫也淡笑着开口："对啊，人妖表嫂你就给一个答案，如果你说不好，我绝对不会再缠着这老头。"

闻言，老头望向慕轻寒的眼神更是热切！

一道求救，一道威胁，不同意味的目光让慕轻寒腹背受敌，她的脊背早已冷汗涔涔。如果说不行，似乎对自己没什么好处，还要受到玻璃猫的敌视，更何况上次这老头将她推下山崖的账还没算……慕轻寒眼中闪过一抹狡黠，在一番权衡之下，她果断选择了弃明投暗！

她在两人的注视下，慢慢地退到了钱庄的出口，为了防止被他们察觉，她故意将说话的声音提高："我的答案，当然是——"

老头紧张地屏气凝神。

"当然就是好啦！夜是绝对不会介意多一个师弟的！哈哈，恭喜你啦，老头师父！"最后一个字还未说完，慕轻寒忍不住"扑哧"笑出了声，飞快转身逃出了钱庄，沉默几秒后，身后传来一阵阵壮烈的惨叫——

"哇啊啊！徒媳妇没良心啊——"

"嘿嘿，老头，从今以后你就是我师父了哈。放心，徒儿会好好'孝敬'你的……"

"啊啊啊！"

慕轻寒很没良心地在心里窃笑着，正要找个地方坐下歇歇脚，就看见两只一模一样的白色信鸽正从东、南两个方向飞来，并且都是向着她而来。

两只白鸽扑棱着翅膀同时落入她的手心化作字条，她打开一看，其中一张是夜初寒发来的，上面只有简洁明了的三个字：在哪儿？

而另外一张……居然是逝水无尘的？这家伙的毅力也太好了吧，到了这种地步还不肯死心？

慕轻寒有些无奈地想，目光在纸上瞟过，只见上面书写着一行工整漂亮的字：轻寒，来玄武城的杏花楼见一面可以吗？我真的有话想跟你说。等你，不见不散。

逝水无尘最近过得很是烦躁。

　　自从求婚失败的那一天起，就开始诸事不顺，明明只是一步之遥！她明明就要答应了。可那个高傲得不可一世的白衣男子从天而降，当着他的面，将她带走了。

　　他毫无阻止的办法！

　　精心策划的求婚，费尽心思的仪式，统统成了这场闹剧的笑料！这场原应该完美落幕的求婚，在众玩家的哄笑和诧异中结束，天大的侮辱！他绝对不会忘记那么耻辱的一幕！

　　可他还是不愿意死心……

　　他坚信，在没有得到明确答案之前，他还是有机会的。所以他才想尽一切方法将慕轻寒约出来，试图挽回。但是为什么他接连发出去的信息都杳无音信？问夏淘淘，那丫头也开始支支吾吾，最近甚至退出了逝水家族来躲避自己……

　　杏花楼一个角落里，逝水无尘坐立不安，时而站起，时而坐下，神色焦灼，他捧起茶杯，可还未送到嘴边又马上放下。那沏好的香茶已经凉透，他却一口也没喝进去。

　　心情焦灼的他，殊不知此刻自己的举动已经成了杏花楼内众玩家的焦点。

　　就在逝水无尘第 N 次心急如焚地坐下又站起的时候，一个逝水帮众迈着急促的步伐走了过来，有些紧张地禀告道："帮主，落雪小姐来了。"

　　"真的？"逝水无尘惊喜得从座位上一跃而起，脸上是掩饰不住的激动，他按捺住心中的激动往门外看去，果然看到一抹清丽的白色身影在入口出现。

　　"轻寒……"逝水无尘迅速迎了上去，可是他的笑容，在下一秒完全僵在嘴角。

　　因为……

　　"夜，我还以为你不会让我来。"少女清脆的笑声传入耳中，成了莫大的讥讽，"不过，我自己一个人就可以了，你……"

　　接着是一个沉稳的男声："有些话，还是一起说清楚好。"

　　"也对。"

那声音应承道，紧接着两道身影并肩出现在门口。

夜初寒！

逝水无尘心中一惊，虽然脸上依然保持着温和的微笑，但打量着对方的目光始终没有半分善意。双拳死死握紧，他没有想到，那个乘着朱雀将她带走、给他带来莫大侮辱的白衣男子……居然也来了！

四周顿时响起了一片掉筷子摔杯碟的声音，紧接着是食客们交头接耳的诧异声音，都准备看一出好戏呢。一向安逸宁静的杏花楼此刻竟然骚乱起来，而众人惊讶之余，视线忙投向引发骚乱的那三位主角身上。

尽管心里百味翻腾，逝水无尘依然很有风度地朝夜初寒微笑："不知道原来第一高手也来了，招待怠慢了真是惶恐，原本以为只有轻寒一个人……"那意思分明就是在暗暗讽刺他不请自来，专门破坏别人的好事。

"我只是陪轻寒去做任务，收到逝水帮主的信息的时候，恰好路过此地，所以特意进来告之你一声。"夜初寒毫不客气地回敬道，双眸微微眯起，有几分危险的味道。

逝水无尘的笑容僵在嘴角，很快，又舒展开："哦？夜兄弟跟轻寒师妹的感情真好……"下一秒，他话锋一转，故意拖长了话音，"但是夜兄知不知道，轻寒在现实中是有男朋友的？"

如果他没有记错，他曾经亲眼看到慕轻寒跟Y大的风云人物风祈夜一起，而且还被风祈夜别有深意的话警告过一次。虽然现实那边比游戏里更麻烦，但是敌人的敌人，往往就是对付敌人的好工具。

"原来你还记得？不过上次我好像已经说过，轻寒以后由我照顾，无需你费心。"夜初寒语气淡然，一点没有被他的话所影响到。

夜初寒的一番话令逝水无尘难以置信地瞪圆眼睛，说不出话来！

他就是风祈夜？夜初寒就是风祈夜！为什么他从来没想到这一点？彻底输了吗？

不！还没有！

慕轻寒在一旁看着两人的针锋相对，有些着急，却完全插不上话，逝水无尘不是有话对自己说吗？怎么成了跟夜初寒针锋相对了？

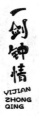

逝水无尘显然也想到了这一点，连忙将视线掉转到慕轻寒身上，重新挂回微笑："我有话想跟轻寒师妹说，不知道风师兄能不能回避一下。"

夜初寒十分敏感地注意到，他对自己的称呼已经改变了，但依然不肯买他的账："有什么话需要回避？直接说就可以了。"

"这……"

"既然没话可说，那我们告辞了！"夜初寒凉凉一笑，拉起一言未发的慕轻寒转身欲走。

"等等！"逝水无尘蓦地醒悟过来，眼中闪过一丝着急，他连忙几步跑到两人面前拦住了他们的去路，"夜初寒，我有话要跟你说。"

"你说。"夜初寒难得好耐性。

逝水无尘毫不畏惧地对上夜初寒冷冽的目光，一字一顿道："请接受我的挑战！光明正大地跟我 PK 一场！"

话音刚落，周围马上响起了一片哗声，更有人激动地尖叫起来。

在乱世中 PK 并不少见，但都是暗地里进行的，虽然光明正大的 PK 不减等级，但这种 PK 有关面子荣誉，很少人会采取这种做法，所以现在难得有一场 PK，还是第一高手可能参与的，众人如何能不激动？

夜初寒神色浅淡地反问："凭什么？"

逝水无尘眼神一凛，第一次收起嘴角虚伪的笑容："我喜欢轻寒！我要跟你公平竞争！所以输的一方，永远不得再接近轻寒！"

面对逝水无尘的宣战，夜初寒面巾下的嘴角扬起一丝轻蔑的笑，眼中更是毫不掩饰讥讽之意。他并没有同意或者拒绝，只是淡淡地说出一句极具杀伤力的话："你没有资格和我比，因为你不配。"

"你——"逝水无尘被夜初寒的狂妄所慑，咬牙强作镇定地问，"为什么？"

夜初寒冷笑出声："从你说出刚才那一番话起，你就没有这个资格了。"

"你把轻寒当什么？物品？可以说让就让吗？轻寒有自己的决定，并不是由你的一句话可以左右的。"夜初寒注视着逝水无尘的眼眸中泛起冰冷的寒雾，语气虽平淡却处处戳中对方的要害。

犀利不留余地的话语，让逝水无尘无从反驳，脸上一贯温和的笑容再次难以维持。

周围突然爆发出一阵猛烈的叫好声，更是让逝水无尘无地自容！在这片喧哗声中，慕轻寒心里突然涌起一股名为感动的情绪，可还没来得及说话，就被夜初寒拉着往门外走："轻寒，我们走。"

望着两人仿佛要融成一体的白色背影消失在杏花楼入口，逝水无尘脸色煞白，双手慢慢地攥成了拳头，就在他心中怒火翻腾的时候，系统公告突然跳了出来！

『系统公告：恭喜玩家柳星离成功建立华夏大陆第一座城"流星城"，奖励声望3000，"第一城主"称号一个。由于是第一个建城的玩家，系统奖励玩家特殊城市道具一个，可在任何城市使用，具体属性由系统随机抽取。』

接连响了几次的系统公告让逝水无尘的脸色变得更加阴沉，他一拳狠狠砸落到桌面！

"可恶！"

为什么连建城都被人抢先了？先是人，然后是城……夜初寒、柳星离……他不会就此罢休的！

"嘿嘿，小子，为何如此生气？"就在逝水无尘气闷不已的时候，一个带着几分狡黠的声音突然从身侧传来。

逝水无尘随眼一瞟，发现他原来的座位上竟然坐了一位胡子花白的老头，余怒未消的他没好气地瞪了对方一眼："关你老头什么事！"

"哈哈，怎么不关我的事？你不是想报仇吗？"老头不问自取，笑嘻嘻地给自己倒了一杯茶，凑到鼻前夸张地呼吸了一遍，又乐呵呵地笑道，"不愧是杏花楼，连茶都是这么香。"

逝水无尘一听报仇一词，脑子一热，知道有戏，连忙环顾四周一圈。杏花楼大部分玩家为了看热闹，早跟随着夜初寒的脚步离去，所以并没有注意到被落在一旁的他。他收起刚才刻薄的模样，赶忙凑上前对白胡子老头讨好地笑道："老人家，您的意思是……"

老头抿了一口香茶，赞叹出声，朝他淡淡笑道："呵呵，称呼

又变了吗？收起你虚伪的笑脸吧，这招对我没用！"

逝水无尘神色一僵，随之讪讪一笑，十分尴尬："老人家，刚刚是我不好……"

老头不耐烦地拂了拂手，打断他，直接进入主题："罢了罢了，老头我没空跟你客套，我这里有一个任务，可以帮你报仇，你接不接？"

"任务？什么任务？"逝水无尘一愣，疑惑地问。

"怎么你这个人那么多话？接了不就知道？一句话，接还是不接？"老头皱眉，做出一副不耐烦就要离开的模样。

逝水无尘思索片刻，最后狠下心一咬牙："好！我接！"

"好极！哈哈，小子，我果然没找错人！"伴随着老头一阵洪亮的大笑声，逝水无尘只听叮的一声。

系统提示：玩家逝水无尘接受了任务：连环任务（五）之四城纷乱。

四城纷乱？逝水无尘看着任务内容无比震惊，所以并没有注意到一边阴险微笑的老头："哼，徒媳妇居然敢耍我！那就不要怪师父给你带来麻烦……嘿嘿……"


刚走出杏花楼，慕轻寒就听到了震惊全服的系统公告，不禁有些讶然。

"咦？柳星离这么神速？刚刚他还在青龙城的钱庄取钱……"

慕轻寒说这句话的声音虽小，却清晰地落入了夜初寒的耳中，他侧头看向她："你见过柳星离？"

"嗯，就在你发飞鸽传书给我之前，刚好碰到他在钱庄取钱准备建城……"慕轻寒回忆着钱庄发生的事情，突然想起了什么，"对了，我还见到你表弟和那个老头师父。"

可她的声音在下一秒戛然而止，因为她发现夜初寒额上似乎有青筋暴起的趋势。

夜初寒揉了揉太阳穴，有些无奈地说道："没事，你接着说，为什么那个老头……"他似乎还是不能接受，声音顿了顿，"会跟风卿茂那个臭小子在一起？"祸害表弟加捣鬼师父，这样无敌的组合，实在让人难以想象。

慕轻寒将事件的经过陈述了一遍。

"活该。"夜初寒听完，冷笑一声，望向她的黑眸泛起一丝笑意，"轻寒，你做得很好。"

"当然。"她俏皮地对他眨了眨眼，又忍不住低下头窃笑起来。如果她没看错，刚刚似乎有一抹幸灾乐祸从某人的眼中一闪而逝？

就在这个时候，清脆的系统提示音响起，打断了两人的思绪——

系统提示：连环任务（五）之四城纷乱已被触发。

两人同时一怔，对望一眼，不约而同打开了任务控制面板，只见原本全是未知之数的连环任务（五），居然显示出说明，只是那提示实在古怪得很。

【任务】

**任务名称：连环任务（五）四城纷乱**

**任务奖励：未知**

**任务提示：四城被扰，华夏大陆不得安宁**

**完成程度：未完成**

这样的任务提示果然够诡异，说了等于没说。

"夜，这……"慕轻寒下意识看向夜初寒，脸上浮现凝重的神色。

"有人激活了任务。"夜初寒微一颔首，语气还是一贯的风轻云淡。

"你是说，有其他人接到了这个任务？可这不是连环……"慕轻寒似乎想到了什么，急切地问道，"这个任务是你师父发布的？接任务的人会不会是玻璃猫？"

夜初寒微微一笑："不知道，不过既然是老头发布的任务，蹚上这浑水的，肯定挨着倒霉，说不定就是做坏事的那一方。"

慕轻寒闻言望了他一眼，感到十分无语，他这语气，根本就是对这个任务毫不在乎嘛。

"那……"她还想说些什么，突然觉得眼前一阵缭乱，等回神才发现自己的身体不知道什么时候紧贴在一棵树的树干上，而夜初寒一手撑在树上，一手环着她的腰，脸慢慢靠近，眸光灼灼地注视

着她。

他这样的姿势正好把她禁锢在怀里，让她无法动弹……

"夜……怎么了？"慕轻寒被他突如其来的举动吓了一跳，身体微微僵硬。原来他们不知不觉已经走出了玄武城，而现在孤男寡女在玄武城外渺无人烟的郊外，做着这么暧昧的动作。

夜初寒直直望入她眼中，黑眸泛出一片激滟的涟漪，让她片刻失神。她脸一红，连忙别开头躲那道视线，就听见一个低沉的声音顺着一阵温热的气息扑到耳边："轻寒啊……"

"到底怎么了？"她的心莫名一慌。

夜初寒面巾下的嘴角轻勾起一抹似有似无的弧度，他慢慢地俯近，声音愈发低沉，透着不可抗拒的诱惑："再过一个星期，就是十一假期了……"

慕轻寒睁着无辜的眼睛："那、那又怎样？"

夜初寒微一低头，两人的脸颊便隔着面巾相贴，他抬眸看着脸红失措的她，勾眸浅笑："父母把房子卖掉了，十一假期，我无家可归了……"

"哎？那……"慕轻寒只觉得自己的心跳从未有一刻跳得如此剧烈，仿佛要从自己的胸膛里跃出来一样。

而下一秒，她就得到了清晰的答案。

夜初寒嘴角勾出一记带有阴谋味道的浅笑："你能不能收留我？"

可是孤男寡女共处一室，似乎……不太好吧，慕轻寒犹豫开口："我们家只有我一个人耶……"说完躲开他的目光，尽管她内心早已经慌乱不已，但她依然故作镇定，"你可以去找林务啊。"

"虽然林务的房子没卖掉，可是林务家附近有很多花痴女。"

"……"

"林务每次都很热切地让我去他家，其实是想让我帮他挡掉那些花痴女。"

"……"

"你也不想你家男朋友被其他女人沾染吧？"某人继续循循诱

导，一步一步引导慕轻寒跳入他早已经挖好的陷阱里，"对不对？"

"……"可是回应他的，还是一片缄默。

见慕轻寒许久不答话，夜初寒假装失望地叹息一声，慢慢移开自己的身体："看来我只好去让花痴女沾染……"

还在沉默的慕轻寒闻言一个激灵，顿时头脑一热，未经仔细思索就激动地脱口而出："当然不可以！让林务滚一边去，我收留你！"

话一出口，慕轻寒顷刻石化，一阵凉风飕飕，她的身子有风化的趋势。她刚才说了什么来着？她答应了夜什么来着？嗯，好像答应了收留他……可，这不是开玩笑吧？这不是幻觉吧？

慕轻寒脸色僵硬地抬起头，貌似被他摆了一道？

"太好了。"夜初寒眼中一片得逞的笑意，似乎在提醒她这是一个事实，让她更加欲哭无泪。

"怎么？轻寒，难道你想反悔？"见她一脸愁苦的模样，夜初寒微一挑眉，一双深不可测的黑眸里掠过不满。

"当、当然不是。"慕轻寒连忙摇头。

"那你怎么一脸欲哭无泪的苦相？"

"哪有？你看错了！我这明明是高兴。"慕轻寒争辩道。

"哦？是吗？"某人黑眸中的笑意愈发加深，"我也很高兴。"


果然冲动就是魔鬼！

慕轻寒深刻地体会到了这句话所阐述的道理，然而后悔无用，只能继续引狼入室。于是十一假期的前一天，她心惊胆战地跟着某只腹黑狼，坐上了回家的长途车。

此刻，父母依然外出旅游中，兄长继续不知所终。

到家后，一开门，凌乱的屋子就呈现在了两人眼前，慕轻寒有些不好意思地看向风祈夜："你先等等，家里有些……乱。"说完，她飞快地跑进屋，拿了工具开始打扫卫生。

风祈夜将行李搬了进来，顺手关上门，看着眼前奔跑忙碌的少女，不由得轻笑出声："没关系，随意点就好，我不介意。"

"可是……"你不介意我介意啊！

"反正你这样，大概除了我，没有人会要你的了。"

慕轻寒："……"

见他这么不领情，慕轻寒索性扔下手中的扫帚，假装生气地瞪了他一眼："你早说，我就不用打扫了！"

风祈夜眼中透出笑意，慢慢走到她身边，亲昵地揉了揉她的长发："饿了吧？想吃什么，我去做。"

慕轻寒不由得讶然："你会做饭？"

"嗯。"风祈夜微笑着点了点头，"在国外生活了一段时间，都是自己做饭。"

这让慕轻寒惊讶不已！成绩优秀，相貌非凡，包容她的懒惰，会做饭，除了腹黑一点，喜欢算计人之外……这样优秀的男生，哪里能找到呢？

似乎想起了什么重要的事情，她有些犹豫地说道："可是……"

"怎么了？"

"家里调料都没有……"

"那你平时吃什么？"风祈夜蹙眉。

慕轻寒小心翼翼地看了他一眼，小声说道："泡面……"

"还有呢？"

她被他审视的目光盯得浑身不自在，有些迟疑地出声："还有泡粉……"

话音刚落，风祈夜突然屈起手指在她头上用力一敲。

"哎哟！为什么敲我？"慕轻寒吃痛地叫了起来，用手揉着被敲的地方，一脸委屈的表情。

风祈夜一脸严肃地看着她，呵斥道："以后不准吃这些东西了知道没？这些东西吃多了对身体不好。"

慕轻寒撇了撇嘴，但还是很听话地点了点头："知道了。"

风祈夜眼中闪过一丝无奈，缓缓地叹了一口气，拉起她的手。

"走吧。"

"去哪儿？"

"去买菜。"

其实在慕轻寒家楼下就有一间超市，按理说她到楼下买菜是十分方便的，但由于她对厨艺一窍不通，所以宁愿待在家里吃泡面这种没营养的食品，也懒得下楼买菜了。

　　出门，还是离家不远的附近，就意味着要遇见不少熟人，很显然慕轻寒忽略了这一点。

　　买完所需的东西，跟着风祈夜离开了超市，在经过超市外面围成一堆说八卦的大婶的时候，很不幸地，她被一个眼尖的大婶发现了。

　　"这不是小慕嘛，十一放假回家了？"大婶的声音很尖，一下子把所有人的注意力都吸引过来了，顿时很多道目光不约而同地落到她以及旁边某人身上。

　　四面八方而来的目光陡然化作压力，搞得她进退不得，只能扯了扯嘴角，勉强挤出一个不能说是笑容的笑容："是啊，何阿姨好……"这样客套地应付着，她下意识瞄向旁边那一位，只见他依然淡定自若，嘴角缀着一抹风轻云淡的笑容，是那般从容不迫。

　　慕轻寒突然有想掐死他的冲动。

　　"哎，小慕真是乖，不像我家的小子，一到放假就不见踪影。"何大婶摇了摇头，一脸恨铁不成钢地叹息道，视线随即落在风祈夜身上，眼中闪过一丝惊异，又慈爱地笑道，"咦？这位好像从来没见过，他是……"

　　风祈夜微微一笑，十分礼貌地回答道："阿姨您好，我是轻寒的男朋友。"

　　"轻寒的男朋友？"

　　一众大婶闻言，马上眼前一亮，像发现新大陆似的围了上来，叽叽喳喳问个不停。

　　"真的？这位真的是小慕的男朋友，长得好帅啊，小慕你真有眼光啊……"

　　"小慕可是个好女孩，要好好对她。"

　　"哎，本来还想介绍自家儿子给小慕，现在看来……可惜啊！"

　　最后还是风祈夜一番巧妙的回答，才令两人得以从此次八卦式

问话中脱身，于是两人在一众大婶得到八卦后那满足的目光的注视下飞快地逃了。

回到家中，风祈夜摸了摸还有些惊魂未定的慕轻寒的脑袋，安慰道："我先去做饭。"

慕轻寒麻木地点了点头，目送着他走入厨房，可不到一分钟，刚刚走入厨房的人又走了出来："轻寒，你们家的厨具都放哪儿了？"

"啊？厨具吗？"慕轻寒回过神，因为心里太着急，在走过去的时候没有注意到地上躺着一个空可乐罐，一不留神踩了上去。她只觉得脚下一滑，整个人忽地失去重心，猛地往前扑去。

"啊。"慕轻寒下意识地闭上眼睛，只觉得身子继续往前倾倒，最后压到了什么柔软的东西。

没有预期的疼痛。

"轻寒……"叹气的声音在耳边响起。

慕轻寒慢慢地睁开眼睛，发现自己稳稳地扑倒在沙发上，而风祈夜正被她以狼扑的形式压在身下。两人此刻的动作，不是用暧昧可以形容的。

感受到他别有深意的目光，慕轻寒脸一红，狼狈地移开视线，挣扎着就要从他身上爬起来："我、我饿了……"

可是被某人用力一扯，抱紧，动弹不得，接着感觉有什么柔软的东西在磨蹭自己的耳朵："可是，我也饿了……"

"喂！你想干什么？"慕轻寒挣扎起来，可被他禁锢住，无法动弹。

某人笑着反问："你说呢？"

"我才不知道。"慕轻寒故意跟他唱反调。她不安分地挣扎起来，惹得某人双眉不满地一挑。

感到风祈夜的手一松，慕轻寒心里这才长舒一口气，正想要爬起来逃离某人的魔爪，谁知手腕又是一紧。一阵天旋地转，她的身体翻转过来，下一秒那高大的身形将她压在沙发下面，那一瞬间，几乎透不过气来。

慕轻寒惊慌地抬眸，对上一双灼热的黑眸。

"夜……"心跳如擂鼓，慕轻寒身体僵硬不敢动弹丝毫。

"轻寒，看着我。"黑眸深处的炙热仿佛带着魔力，深深地吸引着她，让她无法拒绝地点了点头。

"真乖。"风祈夜黑眸中掠过一抹得逞，微一低头，唇如蜻蜓点水地在她的唇上一碰，马上离开。

本来已被迷惑的人只听耳边一阵轻笑，猛地惊醒过来，才发现自己是上了某人的当，不由得恼羞成怒："喂！"

风祈夜的黑眸倒映出娇羞的小家伙，眸中盛满了笑意，他又靠近她的耳朵，轻笑："怎么？娘子不满意？"

在如此暧昧的状态下，慕轻寒居然被他惹得炸毛了，于是双手抓住他的衣领，直直对上他的视线："没错！我是不满意！怎样？"

"既然不满意，那就……"风祈夜笑着拉下她不安分的小手，指尖温柔地摩挲着她的面颊，突然俯下身，深深地吻住她的唇。

她一怔，下意识去回应他。暧昧不断在室内升温，明明是秋凉的季节，慕轻寒只觉得现在的自己浑身火热。大脑一片空白，完全不听自己的使唤。明明知道接下来会发生什么，却无法阻止。

就在两人吻得难分难舍、意乱情迷的时候，屋外响起一阵清脆的门铃声，十分煞风景地打断了这暧昧的一幕。沙发上的两位同时惊醒过来，停下了动作。四目相对，慕轻寒的神志一点一点恢复过来，当意识到发生了什么事情的时候，惊慌失措地推开风祈夜，挣扎着爬了起来。

"我去做饭。"风祈夜十分淡定地从沙发上站起来，若无其事地整理了一下凌乱的衣衫，转身走入厨房。

此刻门铃声接连不断地响起，慕轻寒赶紧理了理衣服和头发，这才急急朝门口走去："来了！"


"小轻寒啊——"

打开门的那一瞬间，眼前一道黑影闪过，她还没看清是怎么一回事，就被迎面扑来的人抱住了。费力地将面前的人推开，慕轻寒用惊悚的目光打量着来人，原先忐忑的心情一扫而光。

"呃，哥，你……你是不是去了贫民窟？怎么搞成这个样子？"

眼前的男生斜背着一个双肩背包，身上那件被油性黑笔乱写了许多艺术文字的白色衬衫，和那条被剪了许多大洞的裤子实在触目惊心，杂草一样的半长短发乱成一团，他鼻梁上架着一副厚重的黑框眼镜，将真实面容完全遮掩起来。

这个人，正是慕轻寒失踪已久的哥哥慕淅尘！实在令她难以置信，才几个月的时间，他居然变成了这个模样！

"嘿嘿……"慕淅尘干笑几声，伸手托了托眼镜，尴尬地抓了抓头发，似乎十分烦恼，"别提了，进去再说……"话说到一半突然打住，他的视线定在了慕轻寒的颈上，黑框眼镜下的黑眸中闪过一丝怪异。

"小轻寒你……"

"哥，你又乱看什么？"她打断他接下来要说的话，见他的目光久久停留在自己的某个地方，赫然想起刚刚发生的事情，心里暗叫不好，手忙脚乱地拉高了衣领，脸上透出尴尬的红晕，低下头，"不是进去再说吗？还站在门口干什么……"

黑框眼镜下的眼睛一眯，慕淅尘没有说话，眼中透出了然的神色。

进了屋，他的视线在大厅随意扫了一圈，又落到慕轻寒涨红的小脸上，镜片在灯光下映射出一片亮光，调侃道："小轻寒，你……"

突然，门外传来一个温柔如水的男声："轻寒师妹？"

屋内的两人一愣，同时往门外看去。这么一望，慕轻寒就后悔了，神经也隐隐作痛起来。

颜千晨，他怎么也来了？而且又是那副温柔如三月春风的模样，唇边永远是令人赏心悦目的微笑，给人温润如玉的感觉。

慕轻寒皱眉，走到他面前，露出客套的微笑："颜师兄，你为什么会来我家？"

颜千晨压根儿没正面回答她的问题，而是一直审视着屋内一身非主流装扮的慕淅尘，疑惑出声："这位是……"

"他是我哥，别理他，整天神经兮兮的。"慕轻寒瞟了身后的慕淅尘一眼，随口答道，又将话题扯回正轨，"对了，颜师兄，你找我有事？"

"哦，我是来向轻寒师妹道歉的。"

"嗯？道歉？"

颜千晨肃正了神色，郑重地朝慕轻寒鞠了一个躬，语气里满是内疚："上次的事情是我不对，我一直觉得很内疚，所以特意上门向轻寒师妹你道歉，希望你能原谅我。"

"……"慕轻寒一时不知道该做出怎样的回应，只是惊疑地看着他。

"轻寒师妹，难道你……不愿意原谅我？"见她久久没有反应，颜千晨感觉自己的一颗心掉入了谷底，冰冷无比。他抬起头，笑容消失不见，望向她的眼底犹如一泉深不见底的幽潭。

"不是，其实我没放在心上……不！我的意思是，我没有怪你。"慕轻寒在他的注视下有些尴尬地别开视线，"师兄你不用内疚啦！"

他哪里听不出她话中对自己的抗拒，于是神情落寞地笑了笑："那就好……"

话说到一半，一个带着漫不经心语调的声音陡然插了进来："小轻寒，这位帅哥是谁啊？怎么人家一来就顾着聊天，都不给哥哥介绍介绍？"

不知什么时候，慕淅尘已经打理好自己的仪容，又飘到了慕轻寒身边。他的变化实在让人瞠目结舌，纯白色的衬衫配黑色的休闲裤，柔软的碎发整洁地铺在额前，不再乱如杂草，虽然依然架着一副黑框眼镜，但他此刻浑身散发出阳光般的气息，根本不能与刚才那个非主流男生混为一谈！

慕轻寒打量着变化巨大的某人，诧异地眨着眼睛："呃……哥，你也太神速了吧？"

"当然，我是你哥嘛！"慕淅尘拨开额前的碎发，摆出一个自恋的poss，惹来慕轻寒"嘁"的一声鄙视。

被两人无视在一旁的颜千晨看着这样和谐的一幕，俊俏的眉越皱越深，心里虽然不满，也不好说什么。视线再次落到慕淅尘身上的时候，他心里突然冒出一个大胆的念头——

"哥哥你好，我是轻寒的男朋友。"

突然扔出来的深水炸弹，把慕轻寒的脑袋炸得嗡一声作响，她难以置信地盯着颜千晨，错愕不已："颜师兄，你——"

她以为颜千晨在开玩笑，可是他的神情如此镇定自若！仿佛这是真的……

慕轻寒蹙眉，眼中闪过一抹惊疑，他想让哥哥误会？未免也太卑鄙了！

"不……"

正要解释，就见颜千晨露出十分痛心的神色，柔声低语地哀求道："轻寒，我知道你还在生我的气，但我已经知道错了，你原谅我好不好？"

太虚伪了！颜千晨居然是如此虚伪的人！慕轻寒心中涌起一阵极不舒服的感觉，她赶紧向慕淅尘解释："不，哥哥你别误会，我跟他没关系……"

但慕轻寒的语气因为太急促而显得慌乱，而颜千晨依然神情自若，忧伤地说着蛊惑人的话："轻寒，你为什么还不肯原谅我？"

一眼望去，一个安之若素，一个慌乱无措，如此鲜明的对比，更让人确信颜千晨说的才是真话。可是一直没有发表意见的慕淅尘像听到了天大的笑话，愣怔半晌后，突然抱着肚子大笑起来，就差没在地上打滚："哈哈！帅哥你真会开玩笑！难道我妹夫是谁，我还不知道吗？"

"对啊，师兄你别再说出这些让人误解的话了……"原本正烦恼着应该怎样跟他撇清关系的慕轻寒一听这话，兴奋之余亦有几分莫名其妙，"不过，哥你这是什么意思？"

慕淅尘没有理会她的问题，但是很快慕轻寒就得到了答案，因为他冲着厨房的方向招手喊了一声："妹夫！"

很快，从厨房里缓缓走出一个人，步伐举止悠闲随意，但那一举一动，让人无法挪开视线。

那个人……颜千晨脸色陡然大变！他眼中惊骇的光芒一闪而逝，此刻的脸色就好像被人当众掴了一巴掌那样难看。

"对不起，我打搅了。"匆匆丢下一句，不等室内的人说话，人已经灰青着脸色头也不回地落荒而逃。那匆忙的脚步，仿佛走慢一步，都会被屋内的毒蛇蝎子咬到。

"哇，妹夫，瞧你把人吓跑了。"慕淅尘望着颜千晨狼狈逃跑的背影发出惊叹，顺手砰地将门关上，然后脸带调笑地看向从厨房走出来的某人。

在看见慕淅尘的那一刻，风祈夜的确有些讶然，不过他黑眸底下的那抹诧异很快消失不见，嘴角随之掀起一抹慵懒的弧度："原来是你啊，慕小弟。"

慕淅尘身体顿然僵住，下一秒，他怒了，像炸毛的猫一样蹦跳起来："风祈夜你够了！我才不是小弟！说了几次，不准叫我小弟！"

风祈夜的语气不紧不慢："哦？可是你上次……"

"上次是意外！意外！"慕淅尘暴躁地打断他，急得直跺脚，同时用凶狠的眼神死盯着他，一副"你敢说出来我就掐死你"的模样。

风祈夜似是完全没有看见慕淅尘的眼神威胁，不置可否地笑了笑。倒是被忽略在一旁的慕轻寒发现了不对劲的地方，猛然回过神来，一脸震惊地望向两人："你们认识？"

慕宸，《乱世》高手排行榜上排行第四，亦是游戏中唯一一个铸剑技能达到宗师级和使用自创招式的玩家。他使用的逸尘剑，更是全服唯一一把由玩家个人锻造出来的传说装备，配合上他自创的逸尘剑法，简直如虎添翼。他就是凭着这一剑行走天下，顺利登上了高手榜第四的位置。

作为第四高手，他早已习惯了被人景仰和赞扬，但他从来没有想过，自己这样一名高手，竟然也会有对着过路的玩家狼狈喊救命的一天。

还记得那一天，他刚交完任务，路过白虎城的时候，一个全身怪异猫装打扮的玩家突然拦住了他的去路，并且不停地跟他说一些莫名其妙的话。说什么他天生一副受样，还说自己是总攻团团长，吧啦吧啦……

可是，当慕浙尘表达出拒绝的意思时，猫怪人马上撕破脸皮，一改温和的表情，狞笑着朝他逼近："哦呵呵，慕宸啊，其实我很早就注意到你了，你今天不从了我，就别想离开……"

那一副逼良为娼的恶霸模样让慕浙尘不寒而栗，他连忙抽出自己的逸尘剑，跟猫怪人缠斗起来，但是很快，他就慌了，因为他惊讶地发现，自己精妙的剑法居然被这个猫怪人轻易地化解了！

二十多个回合下来，他开始力不从心，连握剑的手也开始酸痛起来。一慌神，舞弄剑的手一颤，剑尖无力地向一旁倒去，而那边

的猫怪人丝毫不给他机会，一只大猫爪伸过来，那笑容惊得他浑身颤抖。慕浙尘再也顾不上面子，朝着旁边一位恰好路过的白衣人大喊："那位大哥，救命啊——"

不知道是他这一声呼救起了作用，还是白衣人的气场太过于强大，猫怪人的动作猛地一滞，就在这电光石火的一瞬，白衣人衣袖一挥，慕浙尘只觉眼前寒光掠过，猫怪人周身已经泛起了重生的白光。

太厉害了！慕浙尘惊叹不已，连他也觉得吃力的对手，对方居然一招搞定！于是对白衣人的好感瞬间飙升到了顶点。只是，猫怪人丝毫没有露出恐惧的神情，而是在那片死亡的白光中叉着腰，嚣张地对着白衣人哈哈大笑："夜表哥，你以为杀了我就可以了吗？等着瞧，总有一天我会超越你的！"他的目光突然一转，落到自己身上，"还有你，慕宸——"

慕浙尘被猫怪人不怀好意的眼神吓了一跳，幸好对方的话还未说完，就被那道死亡白光带走了，这才让他松下一口气。拍拍身上的灰尘，他将逸尘剑收起，屁颠屁颠地跑到白衣人面前，怀着激动的心情，一脸崇拜状："大哥，你太厉害了！我好佩服你！对了，你收不收小弟？"

"你就是慕宸？"虽然白衣人蒙着面巾，不能看到他此刻的表情，但慕浙尘清晰地看到，他眼中闪过一丝惊讶。

慕浙尘点头，奇怪地看向他："是啊，大哥……"

"刚刚的事情并非刻意帮你，只是为了解决自己的麻烦，所以把今天的事情忘了吧，后会无期。"白衣人的语气突然变得冷漠，捏碎一张传送符离开了，只留下一脸愕然地僵在原地的慕浙尘。

他第二次见到白衣人，是在初次实习的外地。

某休息日的上午，在外国旅游的父母突然打国际长途电话给他，说有一位朋友的儿子刚从外国归来，刚好路过此地，想在他那里暂住一段时间。那时候他在实习公司附近租了一套房子，房子空间挺大，他一个人住显得十分空落，于是就同意了。当天下午，果然有人来按门铃，他揉着蒙眬睡眼，迷迷糊糊地打开门，目光刚接触到门外的人，他马上一个激灵清醒过来，睡意全无。

"是你？大哥？"他无意识地惊叫出声！虽然在游戏里看不清白衣人的模样，但他记忆一向很好，他很清晰地记得白衣人那双很有特征的黑眸，所以一眼就认出了面前的人。

来人亦露出惊讶的表情："慕宸？"

慕淅尘激动得点头如捣蒜，一脸崇拜地看向面前的人："你好，正式认识一下，我叫慕淅尘，大哥你是夜初寒吧？大哥你实在太厉害了，我太崇拜你了！"得知白衣人是夜初寒是在猫怪人事件后不久，他偶然在官方论坛上看到了排行榜上前十玩家的照片。

"我叫风祈夜。"来人话语一顿，意味深长地望了他一眼，才缓缓开口，"我的确是夜初寒，只不过，我的年龄比你要小。"

"我去！"

什么叫一失足成千古恨？这就是了！

而经过一段时间的相处，慕淅尘渐渐发现，风祈夜其实是一个外表冷漠、内在腹黑至极的家伙！这个家伙不但经常用"慕小弟"调侃他，还总是不动声色地狠狠压榨自己。直到有一天，他惊讶地得知这家伙居然在游戏里跟自己的妹妹结成了夫妻，大喜过望地叫了一回妹夫爽了一把……

青龙城的一处紧闭着门窗的酒楼内，只有酒楼中央最好的位置的一桌上坐了三位客人。桌上摆满了酒楼特色饭菜，空气里弥漫着香茗的清香，沁人心脾，令人食欲大开。

"原来是这样啊！"听慕宸说完，慕轻寒恍然大悟。

三人正闲聊着，酒楼突然响起一个剧烈的撞击声，有什么高速飞行的东西猛地将酒楼大门撞出一个大洞！紧接着，一道蓝影破洞而出，朝着夜初寒的方向飞速冲来，然后稳稳地降落在他的手上。慕轻寒这才看清楚，原来是一只鸽子，模样跟普通的传书飞鸽没什么区别，只是它浑身泛着蓝色的幽光……

鸽子在触碰到夜初寒的手的那一刻，化作一张蓝色的字条，静静地飘落到他的手心。风祈夜展开字条，扫了一眼，手一扬，字条顿时化为齑粉。

紧跟着，就刷出了几条系统公告！

『系统公告：恭喜玩家逝水无尘成功建立玄武城附属城池"逝水天下"，奖励帮派声望1000点。』

『系统公告："逝水天下"城主逝水无尘向玄武城纳贡5000万两，得到城主赞誉，获得帮派声望5000点。』

『系统公告："逝水天下"城主逝水无尘获得玄武城城主赏识，获得"玄武城贵宾"称号一个，个人声望奖励1000，并可自由出入城主殿。』

『系统公告：恭喜"逝水天下"城主逝水无尘完成城池升级任务，城池"逝水天下"由1级升为2级。』

『系统公告："逝水天下"城主逝水无尘获得玄武城城主赏识，被授予物品"玄武城兵玺"，获得"玄武元帅"称号一个，可统领玄武城军队。』

　　慕轻寒一行人乘着朱雀赶到玄武城的时候，看到的就是这样壮观的一幕——玄武城内所有的出入口和传送阵都已被逝水家族的势力完全封锁，大街小巷戒备森严。

　　城内的中央广场，更是聚集了一批铁甲弓箭守卫军，以广场中央玄武石像为中心，组成了一个包围圈。他们高举起弓，架上箭，只等待命令，蓄势待发。

　　乱码先生卓然站立在玄武城广场那尊高大的玄武石像顶上，居高临下地傲视着底下那片黑压压的人群，嘴角扬起，眼中闪过一丝轻蔑。

　　接近黄昏，天色渐暗，唯有夕阳洒下大片的血红，为整座城池渲染上嗜血的颜色。

　　此刻的广场上明明聚集了这么多人，却寂静无声。

　　乱码先生抱臂而立，他的影子被拉长映在夕阳的光辉下，衬托得他的身影更加高大。他神色自若地注视着脚下那片黑沉沉的军队，亦不言语，这样对峙的局面持续许久，气氛异常诡异。

　　突然，那批同样静立不动的铁甲军队由中间分开，迅速退开到两边，让出了一条道路。一个人出现在这条道路的尽头，从容不迫地向着这边走来。他一身华丽贵气的深紫缎衣，脸上始终是温润如玉的笑，而他身后跟着一个身穿深蓝锦袍的人，那大摇大摆的大爷样十分目中无人。

逝水家族的两位帮主，逝水无尘和逝水年华。

乱码先生的长发随着一阵风起肆意飞扬，他临危不乱地看着那两个逐渐向着这边走来的身影，眼睛微微眯起。

"不知逝水帮主这样做意在何为？哦，不对，现在应该叫'逝水城主'了吧？"

乱码先生的声音带着浓烈的讥讽之意，随风清晰地送入逝水无尘耳中。

逝水无尘笑容温和，仿佛只是在跟一位多年不见的好友交谈："我只是奉城主之命邀请青龙城城主到城主殿中一聚。"

"邀请？有你这样出动军队围剿的邀请法吗？"乱码先生嗤笑出声，突然伸手指向地面的两人，毫不畏惧地直言，"逝水无尘，别以为你当上了所谓的乌龟元帅就可以狐假虎威！还有你逝水年华，说到底你也不过是乌龟元帅的走狗！"

逝水无尘的笑容明显一僵，眸中泛起一片锐利如剑芒的光。

逝水年华更是气得七窍生烟，恼怒不已地迎向乱码先生充满挑衅的目光，结果被激得头脑一昏，举手一挥，不顾后果地冲动大喊："给我放箭！"

逝水无尘大惊，想要阻止已经来不及！

箭雨漫天而来，就在这千钧一发之际，乱码先生果断地将背后的繁星弯月弓卸下，熟练地架箭、开弓，只见一支通体闪烁着蓝光的飞箭掠出，径直迎向那破空而来的万道长箭。

仿佛流星划过，蓝箭所到之处扫起了一阵强烈的气流，奇迹发生了！铁甲守卫军射出的箭突然在半空折了个弯，仿佛被那道蓝光引导着，本来射向乱码先生的漫天飞箭此刻全部变成对准了地面那批守卫军。

局面完全被扭转！

"哈哈！跟我比箭法？回去修炼一百年吧！"天地之间回响起

乱码先生嚣狂的大笑，豪迈爽朗，瞬间让逝水家族两位帮主脸上血色尽褪。

箭雨落下，无情地射穿了铁甲守卫军们的身体，偌大的广场上，死亡的白光接二连三亮起，几乎照亮了整个天空。

逝水无尘脸色煞白，迅速往铁甲守卫军中退去，机警地躲在高大的守护军身后，侥幸躲过一劫。

坐在朱雀上观看着这令人震撼的一幕的慕轻寒，忍不住发出一声惊叹，想不到，乱码先生使出的这招，真是让人刮目相看。

直到地面上的铁甲军队被消灭得七七八八，夜初寒才不紧不慢地让朱雀从云层降落，飞到与乱码先生所站位置持平的地方。

"哇！夜！你终于来了！我快熬不住了啊！"乱码先生一见到夜初寒出现，马上露出一副欣喜若狂的神情，疯了般手舞足蹈起来，激动得就差没扑上去，仿佛刚才威风凛凛的模样只是众人的幻觉！

"就这么点小事，你居然说得跟世界末日一样严重？"夜初寒蹙眉看向他，像是上当受骗了似的责怪他。

乱码先生闻言急得呱呱大叫："居然这样说？这简直比世界末日更严重啊！你没看见我快死在围剿里了吗？"

"哈哈哈，妹夫，你这个朋友太有趣了！"

感到委屈不已的乱码先生突然听到一阵响亮的笑声，这才发现卧倒在朱雀背上捂着肚子哈哈大笑的慕宸，不由得奇怪道："咦？这位是？"

慕轻寒瞟了笑得不能自拔的兄长一眼，有些头疼地揉了揉太阳穴："他是我哥，游戏名是慕宸。"

"哦噢，慕宸——"乱码先生猛然反应过来，眼前一亮，竟然忘记了这是半空，一个跨步跃到了朱雀背上，"慕宸，久仰大名啊！早听过你自创的剑法是多么厉害，没想到你是嫂子的大哥。"

慕宸好不容易止住笑，只好伸出狼爪握住乱码先生的手摇了两下，接着继续倒地大笑不止。乱码先生不好意思地摸了摸脑袋，也跟着傻笑起来。

夜初寒和慕轻寒望着两人傻瓜式的问好，有些无语地对望一眼，最后还是夜初寒淡淡开口，打破了这个诡异的局面："坐好，要起飞了。"

就在这个时候，地面上传来一声怒斥："夜初寒，你把我们当什么了？把麻烦丢给我们，自己就想走了？你还是不是男人？"

刚要命令朱雀飞走的夜初寒听到这一声恶毒的咒骂，眉心随即拧起，视线转落到地面上。只见那已经溃不成军的零散守卫队里，一个衣着凌乱的人拼命挤开那些铁甲守卫，怒气冲冲地朝着这边冲来，破口大骂。

"骂完了吗？"夜初寒漫不经心地问了一句。

逝水年华一愣，随即怒发冲冠地跳了起来："没有！"

"既然没有，那你就去复活点继续说吧。"话音刚落，夜初寒不耐地一拂衣袖，逝水年华似乎早料到他有这么一招，连忙往旁边一闪——

可是……

他还是中招了。

逝水年华难以置信地望着心脏位置那把寒光耀目的匕首，瞪圆了眼睛，半晌才挤出三个字："为什么？"

"说到底，你这种人才不算是男人！"朱雀背上，白衣少女拍了拍手上的灰尘，笑得一脸阴险。那把匕首正是慕轻寒掷出去的，其实刚刚夜初寒做出拂袖的假动作时，她就很默契地将一把匕首扔了出去。

"你们太可恶了！"随着逝水年华的消失，乱码先生突然从朱雀背上跳起来，冷冷望向地面一脸愕然的逝水无尘，"逝水城主，你是不是应该给我们一个交代？"

强烈的压迫感令逝水无尘不由自主地往后退了一步，他紧咬着牙，抬头望向朱雀背上的几人，努力压下心中的怒火："当然，今天的事情，是我们不对，我会好好责罚年华的……"

乱码先生回了他一个冷笑："希望你说到做到才好，还有，滚回去告诉你那个什么乌龟城主，说本大爷没空去他的鸿门宴，想找我就自己爬过来！"

"好，我会转告城主的……"这句话，逝水无尘几乎是咬牙切齿说出来的。

"妈妈！"场面正僵持着，突然一个清脆稚嫩的声音在空旷的广场上空回响起来。只见半空中，一个长着一双火红翅膀的雪白身影猛地扑入了慕轻寒怀里，翅膀收起，正要用头蹭蹭撒娇，却被夜初寒给拎开了。

被夜初寒拎开的小狐狸无力地挥着小爪子，泫然欲泣："呜呜，爸爸坏！我要妈妈抱……"可话未说完，它就被夜初寒皱着眉扔到了乱码先生怀里。

乱码先生责怪地望了夜初寒一眼，正想安抚小狐狸，就听见小狐狸一声如同触电的惊叫："啊，我不要怪叔叔！"

慕轻寒俯下身摸了一把小狐狸的绒毛，抿嘴一笑："小辰乖，我们叫你做的事，做好了没有？"

小狐狸张了张耳朵，点头如捣蒜："嗯嗯，都做好了！按照爸爸的吩咐把城墙都给烧掉了哦！嘿嘿，普通的水是没有办法灭我的火的。"

愣愣地站在地上的逝水无尘，正为那几人和一只狐狸诡异的对话感到奇怪，就见夜初寒掉转视线，目光冷冽地看向他，嘴角扬起一个弧度："今天就送你一份大礼。"

"什么？"他心中一惊，不安的预感油然生出，下一秒，他就清晰地知道了答案！

因为，系统公告出来了。

『系统公告：城池"逝水天下"遭到恶意破坏，四面城墙坍塌，城池防护度降至13%。"逝水天下"势力以外的玩家可自由攻城，从城中夺得的物品归个人所有。机会难得，请玩家速速行动！』

在《乱世》内，由玩家建造的城池是可以被攻打的，只不过难度随防护度而有所不同，但当城池的防护度降至50%以下，系统便会出公告提示玩家。

原来那几人口中所说的事，就是去破坏自己城池的防护度！

朱雀逐渐飞远，玄武城的轮廓渐渐变得模糊不清，最后完全从视线中消失不见。对于乱码先生被围剿这件事，几人也大概了解了，无非又是为了躲避莞尔刺痛，然后回城符又用光了……

几人说笑着，不知不觉中，朱雀已经降落，慕轻寒跳下朱雀的背，下意识地往四周张望，心中隐隐生出了一丝怪异感。

脚下青石小路蜿蜒，一直蔓延到远方迷雾的深处，不见尽头。两旁是高大魁梧的青衫树，交错的枝叶投下浓重的阴影，看似平常的郊外树林，却给人无比森寒的感觉。

"夜，不对啊……回青龙城，有这样一条路吗？"她环顾着四周，下意识问出声。阴冷的风不时吹过，周围的树叶发出沙沙的声响，令她觉得毛骨悚然，连声音也不觉微微发颤。

"嗯？"夜初寒侧头，疑惑地看向她。

"哈？嫂子，你大惊小怪了吧？夜怎么可能会走错路？"乱码先生接过话，"难道这里会有大螳螂、史莱姆之类恶心的生物？"

一旁的慕宸突然惊叫出声，颤抖着指向前方："那是什么？"

众人顺着他指的方向看去，不由得大吃一惊！只见远方迷雾深处逐渐出现一个硕大的身影，乌黑光亮的身体，爬满了锯齿状的触角，巨大的翅膀飞扇着，令人恶心得几乎呕吐。

这是……螳螂？

"不会吧？还真有？"乱码先生大吃一惊。

慕轻寒作为女孩子，即使意志力够坚定，如今见到这只放大版的螳螂，也无法控制自己，干呕了起来。

"轻寒，不要看了！"夜初寒连忙将她搂入怀里，用身体遮住了她的视线。

"好恶心！"慕宸充满戒备地举着剑对着那只不断接近的巨型螳螂，满脸厌恶，最终忍不住还是别开了视线。

正这时，天空中一道黑影覆盖而下，投下的阴影将一大片地面都遮掩住了。乱码先生连忙抬头一望，只见真的有一只巨大的绿色史莱姆正向着这边飞来！

"妈呀！史……史莱姆！"

"乱，快放箭！"夜初寒目光一凛，不容置疑地下了命令！

乱码先生赶紧抽出弓箭，架起，瞄准，用力一拉，两支飞羽箭接连射出，拖着一股凌厉的气息划破空气，以迅雷之势分别没入了巨螳螂和史莱姆的身体中！巨螳螂和史莱姆的头顶冒出了巨红数字，奇怪的是它们并没有冒出意料之中的死亡白光，只见它们的身体像碎片四溅一样散开，破碎落地……

仿佛有一只无形的手在操控，那两堆散落的碎片飞快聚合成一堆，重新堆砌起来，紧接着，一阵黑色的幽光从碎片的缝隙中冒出，那堆碎片竟然结合成一只绿色的巨型螳螂，它的身体居然是刚才体形的两倍！

巨螳螂和史莱姆的合体？乱码先生瞳孔一缩，再次开弓，又一箭插入巨型螳螂的身体中，但是这次飘出来的字，居然是绿色的——

"攻击无效？"他凌乱了！

"突变怪？可防御力怎么会高得这么离谱？难道……"慕宸皱眉道，可话未说完，只觉得脚下一阵猛震，沙石飞起，那只巨型螳螂居然往他们这边冲来了！

"不好！"伴随着一声大叫，四道人影快如闪电般往不同方向跳去，巨大的绿色身影狠狠撞到地上，瞬间地动山摇，扬起一阵沙尘。

"怎么回……哕——"原本偎依在夜初寒怀里的慕轻寒突然感到一阵头晕目眩，连忙睁眼，谁知映入眼帘的居然是一只比刚才更恶心的螳螂，她再次干呕出声。

"轻寒，不要看了！"夜初寒眸光一沉，厉声道，目光阴鸷地往绿螳螂的方向一扫，衣袖一扬，一把袖里剑飞出，直直没入了绿螳螂的身体！

-100！

这么小的伤害值，绿螳螂头顶的血条，根本没有动过！头部倒插在泥土里拼命挣扎着的绿螳螂，似乎感受到身体的疼痛，吃痛地一颤，头部四周的泥土瞬间迸裂，向四周弹开！

明明是昆虫，却发出一声近乎野兽的咆哮，接着疯了般向夜初寒等人冲来！

"快闪！"

一声巨响夹杂着大吼响起，绿螳螂再次一头深扎入泥土之中，但这次它似乎有了经验，很快令头部周围的泥土松开，成功挣扎出来。不过当它再一次寻找攻击目标的时候，却不见了几人的身影，不由得暴怒地狂啸起来，在四周胡乱奔跑，引得地面又是一阵猛震！

感受着一波比一波强烈的震动，躲在悬崖底下拐弯处的乱码先生不由得苦笑起来，转头对夜初寒道："现在该怎么办？"

夜初寒没有答话，只是默默地安抚着怀里的慕轻寒，眉宇深锁。

"难道连妹夫你也没法了吗？"慕宸看见他一脸凝重的模样，也不禁着急起来。

"哇啊！为什么外面这么吵？吵得我都睡不着了……"就在几人都毫无对策的时候，一声清澈幼嫩的埋怨打破了诡异的气氛。毛茸茸的狐狸头从慕轻寒的宠物空间冒了出来，一只小爪子揉着眼睛，迷糊地望向周围。

乱码先生眼前一亮，连忙把小狐狸拎了出来，摇了摇："狐狸啊，快用火去烧那只螳螂！"

小狐狸被他摇得眼花缭乱，连忙一爪子将他的手拍开，跳到他头上张望起来，然后十分莫名其妙地问："什么螳螂？"

"你瞎了吗？那只绿色螳螂啊！这么大你居然看不见？"乱码先生指着大螳螂的方向，几乎大吼出声，即使他们躲在螳螂看不见的悬崖边，也可以看到那几乎高耸入云的身体。

小狐狸很委屈地抱起尾巴，缩成一团："可是小辰真的看不见，这里的确没有什么绿色螳螂呀……"

"你你……你气死我了……"乱码先生急躁地嚷叫起来，却被夜初寒打断。

"等等，乱码。"夜初寒的视线落到小狐狸身上，十分冷静地问道，"你看不见？"

小狐狸抱着脑袋拼命摇头："爸爸，小辰真的没有看见绿螳螂……"

慕宸一脸凝重地看向小狐狸，露出半信半疑的神色，疑问出声："明明我们都看见了……"

"哈哈，狐狸当然看不见，因为这只是你们的幻觉啊。"

广阔无垠的原野上，突然回响起一阵豪迈的笑声，而声音所说的内容令在场的人不约而同一惊！

幻觉？听到这个词，所有人都不同程度地惊怔住了。

夜初寒最先回过神来，深邃幽黑的眼中透出一抹凝重，他转头看看四周，为了确认这句话的真实性，他将手按到悬崖壁上。很真实的触感，不像是假的，可为什么那个声音会说是幻觉？对了，那个声音很熟悉，似乎在哪里听过？

耳边忽然响起乱码先生的惊呼："快看！那只绿螳螂……"

再望向那只绿色的大螳螂时，才发现它身上竟然冒出了一圈圈光晕，波纹一样扩散开来。它的身体逐渐羽化，慢慢淡去，变得透明，逐渐消失不见！

这个地方，再也没有了巨绿螳螂的踪影。只是，被破坏的痕迹依然存在，满目的疮痍似乎在无声地告诉他们，绿螳螂曾经存在的事实。

慕宸心有余悸地发出一声惊叹："它消失了！莫非真像那个声音所说，是幻觉？"

"刚刚我一说螳螂，它就出现了，难道我说什么，这里就会出现什么？"乱码先生低头沉思了一阵，突然十分兴奋地仰起头，高举手指向天空哈哈大笑起来，"天哪！那就给我掉下一堆黄金吧！哈哈！"

话音刚落，伴随着他响彻云霄的笑声，碧蓝透彻的天空突然掉下一堆放大数倍的金币，直直砸向地面上的几人。

众人不由得大吃一惊，还真是说什么来什么？只见金币雨下了足足十分钟，才慢慢停歇下来。

"夜，接下来该怎么办？"慕轻寒定了定神，问着身边的人。

慕宸不禁向四周张望："就算知道这是幻境，也需要想办法走出去，是不是需要破解什么东西……"

而乱码先生，此刻正在捡金币……

夜初寒并没有说话，似乎在思考什么重要的事情。突然，他抽出了一把匕首，毫不犹豫地往自己的左臂刺去！大家还不知是怎么一回事，就见匕首锋利的刃尖处，如雪的白衣绽开了一朵绚烂的血花，渲染开来，鲜红的颜色刺痛了在场所有人的眼睛！

"夜！"慕轻寒被他出乎意料的举动吓了一跳，连忙扑上去扶住他的手臂，颤抖出声，"你干什么啊？"

"没事，跟我来。"夜初寒吞下一颗血药，毫不犹豫地说道，神情清冷而坚定，望向她的眼中也透出一抹柔和。

慕轻寒虽然有些丈二和尚摸不着头脑，但还是依言跟着夜初寒绕出悬崖，朝着那条小路径直而下。突然，他一个急刹顿住了脚步，没有再顺着那条路往下走，而是往右边的悬崖壁转去。

"等等！夜，那边是悬崖——"乱码先生无比惊愕地急叫出声，可话未说完，就被眼前的一幕惊呆了！

夜初寒眸光一沉，一道寒光闪过，他手中突然出现的剑飞快朝着悬崖壁前的那片空气划去——

"啊——"

"啊——"

这静谧的空间骤然响起两声刺耳的惨叫！奇怪的是，这空无一物的地方，居然亮起两道死亡的白光！紧接着，四周的空间骤然扭曲起来，原先的景象全部被湮没在扭曲融化的虚幻中，空间重新组合，逐渐变换成一个完全陌生的场景。

"出来了？"慕轻寒等人看着这场景转换，有些不敢相信，不过长久以来的战斗经验，令他们下意识背靠背聚拢起来，警惕地打量起四周的环境。

一条宽阔的道路延伸着，葱绿的树木零散地分布在四周，完全不像是渺无人烟的郊外树林，而正前方不远，竟然是玄武城的城门入口！

原来，他们压根儿还没有远离过玄武城！

而这个时候，一个熟悉的身影，映入了慕轻寒的眼中。

"过路君子？"慕轻寒举着冰天雪舞剑的手慢慢垂了下来，警惕也随之放松。她看着眼前的人，眼中闪过一抹惊讶，她想起了刚才在幻境里的那个声音，又问道，"刚刚提醒我们的，是你？"

尽管只是见过一次面，过路君子依然保持着一副看破尘世的淡然模样，他落落大方地朝几人颔首，浅笑道："是啊，各位，好久不见。"

他点头的时候，视线无意间落在夜初寒被鲜血染红的衣袖上时，眼中闪过一抹惊讶，随即赞叹似的笑出声："不愧是夜初寒，居然知道用痛楚去化解幻觉。"

夜初寒没有说话，慕宸打量过路君子的目光满是好奇，乱码先生则急切地问道："过路，为什么你会在逝水家族的乌龟城？还有你怎么知道，我们进了幻境？"

"因为我的情况跟你们差不多。"过路君子苦笑出声，"回头我们找个地方好好叙叙旧吧，当务之急，先离开这里。"

"过路，你怎么会出现在这里？"路上，乱码先生先问出口。

"别提了！其实我是有事要到青龙城办的，没想到居然走错了，误打误撞来到了玄武城，结果就被这一群人围住了……"过路君子摇了摇头，语气有些无奈，"发现你们中了幻境，只是偶然。"

乱码先生半信半疑地望了他一眼，目光却悄悄瞟向一旁的夜初寒，但见他没什么表示，又朝过路君子点了点头："原来是这样，过路也要回青龙城吗？一起吧。"

"好。"

乱码先生回以一笑，刚要跟着过路君子离开，却见夜初寒一动不动，不由得奇怪："咦？夜你不回青龙城吗？"

只见夜初寒点了点头："轻寒的状态不太好，我先跟她下线，你跟过路回青龙城吧。"

乱码先生马上心领神会："我明白的！你放心地去跟嫂子二人世界吧！"

于是两人下线，乱码先生则和过路君子一同回了青龙城。

临近夜晚，青龙城中人数无几，即使仍在线的玩家，也是来去匆匆。道路两旁林立的店铺显得孤独冷清，只有门外挂着的两个大红灯笼散发着朦胧的昏黄光芒，融入了那片夕阳光辉中。

本来乱码先生还打算在青龙城内晃悠一段时间再下线的，可见到如今这样的状况，居然也犯了困。他打了一个哈欠，眼皮疲倦地耷拉向下，转头漫不经心地对过路君子道："过路，我就送你到这里吧？我要下线了。"

"等等，乱码，能不能找个隐蔽的地方？"过路君子却丝毫没有就此分别的意思，而是一脸真诚地阻止了他，眼睛晶亮，"我有点事情想跟你谈谈。"

哎？乱码先生暗觉惊讶，不过听过路君子有事情跟他说，倦意不觉消了半分，笑着应道："好啊。"

就这样，两人走入了青龙城最大的一间客栈，向掌柜包下了一间最好最隐蔽的厢房。

"过路，你有什么——"只是乱码先生前脚才踏入厢房，就听见砰一声巨响，他吃惊地转头查看情况的时候，眼前突然一花——

系统提示：玩家过路君子对你使用高级捆仙索，你有一小时不能动弹。

"过路你为什么……"他顿时动弹不得，震惊不已地抬头看向过路君子，映入眼帘的，是过路君子清澈无瑕的笑容。

他心里，突然涌起了强烈的不祥预感。

过路君子眉眼弯弯，笑容恍如谦谦君子般温润如玉："乱码，难道你还不明白吗？"

乱码先生的思绪在一阵停滞后猛地醒悟过来，他的瞳孔蓦地紧缩，几乎是尖叫出声："过路，难道你是——"

过路君子淡然微笑："没错，我就是。"

"啊啊啊——"

慕轻寒爬出了游戏养生舱，只觉得头脑一片混沌，意识也有些模糊不清，她用手去试探额头，却意外地摸到了一把冷汗。

唉，果然是看了恶心的东西，惊吓过度了。

即使只是一堆虚拟出来的数据，也跟真实无异，更何况是一只放大了千百倍的昆虫。那种东西，是多么令人恶心，现在回想起来，依然心有余悸啊。

她抚着昏热的脑袋，慢慢走到客厅，虚脱般软倒在沙发上，直到有一只修长的手轻按到她的额头上。

"没事，别紧张。"风祈夜低声安抚她，敛起眼中的担心，"我去冲一杯姜茶给你。"他轻轻揉了揉她的长发，起身走入厨房。

刚从房间里走出来的慕淅尘，正巧看到这一幕，笑了笑，又转身回了屋子。

晚饭过后，慕轻寒就回到了房间休息，可她在床上翻来覆去怎么都睡不着，只好开灯起床，在书架上随便抽出一本书来打发无聊。正要翻开看，就听见有人敲门，她想都没想，就说了声"进来"。

"轻寒，睡不着？"风祈夜走了进来。

"嗯，睡不着。"慕轻寒点了点头，报以微微一笑。

"脸色好很多了。"他的余光不经意在她手上扫过，"在看什么？"

"在看……"慕轻寒将书的封面翻转到上面，可是下一秒，她握着书的手就僵住了，脸色慢慢透出了一抹尴尬的红晕，抬起头，十分无辜地看向似笑非笑的风祈夜。

风祈夜只是默默地注视着她，嘴角勾起一抹浅弧，良久，他伸手揉了揉她的头发，用语重心长的语气说道："轻寒，别看这些没营养的书，对思想不好。"

"不是啦！"她随手将书扔到一旁，语无伦次地解释，"我、我从来不知道有这本书，一定是哥哥……"

她真的是无辜的！这书架上的大部分书，都是哥哥买回来的，她压根儿连看也没看过，想不到她只是随手抽了一本就……都怪慕淅尘那个家伙！居然看这样的书！

《秘诀：如何让男人拜倒在你的石榴裙下！》

这样的书名……

实在是太不纯洁了！

"是吗？"风祈夜不经意般越凑越近，声音低沉诱人。

"嗯！真的没有骗你……"慕轻寒拼命点头，却没注意到某人跟她的距离越来越近，直到她不经意抬眸的时候，才发现——上、当、了！

等她醒悟过来的时候，已经被某只腹黑狼圈进了怀里，紧紧抱住。她一惊，稍微挣扎，谁知弄巧成拙，背后支撑的力道一失，她顺带着倒在了床上。

"喂！风祈夜，你干什么？"她挣扎不开，只能发出一声抗议，却在抬眼瞪向某人的一瞬间，怔住。

四目相对。

时间在那一刻静止，恍然如梦。那一双带着笑意的黑眸，让人沉迷，她睁着眼睛，无措地望向他。

看着她的脸窘得发红的模样，风祈夜忍不住轻笑出声："轻寒，你好可爱。"

慕轻寒被他紧紧抱着，无法动弹，只能窘迫道："别闹了！"

"没闹。"风祈夜淡笑，突然俯身在她耳边小声道，"不知道我们家轻寒如果穿上石榴裙，会是什么样子呢？"

这个动作是如此暧昧，若换作平时，慕轻寒的脸肯定会瞬间红透，这一刻，她却因为话中的内容恼羞成怒。这个家伙，分明还在计较那本书的事情嘛！居然还来调侃她，太可恶了！

她生气的时候，脸微微透出红晕，那剪水眸子一瞪，似乎完全不像是生气，而是化成了娇羞的状态。风祈夜看着她那副可爱的模样，忍不住在她的脸上亲了一口，然后伸手去揉她的长发："好了，不说了。"

一向反应迟钝的家伙似乎在风祈夜的戏弄下变得更加迟钝了，过了许久，她才后知后觉般醒悟过来："你又偷吃我豆腐！"

"哪有偷吃？"

"还说没有？"

"当然没有。"风祈夜笑得一脸无辜，"我这分明是光明正大地吃！"

"……"

房间里一下子安静下来，谁也没有说话，只是默默地对望着，静谧的房间里，流淌着分外暧昧的气息。

似乎过了一个世纪那么漫长。

"轻寒。"他深深地凝视着她，缓缓开口，声音如流水般清越低沉，"你怕不怕黑？嗯？怕不怕一个人睡觉？"

吃一堑，长一智，被风祈夜这只腹黑狼调戏多了，这回慕轻寒倒学精明了，理智地别开视线，不理美男计的诱惑，警惕地问："你想干吗？"

"要不要我陪你睡？"

慕轻寒被他这句话吓蒙了，眨了眨眼，很努力地将他这句话咀嚼一番后，十分严肃坚定地拒绝："才不要！"

"慌什么，逗你玩的。"某人扑哧一笑。

慕轻寒无语，在心里默默磨牙。这种事情能说着玩吗？

说不过某只腹黑狼，她叹息一声，十分无奈地望向他："那风大人，你什么时候才肯起来？"

风祈夜依然不肯松手，抱着她的力道反而收紧了几分，反正他从来都以无耻为荣："就让我这样抱一会儿，这样就好。"他贴近她耳边，柔声低语道，像是请求，又像是陈述，温热的气息扑在她耳边，痒痒的，让她无措。

其实每当他这样对她的时候，她总拿他没办法，很快就顺从了他的意。所以，在某人的无耻诱惑下，慕轻寒一时鬼迷心窍，十分顺从地点了点头："好吧。"

身边人满意地笑了，将她抱得更紧。

一阵若有若无的清香气息令她莫名安心，恍然间，她只觉得这一切就像是做梦一般美好而不真实。如果这是一场梦，她愿意时间在这一刻停留，再也不会醒过来。

【第十三章】鸿门宴

YIJIAN ZHONGQING

果然从一开始，就不应该相信腹黑狼风祈夜的话！

这是第二天，慕轻寒一觉醒来后所得出的感悟。

"小轻寒，快起床！早起的鸟儿有虫吃……"一大早，慕轻寒就被慕淅尘的大嗓门顺带一脚踢开房门的独特方式给吵醒了。

美梦被人中途打断的感觉真是不好啊。

慕轻寒不满地皱了皱眉，缓缓地睁开眼睛，用手揉了揉，令自己的视线清晰了一点，然后下意识将目光投向房门外——她看到了一脸愕然的慕淅尘。

虽然她从小到大被慕淅尘吵醒过很多次，但从来没见过他像现在这么诡异的反应，到底发生了什么事情？

她顺着他的视线看去，然后——轰！脑袋一阵蘑菇云炸起，她的大脑轰然作响，余音久久不绝。

她似乎还保持着乖乖蜷缩在风祈夜怀里的动作，而风祈夜的一只手横搭在她身上，将她很好地圈在怀里，两人的动作，保持着一种是人看见都会想歪的暧昧姿态。

慕轻寒的目光惊愕地定格在某人的脸上，忽见他的睫毛像蝴蝶扑翼般微微一颤，紧闭的眼帘缓缓睁开，清冽的黑眸对上她的视线。

然后，他微微一笑，轻轻启唇："轻寒，醒了？"

"你不是说……只抱一会儿吗？"慕轻寒下意识脱口而出。

怎么不知不觉，就被他抱了一晚？

"是啊。"风祈夜松开了抱着她的手，从床上坐起来，显得十分漫不经心，"可是我后来困了，不知不觉就睡着了。"

他的语气又是平常那般，淡然得欠扁。

慕轻寒狼狈地从床上爬了起来，脸上的红晕越发明晰，她也不知道应该说些什么好了。

风祈夜似是完全没看到一旁笑得意味深长的慕淅尘，慢条斯理地整了整衣衫，下了床，带着笑意的眼角瞥了她一眼："轻寒，你担心什么？反正我会负责的。"

慕淅尘终于忍不住大笑不止："哈哈，妹夫你……"

"哥，你看够没有！"慕轻寒此刻的脸完全像是煮熟的虾子，无法通顺地跟风祈夜说话，只好恼怒地向慕淅尘吼了过去，然后立刻羞愧地将自己的头埋到了枕头下。现在的她，只想挖一个地洞将自己深深地埋进去！

慕淅尘显然还想说什么，突然看见风祈夜一个带笑的威胁眼神扔了过来，不由得嘴角一抽，连忙道："看够了！你们继续，继续吧，不用理我的……"他一边打着哈哈，一边飞快退出了房间。

"轻寒，不要赖床哦，收拾好就出来吧。"风祈夜黑眸带笑地看了将头深埋在枕头下的某人一眼，也走出了房间。

她哪里是赖床啦？她这分明是羞愧难当！躲在枕头底下的慕轻寒尴尬不已，直到风祈夜的脚步声逐渐远去，她才慢慢地从枕头里抬出头，怔怔地望着前方的墙壁，有一种想撞向它的冲动。

因为，她这下，真的没脸见人了！

慕轻寒虽然因为这件事尴尬了好些天，不过后来想开了，也就觉得没什么了。

时间飞快流逝，宛如白驹过隙，十一假期很快在这很温馨很纠结的短暂时光下结束了。两人也告别了假期和慕淅尘，再次开始了他们的学校生活。

假期结束后再次登录游戏，已经是回到学校三天后的事情了，不过她一上来就得知了一个重大消息——逝水无尘要跟第一美人碧空灵韵结婚。

　　逝水无尘跟碧空灵韵成亲这事看上去的确很突兀，可细细想来，慕轻寒很快就想通了其中的道理。

　　现在的华夏大陆表面统一，实则被坐落在东南西北的四座城池的各种势力割据。青龙城现任城主乱码先生，这厮虽然是高手，但没什么野心，可以忽略不计，可青龙城的兵力也是不可小觑的；白虎城属于乱世第一帮主柳星离的势力范围，只不过柳星离却把自己的城建在了青龙城的势力范围内，他俨然在向青龙城势力表示友好；玄武城一带则被逝水家族势力占据；而朱雀城表面无主，实际是由朱雀城第一楼楼主幕后操控。

　　现在众所周知，莞尔刺痛便是朱雀城第一楼楼主，那第一美人碧空灵韵则是第一楼的人，而第一美人的名号在朱雀城影响甚广，追随者亦不少。也就是说，若逝水无尘娶了碧空灵韵，或多或少可以巴结上朱雀城的几分势力。若碧空灵韵真的嫁给逝水无尘，那么天下，似乎就会形成真正的对峙局面。

　　一早就清楚逝水无尘的野心不小，只是不知道他还会生出什么阴谋诡计，现在细细一想，慕轻寒也不禁为他的精打细算而折服。

　　正想着，天空忽然传来一声鸟鸣，紧接着，一直雪白的信鸽就落到了她手中，化作字条。看过字条，她的眉心轻轻蹙起，右手慢慢收紧。

　　字条来自莞尔刺痛，上面只有简单的五个字：小心被跟踪。

　　莞尔刺痛为什么突然给自己发信？带着满腹的疑惑，慕轻寒打算去找夜初寒商量，而她刚走到街上，很快就发现了不对——果然有人跟踪！

　　意识到麻烦来了，她一边暗地里握紧了冰天雪舞剑，一边注意着身后的动静，最后她决定先下手为强！于是经过一条小巷的时候，她突然一个拐弯，就在她的身影完全没入昏暗的小巷中时，却突然感到一阵令人窒息的杀气蜂拥而来！

　　她眼中冷光一凝，迅速抽剑转身朝迎面扑来的那股杀气劈去，可是，一把带着异香的粉末纷纷扬扬扑到了她的面上，她始料未及，

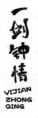

竟然吸了一大口！

系统提示：玩家逝水 QQ 糖对你使用高级迷魂散，你将失去意识15 分钟，此段时间内无法动弹，无法下线。

慕轻寒的意识逐渐变得模糊，浑身的力气仿佛被抽去一般。在意识即将陷入黑暗的那一瞬，她吃力地抽出一封飞鸽传书，在心里默念着夜初寒的名字，然后用尽全力朝天空扔去！

昏迷之前，她满脑子只有这样一个想法：这个游戏，真实度达到 98% 就算了，为什么连迷药都要做得这样逼真啊？

朱雀城，洛凝楼顶层的一间房间内，琴音缭绕。一位身穿着宝蓝色长袍的少女坐在一把古筝前，十指轻扬，美妙的琴音自她纤纤素指间溢出，形成了令人迷醉的乐曲。只是弹琴的过程中，她的视线有意无意地落在床上那抹雪白的身影上，嘴角扬起一抹几不可见的弧度。

不过，空气中突然划过一声微不可闻的杂音，侵入琴音内，破坏了这优美的旋律。蓝衣少女眸中锐光一闪，原本徐徐拨着琴弦的手骤然加快，琴音剧变，那缓缓的小泉流水竟在瞬间化作狂风暴雨，齐涌而来！

琴弦最后发出一声激昂的争鸣，琴声突然停歇了下来。

少女细细抚着琴弦，似乎在安抚着一个躁动的孩子。她稍一抬眸，锐利的目光直逼向珠帘后那一个若隐若现的人影，少女微微一笑："既然逝水城主大驾光临，为何不肯进来？"

珠帘外似乎没有了声息。

过了好一会儿，脚步声终于响了起来，一只修长的手拨开珠帘，同样是一身蓝衣的男子走了进来，笑容温润如玉："不愧是琴姬莞尔刺痛，果然好耳力！"

"逝水城主过奖。"少女报以微微一笑，礼尚往来，"这么匆忙地让手下将落雪轻寒绑了过来，逝水城主又是为了什么？"

蓝衣男子故意发出一声失望的叹息："莞尔楼主明知故问，我以为你接收了人后，就肯答应我们的计划。"

"你打着娶碧空灵韵的幌子去抢夜初寒的老婆，这不是明摆着折我的面子吗？"少女从容应对，言语犀利地提醒道，"别忘了，碧空灵韵好歹也是我们洛凝楼的人。"

　　男子解释道："我当然知道，这事情我跟碧空灵韵商量过，她也同意了。"

　　"哦，原来你们早商量好了？既然全盘计划都已经被你们掌握在手中，那为什么还要来找我？"蓝衣少女似是不屑地哼了一声，不满道，"难道是来威胁我，不要插手这件事？"

　　"不敢，我们哪敢威胁莞尔楼主。"男子忙道，笑着解释，"这件事情没有莞尔楼主的帮助，必定不会成功，所以我是来跟莞尔楼主结盟的……"

　　"你想跟我结盟？"蓝衣少女挑眉。

　　男子挑眉一笑，一副势在必得的模样："没错！现在天下已被各种势力占据，洛凝楼的势力虽大，在各个势力的合体下却显得渺小，另外，莞尔楼主不是很急切地想将乱码先生抓回手中？结盟后，对莞尔楼主的利自然大于弊，这样何乐而不为？"

　　蓝衣少女抬头望向他，眼神清亮："那，好处呢？"

　　"事成之后，付给你本帮的两成收入，如果莞尔楼主答应，我先付一半的订金，另一半等完事后再付。"

　　少女看着他，淡然微笑，不为所动。

　　"三成如何？那……四成？"

　　男子一路加价，见蓝衣少女还是不肯点头答应，一咬牙，狠下决心："五成？我愿意付本帮现在的一半收入，莞尔楼主你看……"

　　"好！成交！"少女笑声朗朗，似乎很满意这个开价。

　　贪婪的女人！

　　"那事情就这样定下来了，晚上的婚礼就拜托莞尔楼主……"蓝衣男子强压下内心的不满，不动声色地笑了笑。

　　"好，你放心，我一定把你的婚礼办得风风光光。"少女微笑，随即话锋一转，"不过我有一件事情不太明白，听说夜初寒和落雪轻寒的夫妻期限是永久的，你有什么办法解除它？"

　　蓝衣男子一愣，随即笑了起来："这个莞尔楼主不必担心，有一位神秘高手送了一样物品给我，能解除那个所谓的永久期限。"

　　少女恍然点头："原来如此。"

　　"那，我就此告退了。"蓝衣男子依然保持着温和的微笑，目光有意往榻上的那道白衣身影一望，眼中透出了深邃的光芒。停留几秒后，他终于收回了视线，转身离开。

　　直到再也不能听见男子的脚步声，蓝衣少女突然扑哧笑出了声，目光落到了床上那一抹白色上，漫不经心地调侃道："小轻寒，你不会真的睡着了吧？还不快点起来？"


　　逝水家族帮主逝水无尘即将与天下第一美女碧空灵韵成亲，逝水家族广发喜帖，更邀请了前十高手前来参加婚礼，宣言希望借此盛事来化解昔日的矛盾，冰释前嫌。

　　此事一经传开，马上引起了全服的轰动。

　　而第一美人的追随者更是激动，有人为碧空灵韵而惋惜，说第一美人嫁给一个声名狼藉的帮主，实在是一朵鲜花插在牛粪上；有人表示祝福，说无论如何也尊重碧空灵韵的决定；有人的反应十分激烈，大嚷着碧空灵韵是属于大家的，怎么可以嫁给逝水无尘。但无论议论的结果是什么，晚上八点整，婚礼如期进行，而为了尊重女方，婚礼的地点，选在朱雀城的洛凝楼。

　　夜初寒随手将手中的请帖抛给门口接待的NPC，走入洛凝楼二层。当他入座之后，才骇然发现，聚集在偌大的二层大厅的，除了乱码先生和玻璃猫，其余全是高手榜前十的高手。他想起了那张与众不同的喜帖，微微蹙起眉，难道那喜帖，也是分档次的？

　　"祈夜，今天怎么不见乱码先生？"身旁的慕轻寒谨慎地拉了拉他的衣角，小声道。她依然是一身白衣的装扮，脸上戴着一条普通的纱巾，为她添上几分神秘的气息。只是她的目光不时小心翼翼地望向四方，似乎有些紧张。

　　夜初寒犹自望着前方，语气冷淡："他没上线呢。"

　　"哦。"慕轻寒点了点头，欲言又止地望了一眼，却没有再说话，只是安静地坐在他旁边，乖巧如同一只小猫。

倒是身旁的慕宸嘻嘻笑了起来，目光有意无意地瞟向夜初寒，打趣道："小轻寒，你不会是看到这盛大的婚礼，妒忌了吧？"

"我……"慕轻寒眼中生出一抹尴尬的神色，无措地看向夜初寒，却见他依然淡定自若地望着前方，好像没有听到刚刚那句话一样。她只好将视线扫向四周，看见过路君子和柳星离正在谈论着什么，笑得十分开怀，还有几位不认识的高手也畅谈甚欢。她微垂下眼睑，漆黑的眼眸中，似乎有什么在隐隐流动。

这个时候，一个身穿红装的NPC突然从暗阁里冲了出来，扯开嗓子尖声道："吉时到——请新郎新娘入席——"

紧接着，一身喜服的逝水无尘牵着盖着喜帕的新娘走入大厅中央，满脸春风得意。

夜初寒幽深的黑眸沉如寒铁，波澜不惊的眼中倒映着两抹鲜红的身影。他漫不经心地捧起茶杯抿了一口茶，只觉香茶入口冰凉。

逝水无尘牵着新娘入场后，并没有着急举行拜堂仪式，而是用充满喜色的目光扫视了全场一眼，微笑着开口："首先谢谢大家不计前嫌，来参加鄙人的婚礼，在婚礼仪式开场之前，我先送在座各位一份礼物。"

他说着，轻轻拍了拍掌，随着清脆的掌声，暗阁里突然走出一批手捧着托盘的红衣少女，迈着轻盈的步伐走到了每个客人面前。只见托盘上放着一颗晶莹小巧的红果子，带着樱桃般剔透的颜色，模样却比樱桃更加可爱，让人垂涎欲滴。

见在座各位都露出了惊讶的表情，逝水无尘眼中闪过一丝满意的神色，接着道："这是我最近做任务得到的稀有物品——鸳鸯果。"

"鸳鸯果？我怎么从来没听说过？"话音刚落，柳星离马上提出了疑问，双眉更是高高挑起，显得很不信任。

"当然，我以前也没见过。"逝水无尘浅笑着解释道，"这鸳鸯果，若是夫妻吃了，能百年好合，如果还未成亲的人吃了，就会获得月老的祝福。如果大家不信，可以看看鸳鸯果的属性。"

鸳鸯果？夜初寒听到这个名字的时候，黑眸中掠过一丝惊异，他仔细打量起来。这个东西他是听过的，因为他被那个怪老头掳走的时候，曾经在那个地方见过。这种果子经常是雌雄共生，若是两个异性吃了，无论是否成亲，都会马上被系统判定结为夫妻。而这种无耻的东西，一般只有那怪老头才有，如今在逝水无尘手中出现，难道……

夜初寒眼中有寒光闪过。

"怎么，大家，难道怕这果子有毒吗？"逝水无尘见众人拿着果子迟疑不决，又悠然开口道，"你们这样，实在有损我的面子啊……"说着，他叹息一声，显得十分失望。

逝水无尘尾音未消，夜初寒已经毫不犹豫地将果子吃掉，见他这般爽直的举动，其余的高手显然有些惊愕，清醒过来后，也陆续吃下了果子。

逝水无尘眼中闪过一抹得逞之色，然后慢条斯理地取过盘子上的鸳鸯果，服下。

就在果子咽下肚子的那一刻，夜初寒身旁的白衣少女突然尖叫出声："啊！为什么会这样？明明这果子……"

逝水无尘大吃一惊，刚想问怎么回事，就听惊人的系统提示音响起！

系统提示：恭喜玩家逝水无尘和玩家绝世美女凤来怡喜结百年之好，祝福玩家永结同心，白头偕老。

逝水无尘陡然色变，震怒地一挥长袖，身旁那位少女拿着的托盘被他扫落到地面，摔出响亮的声音。少女吓得花容失色，僵在原地，望着地上的托盘不知所措。

逝水无尘几乎是怒吼出声："怎么回事？这果子明明……"

他的怒吼很快被打断！雪亮的剑芒飞速闪过，众人只觉眼前一花，夜初寒已用冰冷的剑尖指向了面前的白衣少女的要害，冷笑出声："你果然不是轻寒！"他的黑眸微眯，迸出了冷冽的寒光，"你是逝水无尘的同党吧？"

白衣少女的身子发起颤来，无措地将视线扫向四方，寻找支援。见无人愿意理会，她慌张了，结结巴巴地开口解释，声音颤抖不已："祈……祈夜，你、你说什么呢？我……我不就是轻寒吗？"

除了过路君子和慕宸，在场的不少人都露出了震惊的表情，面面相觑——这演的又是哪一出戏？

就在局面僵持不下的时候，逝水无尘身边的新娘子欢快地掀开了喜帕，喜滋滋地朝逝水无尘抛了一个媚眼："夫君，我可是很高兴呢。你跟我成了夫妻，第一美人跟我哥哥成了夫妻，我们以后，就是一家人了。"

满脸麻子，一双形似三角的眼睛，右眼上缀着一颗夸张的黑珍珠，那容貌真是百年难得一见！

阁楼一时鸦雀无声。

"抱歉，我来晚了吗？"

直到入口的地方传来一个熟悉的声音，众人才蓦然回过神来。

一个白衣似雪的身影出现在入口，清秀的脸上满是调皮的笑容，而众人在看到她的那一刻，纷纷倒抽一口凉气！

她是——落雪轻寒！

落雪轻寒不是在这里吗？如果她是落雪轻寒，那么夜初寒用剑指着的这位……

众人的目光唰地指了过去，只见这位蒙着面纱的白衣女子紧张得浑身颤抖，难以置信道："你……你不是……"

慕轻寒轻松地走到夜初寒身边，笑嘻嘻地说道："这场戏，是不是很精彩呢？"

在场的人显然都被这突如其来的一幕变故吓蒙了，不由得面面相觑，最后还是萧柏最先惊讶出声，打破这令人揪心的缄默："这是怎么回事？两个落雪轻寒？"

萧柏同样是排行榜上的高手，也有着高手玩家独来独往的习惯，但跟其他玩家不同，他是靠着挖矿和卖材料升级的生活玩家，据论坛上的小道消息，他每天做诸如杀上千只鸡、挖无数个坑这样的任务，鲜少出现在大众眼中，今天会来参加这场婚礼，实属罕见。

"对啊，这是……"柳星离连忙接话，再看向夜初寒几人，却

发现他们脸色平静，仿佛早已经知道会发生什么事一样，不由得吃惊道，"咦？你们怎么不感到惊讶？"

"当然不是两个落雪轻寒，地上那位，只是碧空灵韵假扮的代替品。"瞟了地上的碧空灵韵一眼，慕轻寒此刻的笑容，像糖果一样甜美。她的视线落到了逝水无尘身上，意有所指地问出声，"逝水城主怕将我绑了后会引起其他人的怀疑，于是让碧空灵韵假扮我到夜身边是不是？"

逝水城主！多么见外的称呼！逝水无尘看着嘴角含笑的慕轻寒，心里突然一阵苦涩，握紧的指关节也开始泛白。从计划失败的那一刻起，他就知道……他已经永远失去她了！可他还是不愿意承认！

慕轻寒也并不在意对方的回答，很快从他身上收回目光，接着笑道："大家是不是急切地想知道这是怎么一回事？相信逝水城主也非常想知道，我是怎样逃出来的吧？"

一片令人窒息的沉默。

桌上一对龙凤烛燃烧着，火光摇曳，柔和的烛火清晰地映照出每个人脸上的表情，虽有不同，但同样的凝重。

看到众人脸上那严肃的表情，她险些失笑出声，但还是忍住了，然后真假参半地娓娓道来。

事情，要从慕轻寒被人迷昏后清醒过来的那一刻说起。

迷药的作用时间刚过，她就被系统解除不良状态的提示音吵醒，迷迷糊糊地揉着眼睛坐起来，她发现自己竟然身在莞尔刺痛的洛凝楼中！正疑惑间，忽然听见门外一阵脚步声传来，她连忙躺下，继续装昏迷。

之后就听见了琴声，再之后，逝水无尘来了，那一番对话她也全听到了，等人走后，她立刻从床上一跃而起。实则莞尔刺痛故意放水，所以她很顺利地逃了出来，并用信鸽跟夜初寒计划好了一切。

"怎么样？逝水城主，这一出戏是不是很精彩呢？"慕轻寒微笑着将事情的经过陈述了一遍，戏谑地笑道，"别忘了，这剧本也有你的参与哦！只不过，我们帮你把结局改了而已。"

逝水无尘脸色煞白地望着笑容甜美的白衣少女，恨得咬牙切齿！

他竟然被他们几个联手玩弄了！

"太过分了！本以为你是真心诚意想跟我们冰释前嫌，没想到……"柳星离一拍桌子，第一个愤怒出声，"逝水无尘，你真够卑鄙无耻的！"

"逝水乌龟本来就是这样一个人，亏柳猩猩你还信他，哈哈！"伴随着一阵笑声，乱码先生迈着匆忙的脚步跑了进来，一不留神被什么一绊，整个人往前栽去。

幸好过路君子手疾眼快，飞快上前扶住了他，朝他笑道："乱码，走路要小心。"

"哈，哈哈，谢谢了……"乱码先生被他的笑容惊得毛骨悚然，随口搪塞了几句，连忙别开视线看向地上，"这个鼻孔什么的，竟然还敢冒充嫂子！"

说着，他皱起眉，毫不怜香惜玉地踢了地上的女人几脚，然后跨过她，大大方方地走到桌子前坐下，笑嘻嘻地朝众人打招呼，也不理会逝水无尘难看的脸色："嘿，大家好，我没来迟吧？"

"逝水无尘，你还有什么好说的？"阁楼上所有人无语地瞪了嬉皮笑脸的乱码先生一眼，都将逼问的视线投向了逝水无尘，眼中不约而同迸出了凌厉的光，恨不得将他碎尸万段！

"老公……"新娘子显然被这一阵势吓坏了，惊慌地碰了碰逝水无尘的手臂。

"滚开，丑八怪！谁是你老公！"逝水无尘目眦欲裂，右手握成拳愤怒地向新娘子砸去！只听新娘发出一声惨叫，瞬间被秒回了复活点！

大家也不急着说话，只是盯着逝水无尘，冷漠地看着他的举动。

大家都在等待他的解释。

逝水无尘的视线，突然落在了慕轻寒身上，他露出了苦涩的笑容："我以为你会明白……我一直在等，可是……明明是我先遇到你！可为什么——"逝水无尘的双拳紧握起来，"所以我铤而走险，我以为你会明白！"

"那只是你一厢情愿！"慕轻寒毫不留情地打断他，水眸眯起，

"何况你的事情，我为什么要明白？"

逝水无尘一脸难过和难以置信："你——"

"够了，逝水无尘，我们留在这里，不是听你抒情表白的！"性子急躁的萧柏不耐烦地打断他，"今天你不把事情解释清楚，就休想离开这里！"

逝水无尘脸色一沉，往后退了一步，突然目露凶光。

"说休想离开这里的，应该是我吧？"逝水无尘哼了一声，冷笑道。

"什么意思？"他此言一出，在座的各位马上警惕起来，纷纷跃起身，抽出自己的武器。

"本来打算婚礼之后才将你们一网打尽的，现在看来——"逝水无尘话语一顿，猛一拍掌！随着他这一声清脆的掌声，洛凝楼中所有的门窗在刹那间全部闭上！紧跟着，大批的逝水家族帮众从洛凝楼的四面八方蹿了出来，将楼梯走道围了个水泄不通！

去路，都被堵上了。

"怎么？各位？"看着环顾四周、呈现出高度戒备的几名高手，逝水无尘重新展示温润如玉的笑容，只不过这笑容掺杂了几分妖异，显得无比邪恶。

"逝水无尘，你好卑鄙！"柳星离一拳砸落桌面，怒喝出声！

萧柏马上咬牙切齿地应和："就是，整一个卑鄙小人！"

相对于柳星离和萧柏的激动，夜初寒等人就显得冷静了，只是沉默不语地紧盯着逝水无尘，目光中净是深思。原来，他打着婚礼的旗号，是为了将前十的高手一举消灭！

说到底，这场宴会只是一个引人入局的幌子！

面对柳星离等人恼恨的咒骂，逝水无尘不怒反笑："在游戏世界里，一向胜者为王，败者为寇，从来没有阴毒之说。输了，那只能说你技不如人。"

几下清脆的掌声突然响起，打断了逝水无尘的话，只见乱码先生不慌不忙地站了起来，一脸不屑地笑道："逝水无尘，你这一招鸿门宴的计谋用得真好，不过，你以为这么个小儿科就能困住我们吗？"

"哦？小儿科？"

"不是小儿科是什么？"乱码先生发出一声闷哼，正要继续嗤笑，却被夜初寒打断。

夜初寒目光冰冷地打量着他，淡淡开口："逝水帮主这样有恃无恐，肯定是做了十足的准备吧？"

逝水无尘眼中泛起锐利的光芒，他亦淡然一笑，挑衅地迎向夜初寒的目光："十足的准备，可不敢当，我只是提前向莞尔老板租下了洛凝楼，现在所有的出口都已经被系统封锁了，你们插翅难飞。"

"什么，莞尔刺痛……"乱码先生瞪圆眼睛，在下一秒惊呼出声，却被过路君子狠狠瞪了一眼，他自知失言，赶紧悻悻地住了口。

"哈哈，乱码城主，你是不是在惊讶？为什么你的娘子会站在我这一方？"逝水无尘的目光从容不迫地扫视了四周一遍，见众人只是冷眼盯着他，不由得自讨没趣，只能继续说下去，"那只能说，是你的失败！"

"少废话了，有什么就亮出来！"看到逝水无尘几近嚣张狂妄的自信，柳星离心里越发觉得不舒服，"你这样将我们锁在这里，又能怎样？要是打起来，你一个人，真打得赢我们几个吗？"说着，他拔剑出鞘，锐利的剑锋指向逝水无尘。

"是吗？既然柳星离你这样自信，我当然要给你们一个机会……不过在这之前，我想问大家一个问题，你们从进来的那一刻，是不是……闻到一股兰花的香味？"

"兰花的香味？"逝水无尘别有深意的话让愤怒的众人不觉浑身一震！

细细回想起来，在他们走入洛凝楼的时候，的确闻到一股清幽的香味！可大家都会理所当然地想，洛凝楼是女玩家常驻的地方，有香味不足为奇。

果然，逝水无尘在下一秒十分得意地大笑出声："你们再看看自己的精神条？"

逝水无尘此话一出，众人也顾不得自身的安全，都半信半疑地

打开了个人控制面板。

仅是一眼，就足以让人大惊失色！那原先满满的精神，不知道什么时候变得空空如也！

柳星离和萧柏这两个不淡定的家伙，发现自己的精神掉空的时候，更是气得几乎吐血："逝水无尘，你这个卑鄙小人！"

慕宸愤怒地瞪向逝水无尘："哼，缩头乌龟！居然用这些卑鄙的招数！"

"夜，精神为零！"就连慕轻寒，查看完个人信息后连控制面板也没有关掉，只是十分惊愕地看向夜初寒。

就在这个时候——

最近频繁出现的系统公告又孜孜不倦地响了起来！

『系统公告："逝水天下"正式对"流星城"宣战！城战将于三分钟后开始，请玩家做好准备！』

『系统公告："逝水天下"副将逝水年华代表玄武城，对青龙城、白虎城发出宣战，四城纷乱任务将于三分钟后开启！天下战役将于三分钟后开始，请玩家做好准备！』

逝水无尘竟然发动了城战！难道他想引起全服大乱？他一定是疯了！

柳星离最先大惊失色："逝水无尘，你疯了？"

"我没疯，我只不过，要重新开启一个时代！一个属于我的时代！"逝水无尘回以森寒的冷笑，他的眼中透出了不可摧毁的决心，带着无尽的贪婪，似乎已经将他的理智吞噬殆尽。

在这一刻，即使是傻子，也明白了他的目的！他的最终目的竟然是将一众高手一举消灭，再攻占四城，一统天下！

他的野心也太大了！

多数人被逝水无尘接近自负的狂傲震惊得不能言语，而一旁的过路君子，不慌不忙地取出一封飞鸽传书，唰唰唰写上什么，然后飞鸽带着传书在众目睽睽之下落到了夜初寒的手上！

"这么近的距离还用飞鸽传书？"逝水无尘见状不由得笑出声，言语中充满了讽刺，"反正都是要失败的人了，有什么秘密，还需要这样遮遮掩掩？"

夜初寒敏感地捕捉到过路君子眼中一闪而逝的诡异光芒，看也不看逝水无尘一眼，飞快打开了那封飞鸽传书。雪白的字条上，书写着一行娟秀的字体：用青龙冲破屋顶，从天空逃走！

尽管他内心有着或多或少的惊讶，但还是很好地掩饰起来，然后飞快丢了一个眼神给慕轻寒。多次合作的默契让她马上会意，并且装出了一副若无其事的样子，在逝水无尘没有注意的情况下，一点点向着夜初寒靠近。

"逝水无尘，你少废话了！要杀就杀！太不了十八年后又是一条好汉！"被气得七窍生烟的柳星离又忍不住破口大骂，脸色也愈发阴沉。

"这可不行，接下来还要请各位见证这场城战的结果呢。"逝水无尘的语气轻松自如，显然对成功势在必得！

柳星离气结，正要说什么反驳过去的时候，密不透风的洛凝楼，突然刮起了一阵狂风！夜初寒站立的方向，骤然旋起一道飓风，向着四周横扫过去，尘土飞扬，瞬间模糊了四周的一切！他只感到自己的衣领被什么扯起，接着视线就陷入了一片模糊之中！

这突发的一幕让逝水无尘脸色骤变，他正要看清是怎么回事，突然猛烈的青光刺入了他的眼睛，让他的视线一阵缭乱，只能隐约看到有什么巨大的东西朝着洛凝楼的屋顶蹿去！

一阵巨响！洛凝楼的屋顶被穿透，木屑木板纷纷掉落，突然腾空冒出的青影顺利从洞中蹿了出去，扫起一阵尘烟滚滚落下！

一切来得快去得急，转瞬间，大风止息。

逝水无尘一阵厌恶地用手扫开眼前的灰尘，等视线清晰一些的时候，才发现在洛凝楼的阁楼上——夜初寒、落雪轻寒，还有柳星离，已经不见了踪影！

"夜啊！城战的事情就拜托你了！你和嫂子，还有柳猩猩一路走好——"而乱码先生一脸兴奋地朝着屋顶上那一点点自动修复的破洞挥手，突然觉得脑袋被什么用力一拍，不由得恼怒地回头瞪向慕宸，"喂，你干吗又打我！"

慕宸毫不客气地回瞪："别乱说话！一路走好是什么意思你知道不？"

而萧柏，在一旁幸灾乐祸地笑了。

"可恶！"看着几人完全不将他放在眼内地打闹着，加上刚才夜初寒出乎意料的逃脱举动，逝水无尘心中火上浇油，嘴角挂着的笑容一下子消失得无影无踪，英俊的脸也变得狰狞。

这时，一直沉默不语的过路君子悠悠从座位上站了起来，微笑着看向脸色阴沉的逝水无尘："逝水帮主，你之前说的那话志在必得，但我看来未必。"

"是你让他们逃掉的？"逝水无尘咬牙切齿，目光凶狠地逼问，"你到底是谁？"

过路君子淡然一笑，亦不隐藏，只见一道白光在他身边泛起，转眼间，原先那位书生气男子站立的位置，已经被一位笑语嫣然的少女所取代！

"莞尔刺痛！"慕宸和萧柏同时惊呼出声，下巴几乎掉到地上，"不对！过路君子不是男的吗？"

而乱码先生似乎早知道一切的样子，若无其事，只是神色有些闪躲。

"这些迟点再解释。"莞尔刺痛微微一笑，目光再次落到了神色震惊的逝水无尘身上。

"你——出卖我？"逝水无尘此刻的脸色，已经不能用阴沉去形容了。他的双手紧握成拳，指甲狠狠掐进了肉里，凶狠的目光恨不得将面前笑靥如花的少女撕碎！

"当然不是，作为一个商人，最基本的诚信，我还是要做到的。"莞尔刺痛伸出一根手指晃了晃，轻松应对，"既然我答应过逝水城主，作为莞尔刺痛，我不会插手这件事。"

逝水无尘显然不相信她的话，将牙齿咬得咯咯作响："那你为什么……"

"你是不是想问，为什么刚刚落雪轻寒没有提到我？"莞尔刺痛的嘴角，掀起一抹狡黠的笑容，"当然作为莞尔刺痛，我不会随便放走一个跟我们的交易有重要关系的人，不过我并没有说，作为过路君子，我同样不会插手这件事吧？"

"你——"

莞尔刺痛微笑着打断他："作为'过路君子'偶然发现这个事实，并放走了你抓来的人，这跟'莞尔刺痛'无关，所以你大可以放心。既然'莞尔刺痛'将洛凝楼租给了你，那我们的交易依然在继续。只是你的计划不过是将一众高手困在洛凝楼，然后坐收渔翁之利，再将这些高手一举歼灭，而现在'过路君子'帮助夜初寒跑掉了，恐怕你的计划，就不会这么顺利了。不过你有一点该庆幸的，就是'过路君子'无权管理洛凝楼。"莞尔刺痛嘻嘻笑道，那语气虽然淡然如同开玩笑一样，但话语的内容给了逝水无尘狠狠的一击，"不然，你就该哭着滚出去了。"

被莞尔刺痛绕口令式的话语弄晕了头脑的乱码先生不由得惊讶出声："不是吧？莞尔疯婆子！我还以为你有办法，没想到你说了半天全是废话！"

有人出声自然有人应和，萧柏和慕宸连忙举手赞同。亏他们还以为看到了生的希望，没想到却是狼狈为奸！

"闭嘴！"莞尔刺痛狠狠剜了这三人一眼。她再次将视线转到逝水无尘身上时，眼中透出淡定的睿智，"既然大家都出不去，也做不了什么，逝水城主有没有兴趣跟我赌一把？"

"赌什么？"逝水无尘其实已经气得快要吐血了，这句话几乎是咬牙切齿说出来的。

"赌——"莞尔刺痛语气一顿，笑容加深，"这次城战，谁会取得最后的胜利。"

253

一剑钟情

\*\*\*\*\*\*\*\*\*

YES　　NO

青龙降落到流星城城墙上的时候，城战，已经热火朝天地展开了。

原本架在护城河上的吊索桥已经拉起，城门紧闭，副城主果断施号发令，瞬间箭矢齐射，暗器齐出，恍如黑色的雨一样纷纷落下，转眼间城墙下已经死伤一片。可能是护城河的缘故，逝水家族的军队靠近不了城墙，只能费力地朝城墙上射箭投掷，虽然偶然射中一两个人，但很明显，流月星矢帮暂时占领了上风。

看到这一场景，柳星离不禁满意地点了点头，不愧是他一手创建的帮派，办事果然有效率。

"哇，好震撼！"慕轻寒双脚着地，就发现青龙没有如预期所料般消失，而是再次腾空飞起！最先走下青龙的柳星离不禁抬头朝天空大喊，"喂！夜初寒，你去哪儿？"

"你们先在这里顶住，我去一趟朱雀城城主殿！"夜初寒的声音逐渐消失在遥远的云端，可还是清晰地传入了他们的耳中。

柳星离奇怪地看向慕轻寒："他去朱雀城干吗？"

慕轻寒摇了摇头，表示毫不知情，就在这个时候，城墙上的流月星矢帮的成员见到有人突然出现在城墙上，连忙警惕地围了上来。还没等柳星离开口解释，其中一人已经惊喜地喊出声："啊！帮主！你终于回来了！"

"现在战况怎样了？"柳星离点了点头，情况紧急，他跳过客套的问候，直接切入主题。

提起城战，刚才出声的那个人也不由得着急起来："由于这次城战来得突然，很多没上线的兄弟都不知情，目前我们这方处于被动状态，虽然我们暂时占据上风，但是……"

"但是什么？"

柳星离皱眉问道，就听城墙入口的地方一个人急匆匆跑了过来，气喘吁吁地大喊着："副帮主，不好了！暗器和箭矢的库存数量不足了！恐怕只能再支撑一会儿……啊！帮主！你回来了！"

他洪亮的嗓音这么一喊，大部分人的注意力都被吸引过去了！柳星离连忙高声喊道："大家别分心，继续从容应对！"

城战，意味着所有的宠辱成败都在这一刻决定，因为在城战中死亡，是无法在战场上重生的。就意味着每一个人都只有一次参战的机会。假若城战失败，那就意味着他们辛苦建立的帮派，要重新再来。

柳星离的声音穿透城墙，帮主归来的喜讯加上他这一句鼓励，城墙上流月星矢帮的成员士气高涨，精神大振，再次投入到紧张的战争中。

副帮主漂流瓶将指挥的工作交给了帮派的一位长老，然后大步流星地向柳星离这个方向冲来，面露喜色："离子，你回来了！"

柳星离迎了上去，十万火急般问道："瓶子，为什么暗器和箭矢的库存会不足？明明前几天我才让人补充了货源！"

"逝水无尘这个阴险小人！"漂流瓶一愣，突然破口大骂，"一定是昨天逝水家族来发请帖的时候，派人潜入了我们的仓库，把大部分暗器箭矢都换成了水果！"

像无事人一样站在一旁看热闹的慕轻寒，听到武器都被逝水家族换成了水果时不由得笑出声。

"咦？这位是……"漂流瓶听到一阵清如银铃的笑声，目光落到慕轻寒身上，不禁朝柳星离挤眉弄眼，"离子，你什么时候泡上了这么漂亮的MM？"

柳星离忙瞪了他一眼，十分严肃地道："别开玩笑了，她是落雪轻寒！"

"啊！原来是夜嫂子。"漂流瓶闻言一惊，马上对慕轻寒肃然起敬起来。

漂流瓶正要继续问为什么慕轻寒会在这里，就听见她笑嘻嘻地问道："你们仓库里，现在有哪些水果？"

漂流瓶一愣，想了想便回答道："香蕉、西瓜、榴莲、菠萝、辣椒……似乎只有这五样……"

"辣椒似乎不是水果吧？"

"都一样，没什么用啊！"漂流瓶发出一声失望的叹息，说到这里，他不禁又是一阵咬牙切齿，"逝水无尘那个兔崽子！下次再见到他一定将他砍成十八段！"

结果却听见慕轻寒微笑着说："谁说这些东西没用？"

"你的意思是？"漂流瓶一怔急切地问道。

"香蕉和西瓜吃了，剩下的皮扔出去可以坑人摔倒，榴莲和菠萝可以当暗器投掷，至于辣椒嘛，磨成粉末或者榨成汁……"慕轻寒顿了顿，目光投向柳星离和漂流瓶，"对了，你们谁有飞行坐骑？"

漂流瓶指了指柳星离："离子有苍鹰。"

慕轻寒微笑着点了点头："唔，不错，那你们可以骑着苍鹰，向逝水家族的军队撒辣椒粉和辣椒水，让他们的眼睛享受下麻辣的滋味……嘿嘿……"

"果然是好方法！不愧是夜嫂子，真是聪明啊！"漂流瓶高兴地一拍大腿，连连啧啧赞叹了几声，然后迅速转身扯开大嗓门命令道，"来几个人，去仓库抬几箱水果上来！要快！"

很快，城墙上堆满了一箱箱新鲜的水果，若不是城战近在眼前，大家还以为流月星矢帮要开水果大会呢。慕轻寒走到一箱香蕉面前，摘出一根，动作飞快地剥皮，三两口吞掉，然后边嚼着边跑到城墙边，躲在一名弓箭手的盾牌下。只见她跟弓箭手说了些什么，那弓箭手接过她手中的香蕉皮，放在弓上一拉！一道黄色的弧线朝着逝水军队飞去，准确无误地……掉落到地上……

忙于战争的逝水军队显然没有注意到香蕉皮的细节，很快这

小小的香蕉皮，就被一只黑色鞋子踩中！可是这双鞋子的主人悲剧了——他脚下猛地一滑，整个人狗啃泥般狠狠朝地上摔去！因为他的悲剧，他身后一片正冲上来的人被他阻住了去路，也跟着往前倒！于是这黑压压的军队，多米诺骨牌一样连片倒下。

人踩人，人压人，死伤无数！

慕轻寒朝柳星离和漂流瓶回眸一笑，用事实告诉他们，利用水果是正确的选择！

"太好了！"柳星离真是大喜过望，连忙吩咐下去，"大家快来吃水果！榴莲和菠萝就不用吃了，直接当暗器投出去！"然后又转头对漂流瓶道，"瓶子，这里就拜托你了，我去撒辣椒粉！"

于是很快，在流星城的城墙上，就出现了这样诡异的一幕——所有流月星矢成员都停下了攻击，只用盾牌挡在面前，坐在城墙上，每人捧着一瓣西瓜，优哉游哉地啃了起来。

在城墙下苦苦进攻的逝水帮众都傻眼了！他们在干什么？这么紧张的城战，流月星矢帮的家伙居然还有心情吃水果！不过长时间暴露在炎炎烈日下，还得不到一刻的休息，只是机械地重复着同一动作的逝水帮众见到那鲜红多汁的果肉，不禁咽了咽口水。

这样一来，逝水一方的士气，不禁消沉了许多，连攻击起来也带有几分心不在焉！于是，机会来了！见逝水帮众意志消沉，流月星矢帮众连忙将手中的西瓜皮、香蕉皮放在弓之类的投掷工具上，一拉一放！刹那间，流星城的上空，划出了千万道黄色绿色的弧线，宛如烟花般绚烂！

逝水帮众见一些怪异的东西向他们扔来的时候，不禁大吃一惊，想躲的时候却发现已经无处可逃！等他们看见砸到自己身上的不过是一些毫无杀伤力的果皮的时候，压抑的情绪瞬间爆发，战场上一片骂声。

死亡的白光不断在黑沉沉的人群中冒出，原本秩序井然的逝水军队乱成一片，等逝水帮众明白过来是怎么回事的时候，已经迟了，只见天空有许多黑色的圆点状物体，正朝着他们飞来。

"又想向我们扔果皮？一群……"话说了一半，这群逝水帮众就笑不出声了，下一秒，他们都惊恐地瞪圆了眼睛！

一个个浑身长刺的榴莲菠萝，毫不留情地砸下！城墙外落起了漫天的水果雨……

这时，天空响起一声穿透云霄的鹰鸣，柳星离乘着苍鹰飞上高空，居高临下地将辣椒水洒了下去！混杂着不断落下的榴莲菠萝，一阵红色的雨水哗啦啦落下。逝水帮众的视线早已经被烟尘模糊，丝毫没有注意到自己的皮肤眼睛被沾上了辣椒水，等到身体产生了异样，才赫然发觉不妥！

烟尘滚滚，因为辣椒水的攻击，逝水帮众被搞得头晕目眩，只能如无头苍蝇一样乱跑，一不小心就踩到了自家队友，不留神的时候还被榴莲菠萝砸得脑袋开花，就这样英勇就义了……

这场水果大战，流月星矢帮，完胜！

站在城墙上观战的漂流瓶看到这一幕，不禁得意地哈哈大笑起来，可还没等他笑够，又一个帮内成员急匆匆冲上了城墙，嘴里喊着："不好了！不好了！副帮主！我们发现，逝水年华带着一群人在城墙东面挖地洞，就快挖穿地面进来了！"

"竟然声东击西！"漂流瓶忍不住紧捏双拳破口大骂，"快带一群人，把那个逝水年华……"

"等等。"一旁的慕轻寒突然淡淡开口打断他。

漂流瓶一愣，不解地看向她："咦？夜嫂子你这是……"莫非她又有什么计策？

"逝水年华，就留给我对付吧。"慕轻寒忽然一笑，眼底掠过一丝寒光，她的手一挑，冷光森森的冰天雪舞剑已经出现在她手中。

"好啊！"漂流瓶好奇地问，"不过，你打算怎样做？"

慕轻寒的嘴角勾起一抹诡异的弧度："来一出，一夫当关，万夫莫开！"

黑漆漆的地道内，伸手不见五指，只有窸窸窣窣的挖土声和逝水年华不时发出的烦躁催促声，格外响亮明晰。聒噪的嚷叫让人感到厌烦，但因为形势迫在眉睫，所以并没有人敢反驳一句。

　　说起来，逝水年华这家伙还真是用人不善，帮里会挖地道技能的帮众不叫，却把帮派顶尖的高手叫去挖地道了！这群帮众，虽然是一个个剑系精通、刀系精通的高手，但他们不精通挖地道啊！

　　又挖了许久，地洞依然是黑蒙蒙的一片，逝水年华的情绪越来越烦躁，就在他耐不住正要臭骂那群帮众一顿的时候，一个兴高采烈的声音从最前方传来！

　　"副帮主！见到光了！"

　　逝水年华一惊，并没有反应过来："什么？"

　　"我见到光了！地洞挖开了……"

　　话未说完，逝水年华已经不由分说将地道里的人一个个挤开，双眼发光地冲到最前，立刻大喜过望地把头伸了出去，可是还没等他看清洞外的景物，头已经被什么硬物狠狠砸了一下！

　　紧接着，头顶响起一个疑惑的女声："咦？落樱姐姐，我怎么觉得脚下有个东西冒了出来？"声音的主人愣了一下，接着发出一声尖叫，"天哪！怎么是个人头？"

　　逝水年华只觉得头被同一样东西狠狠砸了Ｎ下，一阵头晕目眩！还没等他弄清是怎么一回事，他就赫然发现自己的血条已经掉空，心里愕然地骂了一声，他就已经被死亡的白光传送到战场之外！

　　不久前，慕轻寒跟着几个流月星矢帮成员到了这里，正思索着该怎样寻找到逝水年华所在的精确位置，就听身后有人叫自己，回头便看见了多日不见的云影箫笙，于是两人便结伴守株待兔。

　　几名逝水帮众大吃一惊，等眼前的白光消失不见，他们才赫然发现，逝水年华已经被传送走了，而地洞外有一位少女正对着他们笑得温柔。

　　慕轻寒对着地洞里面的人招了招手，一脸无害地笑了："哟，挖地洞的滋味很爽吧？"

　　"不好！大家快跑！"不知是谁喊了一声，里面的人才恍然醒悟过来，惊慌失措地向着另外一边的出口逃窜而去！

　　"这群胆小鬼！"慕轻寒有些气恼。无奈地洞出口太小，她无法追上去，就在这个时候，一阵悠扬的箫声响起。

宛如行云流水，似和风细雨的箫声，悠扬舒缓、动听悦耳，让慕轻寒一瞬间有种似陷入美好的世外桃源的错觉。

　　这阵箫声……她循着箫声望去，才发现吹箫的人竟然是云影箫笙。再看看地洞中的那群人，一个个停止了逃跑，站在原地露出一副头晕目眩的模样。

　　眩晕效果！

　　"云影，做得好！"慕轻寒由衷地赞叹道。

　　"这个，还是多亏了落樱姐姐上次把这箫送我。"云影箫笙有些不好意思，"对了，落樱姐姐，抓紧时间，我的箫声效果持续时间并不长。"

　　"好！"慕轻寒点了点头，没有迟疑就将还在宠物空间呼呼大睡的小狐狸拉了出来，晃了晃，将它摇醒。

　　"怎么了？呜哇——"小狐狸迷迷糊糊地嘟囔一声，小爪子揉着睡意蒙眬的眼睛。

　　慕轻寒无奈，只得用力摇了摇它："醒醒，小辰！快点喷火把地洞里的那几个人给烧了！"

　　小狐狸抬了抬沉重的眼皮，迷迷糊糊地应了一声，拖着毛茸茸的尾巴，慢慢地走到了洞前，往洞里喷出一口三昧真火，熊熊的火焰瞬间将窄小的地洞吞噬掉。


　　『系统公告：流星城战役中，逝水将领逝水年华意外身亡，攻打流星城之役——逝水天下兵败，流星城完胜！』

　　系统的公告在世界上空回响，原本还在苦苦攻城的逝水帮众傻眼了，还没等他们弄清是怎么一回事，就已经被接二连三亮起的白光传送到战场之外。

　　逝水天下兵败！流星城的城墙上爆发出一阵响彻云霄的欢呼声，几乎将一切淹没！

　　同一时刻，朱雀城的洛凝楼中，乱码先生听见这个消息，忍不住当场大笑出声："哈哈，这个逝水年华真没用，这么快就被柳猩猩干掉了！"

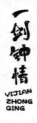

坐立不安的逝水无尘看着笑得就差没满地打滚的乱码先生，额上青筋暴起，几乎从座位上暴跳而起。

莞尔刺痛感受到了逝水无尘恶狠狠的目光，长指一按，合上茶杯杯盖，利落地放到桌上，然后淡然微笑："逝水城主，如何？你对这条系统公告，有什么看法？"

这个女人！她那是什么眼神？分明是在嘲笑自己不自量力！

"你别得意！"逝水无尘恨得咬牙切齿，但他还是强压下心中的怒火，"不过是一个流星城，接下来还有青龙城和白虎城的战役，所以，我还没输！"

"哦？逝水城主是指玄武城城主会帮你出头？"莞尔刺痛回以一笑，从容应对道，"那我们，就拭目以待吧！"

逝水无尘斩钉截铁地说道："当然！我是绝对不会输的！"

说话太狂妄太绝对，下场往往是悲惨的，因为让他无比痛恨的系统提示音，再次刺耳地响起——

『系统公告：朱雀城对玄武城宣战，与白虎城、青龙城结为同盟。玄武城兵败，企图叛变分裂天下、扰乱华夏大陆的安宁的城主被诛杀，新的时代来临了！』

『系统公告：逝水天下战败，系统强制将其解散，天下无不散之宴席，从此天下再无逝水家族一帮。』

螳螂捕蝉，黄雀在后。

逝水无尘没有料到，他精心布下的棋局，竟然迅速被瓦解，一切已成历史！

胜者为王，败者为寇。

而历史，总是属于胜利者的，逝水无尘已成了历史的炮灰，这是毋庸置疑的事实。他双目失神地跌坐到椅子上，简直不相信自己的耳朵，嘴里喃喃道："怎么……可能……"

他精心设计的计划，怎么就如此轻易地被毁了呢！

完了——完了！他一手创建的帮派就这样毁于一旦！一切都完了！他长袖用力一扫，桌上的杯碟盘碗乒乒乓乓碎落一地。

莞尔刺痛不动声色地望了地上白花花的碎片一眼，嘴角扬起一抹意味悠长的笑容。她并没有说什么，倒是乱码先生幸灾乐祸地大笑起来："哈哈哈，逝水无尘，刚刚你不是说得胸有成竹吗？怎么现在脸色变得那么难看？"

逝水无尘脸色铁青，用凶狠的目光死盯着莞尔刺痛，艰难地从牙缝中挤出话来："都是你——你不守信用！是你害我计划失败的！"

"你错了。"莞尔刺痛淡笑着纠正他，"别将自己失败的责任推卸到我身上。好了，既然这场游戏已经结束，那么你的这群乌合帮众，也该退场了。"

清晰有力的掌声在洛凝楼四壁回响起来，只是瞬间，原来还挤满了楼梯走道的逝水帮众，包括还晕倒在地上的碧空灵韵，全被传送的白光包围起来，转眼间就被赶出了洛凝楼！

逝水无尘大惊失色，慌张地望向四周，却发现洛凝楼中已经没有一个自己人了。他跟跄地后退了一步，错愕地抬头，只看见已经对他恨之入骨的乱码先生、慕宸和萧柏三人摩拳擦掌，慢慢向他逼近。

冷汗浸湿了逝水无尘的脊背，他又惊慌地后退几步，却被身后的栏杆阻止了后退的脚步。

以一对三，简直不可能！

逝水无尘一咬牙，就在乱码先生抽出弓箭，离他还有一步之遥的时候，他突然在桌子上抓起什么朝他们用力一扔！

"乱码小心！"眼尖的萧柏连忙大叫起来，乱码下意识伸手去挡，等他把东西接住的时候，却发现那只是个毫无杀伤力的杯子。他再一望前方，才发现逝水无尘已经从阁楼上跳了下去，逃之夭夭了。


被莞尔刺痛赶出了洛凝楼的碧空灵韵终于悠悠醒了过来。

还处于眩晕状态中的她扶着墙壁慢慢站了起来，发现自己正躺在一条昏暗无光、狭窄的小巷中。身上依然穿着伪装落雪轻寒的白衣，只是上面沾满了茶水的污迹和泥土的印记。

遮掩着天空的瓦檐不断滴下藏着污垢的水滴，打湿了她的衣裳。

怎么回事？自己为什么会在这里？她明明在洛凝楼服下了那个

果子，这个时候应该跟夜初寒结成了夫妻才对……

　　想到这里，她突然脸色一变，立刻打开了控制面板，却在配偶信息一栏看到一个她完全不认识的昵称时，大脑一片空白。很快，只见一道白光亮起，她便消失了。

　　原来，碧空灵韵惊吓过度，终于达到了精神的临界点，再也不负重荷，直接被系统踢下线了！

　　而逝水无尘逃出洛凝楼后，由于帮派的解散，让他顿然失去了人生的目标，仿佛灵魂被抽走了一样，根本不知道何去何从。

　　"咦？这不是逝水帮主吗？怎么搞得这么落魄啊？"忽然，不远处传来一阵带着讥讽的笑声。

　　逝水无尘循声望去，只见不远处站着五名脸带嘲讽的玩家，而他们是逝水家族中的几位元老级人物。

　　逝水无尘一愣，随即惊喜出声，仿佛完全看不到那五位玩家脸上怪异的神色："太好了！你们肯回来，我相信，终有一天，逝水家族会东山再起……"

　　他话未说完，就被其中一个玩家嗤笑打断："东山再起？逝水帮主，你确定你不是在开玩笑？"

　　对方的话带着强烈的讥讽，逝水无尘一下子警惕起来："你这话是什么意思？"

　　"什么意思？"另外一个玩家冷笑着接话，眼中充满了厌恶和痛恨，"咱哥几个承蒙你关照，这些年在逝水家族吃了不少苦，无论走到哪儿都遭人白眼，其实我们忍你很久了！你以为，我们还会稀罕待在这么一个烂帮派吗？"

　　逝水无尘一僵，心顿时凉透！他无法相信，昔日并肩作战的好兄弟居然会说出这样的话！而对方脸上的讥笑在很好地告诉他——这，就是现实！

　　他辉煌的时候，那群人就像尾巴一样追着他、对他阿谀奉承，现在他落魄了，他们却与他反目成仇……

　　只见一玩家随手一翻，一把长尾铁钩出现在他的手中，他把玩着手中的武器，冷笑出声："当初逝水帮主对我们那么好，我们当然要好好报答逝水帮主了，是不是？"他话音刚落，其余四名玩家纷纷亮出了武器。

逝水无尘一咬牙，身影灵活地躲过那四人接连的攻击，宛如游鱼一般在他们之间游走。随着最后一个玩家被杀死，他终于无力地瘫倒在地，喘着粗气，嘴角扬起一抹苦笑，原来他已经这么不得人心了吗？

一阵莫名的失落彷徨涌上心头，他知道，刚刚他的举动，不过是垂死挣扎而已！只是，有一个熟悉的声音，突然传入了他的耳中，令他沉入黑暗的心见到了一丝光亮。

"夜，真想不到，逆瞳居然就是血染衣。"慕轻寒淡淡地说，"刚刚在玄武城，那贼心不死的浪翻云想来偷袭，幸好逆瞳出现了，不然我们也不会那么顺利地攻下玄武城……"

逝水无尘眼前一亮，马上转头去寻找那个声音的来源，但是马上，他心中刚燃起的希望，就被眼前那一幕无情地泼灭了。他看着那一对逐渐朝着这边走近的神仙眷侣，眼中慢慢溢出了妒忌和痛苦。

会被嘲讽吗？他突然想大笑，却发不出一丝声音，只有嘴边慢慢扬起了一抹苦涩的笑容。只是出乎他的意料，当两人走过他身边的时候，仿佛没有看到他的存在，连看也没看他一眼。

逝水无尘一愣，随即冷笑出声："夜初寒，我还以为你会恨不得将我杀了呢！"

"不是谁都像你这样卑鄙。"半晌，清冷的声音突然飘了过来。

全身的血液仿佛凝固一般，逝水无尘只觉得身子冰冷无比，他自嘲地笑出声："轻寒，原来这就是你对我的印象？原来我是输在这个地方啊！"他喃喃地、自顾自地说了下去，"放心，你讨厌我，那我以后再也不会出现在你面前了……以后，我再也不会来骚扰你了，保重。"

话音刚落，逝水无尘的周身泛起了一层诡异的红光！

"哎……他！"慕轻寒大吃一惊，却被那红光刺痛了眼睛，就在那一瞬间，逝水无尘的身影，已经被那仿若血染的红光彻底吞噬了……

他消失了。

慕轻寒缓缓放下手，心情复杂地望着逝水无尘消失的方向。

那种红光，她在红绫宫中见过一次。

那是删号自杀的光芒。

一向要强阴险的逝水无尘，居然选择了删号自杀？

慕轻寒无言地最后看了那个方向一眼，没有留恋地转身。不是她无情，而是那是逝水无尘应得的下场，即使他不选择删号自杀，这个游戏也容不得他了。做错了事，就要为自己的行为负责，人总是为自己错过的东西而惋惜，却没想过当初要好好地珍惜。

所以，为了不错过任何美好，她必须要珍惜眼前的人。

她伸出手，对身边的人微笑："走吧。"

夜初寒幽深的黑眸中泛起柔和的笑意，握起她柔软的小手："嗯，我们走吧。"

朱雀城的城墙上，一位鹤发童颜的老头枕着双手靠在城墙壁上，跷着二郎腿晃啊晃。他嘴里哼着歌儿，优哉游哉地观赏着城墙下发生的那一幕。

直到人都离开了，一场好戏落幕，老头才慢悠悠地直起身子，似是十分惋惜地感叹出声："唉，真是竖子不足与谋！那个小子真是懦弱，受了一点挫折就做缩头乌龟了，枉我对他寄托这么大的期望，真没用啊没用……"

他扬扬自得了一番，春风满面地从城墙上跳下，拍去屁股上的灰尘，打算走人。就在这个时候，身后传来一个阴恻恻的笑声："老头，这么急着要去哪里啊？"

温度骤降！老头的心咯噔一下，只觉得身后倏地升起了一阵寒气，阴郁的气息将他整个人笼罩起来。他惴惴不安地转过头，果然看到了站在城墙顶上，正抱臂而立、带着一脸戏谑笑意看着他的玻璃猫！

"哇！"老头吓得惊叫出声，站立不稳，险些从城墙上摔下来，一向口齿伶俐的他居然变得结巴了，"你你……你怎么会在这里？"

玻璃猫从城墙上跳下，慢慢向老头走近："老头啊，你好像答应过收我做徒弟的，你是不是忘了？还问我为什么在这里？哎哟，我可是会很伤心的……我们之间的账还没算清呢，这事情怎么能轻易结束……"

"你别过来！"老头仿佛看见了可怕的怪物一般噔噔噔连连后退，却不忘扯开嗓子夸张地高喊起来，"救命啊——"

那一刻，朱雀城的上空回响起一个格外洪亮的声音。

可惜，即使老头喊破喉咙，也不会有人来救他了……

城战事件虽告一段落，却引起了前所未有的轰动，尤其是逝水无尘因落败而删号自杀一事尤为令人震撼。

《乱世》官方BBS上也因为这件事而闹得沸沸扬扬。有人猜测他是因为失败而无颜面对帮里的玩家，所以学项羽乌江自刎而删号自杀，做一回落魄英雄；也有人认为逝水无尘仇家众多，逝水家族解散后，仇家们自然有机可乘，将其轮白，所以删号自杀；还有一种说法，就是逝水无尘为情所伤，因为据说有人看到他在朱雀城城门前向夜初寒表白，结果被无情拒绝……

总之论坛上众说纷纭，这些言论让慕轻寒啼笑皆非，不由得感慨：现在的人想象力真是丰富，也真让人无语……

而她宿舍里的另外两只，夏淘淘和莫莎莎则在不亦乐乎地谈论着Y大最近发生的重大八卦。

"听说了吗？"夏淘淘往嘴里丢了一片薯片，吧唧吧唧地嚼着，语气中充满了几分幸灾乐祸，"前几天，那个美术系的系花滚回X大去了。"

莫莎莎惊讶出声："真的呀？前几天我才听别人说是有人要回X大，没想到就是那个装腔作势的女人？实在大快人心啊！"

"当然，那个讨厌的女人终于滚蛋了！"夏淘淘得意扬扬地叉腰笑了起来，"这个事实说明，跟轻寒抢男人的人都没有好下场的！"

慕轻寒："……"

"没错！"莫莎莎赞同道，下意识看了慕轻寒一眼，声音不觉

放低了几分，"可是，最近颜师兄再也没有来找轻寒，是不是说明……他完全放弃了？"

"也许吧……"夏淘淘正要接话，突然想起什么，态度变得一本正经，"咳，你在胡说什么啊！难道你很想他来找轻寒？"

莫莎莎连忙摆手："这当然不是……"

慕轻寒听着两人的对话，暗觉好笑，无奈地摇了摇头，迅速浏览完最后一个帖子，利索地关掉电脑，起身。

夏淘淘见她站起来，以为是自己跟莫莎莎的对话让她生气了，连忙跟着站了起来："轻寒，你要去哪儿？"

已经走到门口的慕轻寒停下脚步，回头莞尔一笑："当然是去约会。"说完，转身离开。

前往图书馆的路上，慕轻寒总是心神不宁。

昨天上游戏的时候，慕渐尘告诉她跟风祈夜一个惊喜——她爸妈打电话回家的时候，他不小心将她跟风祈夜的事情告诉了他们。她爸妈激动不已，结果又一个不小心将这事告诉了风祈夜的父母。然后，双方对自家未来的儿媳和女婿已经有一定的了解，表示十分满意，自然乐见其成，最后两家人一拍即合，还约了时间大家出来见一见面……

"轻寒。"

慕轻寒心不在焉地走着，忽然一个低沉好听的声音在耳边响起。

"唔？"她下意识抬头，却撞入了一个人的怀中。她一时重心不稳，往后摔去，幸好对方及时扶了她一把。

"啊，对不起……"她连忙道歉。

却听见对方发出一声轻笑道："轻寒你总是这样迷糊，在想些什么？"

慕轻寒先是一怔，抬头时才发现自己已经在不知不觉中走到了图书馆，而面前的人……

"夜？"她条件反射地伸手触向风祈夜的脸，然后才意识到自己还在对方怀里，于是这个动作落到了风祈夜的眼里，自然变成了……

"轻寒，怎么这么着急投怀送抱？"风祈夜嘴角微弯，黑曜石般的眼中是满满的笑意。

慕轻寒："……"

可是某人还不肯放过她，凑近，戏谑地笑了："你害羞了？"

慕轻寒的小脸唰地涨红，瞪了他一眼，有些羞恼地说道："害你个大头鬼！走啦！"说着转过身，红着脸拉着他就往图书馆里走。

风祈夜微微一笑，任由她拉着自己走。只是，当他们推门进入图书馆的那一刻，只听一个洪亮的女声在图书馆内响彻："林务，你给我站住！不许跑！"

然后，他们看到了这样诡异的一幕——披头散发的祁清冷宛如一个女鬼般在图书馆内奔跑着，以百米冲刺的速度追赶着林务，边跑还边大喊着："林务，你这个浑蛋不许跑！你明明是喜欢我的，为什么不敢承认？"

林务抱头鼠窜，满脸惊慌："哇，救命啊！胡说什么，鬼才喜欢你！"

"你是逃不掉的了！我们之间，还有很多账没有算完！"

角落里的图书馆管理员大妈终于忍不住了，抄起旁边的鸡毛掸子就追了上去，用她洪亮的大嗓门高喊："喂！说了几遍了，图书馆内禁止喧哗打闹！你们两个，给我站住——要算账，我先跟你们算吧！"

看着面前这滑稽的一幕，慕轻寒自然忍俊不禁："可怜的林务啊，他以后的日子有得熬了……"

"这是他咎由自取。"风祈夜的语气里听不出丝毫同情，反而带了几分幸灾乐祸。

"说得也是。"慕轻寒赞同地点了点头，目光对上了他的视线，欲说还休，"对了，夜……说到算账，你似乎还欠我一样东西。"

嗯？一样东西？风祈夜思索片刻，很快得出了答案。但他只是看着她，露出一副疑惑的表情："你说的那样东西，是指什么？"

喂！那种话，怎么好意思让她一个女孩子说出口？她红着脸小

声道："当……当然是游戏里的那个……"

提示已经这么明显，风祈夜依然没有明白过来，仍旧望着脸色红透的某人，挑眉疑惑地问道："那个什么？"

"你欠我的婚礼呀！"情急之下，慕轻寒脱口而出，可话音刚落，看到对方的表情，她才发现被戏弄了。

果然冲动是魔鬼啊。

"哦？原来轻寒你……这么着急想要嫁给我？"顺利套出了某人的话，风祈夜的黑眸中有异样的光芒闪过，他微微低头，逼近她，"你这是向我求婚吗？"

心怦怦地乱跳，根本无法平静下来，为了掩饰自己的尴尬，她立刻移开了视线，假装愠怒："你胡说什么，不理你了！"

这么快就害羞了？风祈夜望着她的背影，唇边扬起一抹意味不明的弧度，心情无比愉悦。他不动声色地走上前，握住她的手腕，一双手臂将她紧紧圈在怀里，温暖的气息将她包围起来。她试图挣扎，得到的下场只是某人越抱越紧！

"风祈夜！"慕轻寒气恼，"放手！"

"不放，一辈子都不放。"温热的气息扑来，一个声音低低地在慕轻寒耳边响起，低沉而沙哑，带着诱人的气息。

慕轻寒涨红了脸，她本来想继续反抗的，可是他身上温暖的气息令她觉得莫名安心，加上这么一句话，她的动作便松懈了下来。虽然停止了反抗，但她还是没有忘记他们现在的所在地，于是出声提醒道："夜，这里是图书馆……"

风祈夜像是没有听到她的提醒一样，低头，直直望入她眼中，黑眸里满是温柔的笑意，然后用只有她才能听见的声音道："轻寒，我爱你……"

大脑有一瞬间的空白，她愣愣地注视着眼前之人，后知后觉地醒悟过来。

红晕，一点点从脸颊上透出。

慕轻寒慢慢地低下头，有些无所适从："你突然这么说，我也……"

就在这个时候，图书馆管理员大妈特大的嗓音在耳边炸响！

"喂，我说那边的两个，你们在干什么？"

慕轻寒和风祈夜一愣，同时向着声音的来源看去，只见图书馆管理员大妈正一手拿着鸡毛掸子，一手叉腰，一副快要喷火暴走的模样。于是两人很有默契地对望一眼，眼中交会着一个信息——不好！快跑！

下一秒，两人迅速分开，可他们的手依然握在一起，转身就跑！

看着两人转眼间已经逃出了图书馆，愣在原地的管理员大妈这才回过神，连忙追了上去："别跑！你们这些浑蛋学生给我站住啊！图书馆内禁止喧哗禁止调情听到没有！都说了多少遍了！一个个都反了是吧！"

管理员大妈的声音逐渐消失在身后的空气中，可是两人还在奔跑，跑在校园大道上相视而笑。风从他们身边呼啦呼啦地拂过，奏出了美妙悦耳的旋律。仿佛，在这个世界，在这个时刻，在这个地方，只有他们两人的存在。

或许他们以后的日子还有很长，或许他们以后要走的路还很远。但是他们都会像现在这样，两手相握，一起跨越困难，一起度过喜悦，然后一起走过属于他们的未来。

我愿意从此——

死生契阔，与子成说。执子之手，与子偕老。

【番外之】
莞尔刺痛VS乱码先生

YIJIAN
ZHONGQING

认识祁清冷的人都会觉得，她是一个让人难以理解、偶尔还会神经质的女生。这个时候，她总会毫不在意地耸耸肩，装作一副什么事也没发生的模样。

其实这样，又有什么关系呢？她只是偶尔喜欢抽下疯，偶尔恶作剧，偶尔神经质，偶尔不可理喻……江山易改，本性难移，别人不喜欢也没有办法啊，不过直到一个人的出现，彻底扰乱了她平静而充满恶趣味的生活。

三个月前，全息网游《乱世》的推出后风靡了整个国家，无论男女老少，都被这个全息网游所吸引。这阵乱世之风很快刮到了Y大，祁清冷的舍友们的话题自然从普通的八卦转移到了乱世游戏的日常上。

因为她平日阴暗的性格问题，同宿舍的女生都认为她不会涉足这些游戏，自然将她忽略。每当听着舍友们兴致勃勃地谈论游戏中的装备如何高级，高手如何厉害，祁清冷总会露出不明意味的笑容。殊不知，这位心理阴暗、喜好恶趣味的问题少女正是《乱世》中前十之一的高手过路君子！

可是过路君子不是男的吗？为什么……

其实，这完全是一个意外。

祁清冷在初次登入《乱世》的时候，意外成为第99999个进入游戏的玩家，系统因此奖励了她一个特殊道具——这个道具不仅可

以改变游戏性别，还可以建立一个小号。于是她就凭借着这个道具，成为当时《乱世》中唯一一个人妖——过路君子。

过路君子游戏的生涯意外顺畅，不但人缘极好，而且碰到了不少的隐藏任务，可这样玩着玩着，她反而觉得索然无味，于是她建了一个女号。

可是她没有想到，刚建立"莞尔刺痛"这个女号后不久，就发生了一件极不愉快的事情……

这天一上线，这个身为新手玩家的小号，当然要继续完成她昨天才做了一半的新手任务，可没想到任务刚开始，意外就发生了。在经过一处森林的时候，她不小心踩中了其他玩家布下的陷阱，倒霉地掉进了深坑里。如果是普通的陷阱也就罢了，她没有想到，陷阱中居然插了几支锋利的荆棘……

一向聪明的她，居然一不留神，中了这些下三滥的招数！

"嘶……"跌入昏暗的坑中的她试图站起身，却被一阵钻骨的疼痛折腾得再次掉回坑里。鲜血染红了长裤的布料，她抱着自己受伤的右脚，神色痛苦。她赶紧服下伤药，撕下一块布料简单将伤口包扎起来。

这个游戏的一切感觉都会以现实的50%赋予玩家，虽然血值已经回满，腿上的疼痛感却不会马上消失。

这么说来，她不是不能爬出这个坑了？不过她立刻想到了解决的方法——她的两个账号是可以相互切换的，只要她切换到"过路君子"，不是就能轻而易举地离开陷阱了吗？

可当她选择切换角色的时候，那希望的泡沫，却被系统提示音无情地戳破！

系统提示：您的角色正处于陷阱中，暂时无法切换角色。

什么？不能切换？她有一瞬间的惊怔，挫败让她滑到陷阱底。

她抬头望向天空，被耀目的阳光刺痛了眼睛，只能依稀看见手不能触及的高高的出口。这下该怎么办？走不出陷阱，难道要待到伤口完全康复？

她心里着急，尝试着再次站起来，依然被疼痛折磨得几次跌倒。

就在她感到彷徨无助的时候，突然陷阱外面传来一阵由远及近的脚步声，拉回了她的思绪。

她心中一喜，仿佛在黑暗中看见了一盏明灯，也顾不上腿上的疼痛，她支撑着墙壁勉强站起来，对着地面上大喊："有人吗？救命啊——"

远处的脚步声一顿，接着掉转了方向，向着陷阱这边走来，她仿佛看见了希望，连力气都多了几分，继续大喊："救命啊！"

脚步声不断接近，不一会儿，一道浓重的阴影盖住了洞口，遮住了大部分光线。

她有些不适应地眯了眯眼，再次抬头，只能看见一张埋藏在昏暗里的脸。

"怎么了？"一个带着疑问的声音在陷阱中回响，来者似乎是一个男玩家，但语气显得有些不耐烦。

"这位大哥，救我出去好吗？"

来人身影明显一滞，过了好久才开口道："唔？你想我救你出去？"语气颇有怀疑的意味。

"没错，求求你了！我受伤了，走不动。"

对方沉默了片刻，身影终于动了动，她以为他要答应了，心中兴奋不已。谁知下一秒，那个身影猛地跳开，从洞口消失了！

"喂！你不是说要救我吗？"她顿时着急了，不由得大喊出声。

"哈哈？救你？我什么时候说了？"远处飘来一阵哈哈大笑的声音，只听那人的语气充满了得意，"别以为我不知道你的阴谋！你假装受伤，然后让我救你上来，再找个报恩的理由缠着我带你练级是不是？哼！像你这种花痴女，我见多了，你这种伎俩就收起来吧！别以为我乱码先生是好糊弄的！就这样，花痴女，后会无期！"

笑声逐渐飘远，可空气中依然回荡着久久不散的回音，仿佛在嘲笑着莞尔刺痛的自作多情。

祁清冷的脸色瞬间阴沉下去，气得牙齿磨得咯咯作响。可恶！那人不但不肯救她，还嘲笑她是花痴女？她攥紧拳头，气得脸色发青，可她无可奈何，因为她现在想要爬出陷阱——根本是无能为力！

她泄气地跌坐回地上，继续等待其他玩家的到来，可是随着时间的推移，她失望了。自从那个自称"乱码先生"的浑蛋走后，这个鬼地方根本就没有一个人经过！直到她腿上的伤口痊愈，也等不到一个玩家的到来……

天色渐暗，很快已经到了夜晚。

若是现在有人经过这片阴森的树林，必定会看见一个貌似女鬼的玩家从地底爬出，眼神犀利如针，宛如在黑夜飘浮的两点鬼火。

祁清冷灰头土脸地从陷阱中爬了出来，眼中布满阴霾。

乱码先生是吧？很好，她记住他了！她一定不会放过他的！

就这样，两人的梁子在这一刻结下！

花痴事件后，祁清冷总是变着戏法去捉弄乱码先生，用尽办法把一些不好的名声套到他身上，有时甚至亲身上阵去追杀，弄得某人惊慌不已。

他想不明白，为什么这个叫"莞尔刺痛"的疯婆子总是死追着他不放。从此，他的第三高手形象一落千丈，因为桃花过盛，还被玩家们评为《乱世》第一负心汉。

后来被追杀的次数多了，他也学精明了，每当看到类似莞尔刺痛的玩家，不管三七二十一，第一时间掉头就跑！

某天上午，游戏里，你追我赶的一幕再次上演。

站在城镇的街道上，找不到乱码先生踪影的莞尔刺痛不禁气恼。就在她毫无头绪的时候，忽然听见有几个刚好从她身边经过的玩家在议论些什么。

其中一个人说道："前十的高手们都好厉害！我要以他们为目标，努力超越他们！总有一天，我也会爬上高手榜的。"

其余人马上哈哈大笑起来，毫不留情地嘲笑他："你就别做梦了，你丢暗器的手法现在连前一百都没进，这么快就想进前十了？"

"就是就是。"

"哎，不过话说回来，前十里的高手，似乎只有过路君子一人是用暗器的……"

过路君子？听到这个词语，莞尔刺痛突然眼睛一亮，脑海中飞快形成了一个计划！

没错！她不但是莞尔刺痛，同时她还是人缘极好的过路君子！为什么她不利用过路君子这个身份去跟乱码先生套近乎？先让莞尔刺痛去追杀他，然后让过路君子去救他，等接近了他，再慢慢报复也不迟。

祁清冷双眸一眯，嘴角扬起一抹宛如狡猾的小狐狸般的笑容。

乱码先生，你等着瞧！这辈子，你注定逃不出我的手心了！

又是一个风和日丽行骗日。

知了背着一个大包袱，精神奕奕地走在青龙城的大街上，一路叫卖："隐藏面具便宜卖！一百两一个，童叟无欺。它可以隐藏自己的一切信息，数量有限，先到先得！不买就亏了……"

果然这一番吆喝马上吸引了周围不少玩家的注意。玩家们迅速上前，在知了身边形成了一个包围圈，有人不敢相信地问："小妹妹，真的是隐藏面具？"

要知道，《乱世》最近新推出的装备隐藏面具，是只有超系boss才会爆出来的道具，而且概率极低，是属于有价无市的物品。

"当然是真的！"知了仿佛早知道他们会这样问，落落大方地从包袱里掏出一个面具，递过去，"你们可以看看。"

那些玩家接过一看——

【物品】

名称：隐藏面具

属性：可隐藏自己的一切属性，并且改变自己的着装和名字，达到掩人耳目的效果。

"这是真的！"

看到"能改变着装和名字"这一行字，那群玩家不由得又惊又喜，争先恐后地涌上前，对知了叫喊道：

"给我一个！"

"也给我一个！"

"我也要一个！"

……

望着不断变小的包袱和手中不断增多的银子，知了心里乐得开了花。

青龙城已经是她行骗的第四个主城了，她打算干完这次，大赚一笔后，马上溜之大吉。因为这些面具所显示的信息只是一种障眼法，只要玩家装备上它并仔细查看，就会发现面具已经变成了"已过期"的普通面具！

所以说，这批面具其实是劣质的一次性山寨品。由此看来，她已经行骗过的三大主城不能去了，青龙城也并非久留之地，因此她必须快点把面具卖完。

购买面具的玩家逐渐散去，望了望手中仅剩的一个面具，知了皱了皱眉，继而睁着那双水灵灵的眸子开始左顾右盼，继续物色行骗的对象。

突然，知了眼前一亮！不远处的前方，站着一位身穿水蓝色纱衣的少女，她娴静地站着，怀里抱着一只蜷成一堆白毛团的宠物小狐狸，似乎正等待什么人的到来。

从她那身便宜的新手装看来，知了认定她是那种迷糊好骗的新手玩家。知了眼睛一眯，几步跑到少女跟前，拉了拉她的衣角，仰头朝她露出甜甜的笑容："姐姐，你要不要买一个隐藏面具？"

她睁着一双天真水灵的眼睛，看上去很可爱，很容易激发出人的怜爱之心。

少女先是一怔，随即用饶有兴趣的表情看着知了："哦？隐藏面具？"

"是啊！"知了以为少女上钩了，大喜过望，连忙推销自己的产品，"戴上它就可以隐藏自己的一切信息。"

"这面具能用无限次吗？"少女笑着问她。

"这个，呃……"知了没有想到少女会这样问，不由得愣了一下，但随即她又点头如捣蒜，"没错没错！这个可以使用无限次哦！"

"哎，是吗？不过真可惜，我已经有一个隐藏面纱了。"少女似是十分惋惜地叹了一口气。

但知了听了她的话，不由得愣住，已经有了……隐藏面纱？

等等！隐藏面纱？

"你你……你是——"知了的脸色陡然大变。

没等她做出反应，少女怀中的狐狸已经冒出头来，眼冒精光地扑向知了姑娘！

"哇哇！我闻到了银子的味道……"

大惊失色的知了看着小狐狸扑到自己身上，却一时反应不过来，无所适从地僵在原地。等她回过神来的时候，怀中的银子全都被狐狸……吞到了肚子里！

"呜啊！欺负小孩啊！"看着自己一天的劳动成果就这样付诸东流，知了越想越伤心，越想越气愤，但又无可奈何，最后只能泪奔着消失在人海中……

站在原地的少女看着怀中心满意足地拍着肚子的小狐狸，不禁笑出声："啧，那个小偷知了，又出来行骗了，只是伎俩还需加强啊……"

慕轻寒生病了。

都说生病的人最爱闹脾气，以前的她并不相信这个说法，但当疾病降临到她身上的时候，她不得不接受现实。

头昏脑涨的她软弱无力地躺在床上翻来覆去，死活也不肯听风祈夜的话乖乖吃药。

"轻寒，吃药好不好？生病了要吃药才会好啊！"风祈夜语气无奈地哄着。他觉得现在的自己就像是一个傻瓜，连哄小朋友的招数也拿出来了。

慕轻寒不耐烦地甩开他的手，昏昏沉沉地翻转身子，嘟囔道："唔……我才不要，药很苦，我不要吃……"

风祈夜继续耐心地哄她："药不苦。"

"才不是！"话未说完，已经被慕轻寒打断，她翻转身用枕头捂住耳朵，"夜你骗人，我才不会信你。"

"……"风祈夜彻底无语。

看着像小孩子一样在床上撒泼打滚的家伙，他既是好笑又是无奈，但他依然很好脾气地哄道："那你要怎样才信我说的话？"

"除非你吃一次给我看。"慕轻寒从枕头下露出一双眼睛，底下有狡黠的光芒闪过。

风祈夜挑眉："只要我吃了，你就肯吃？

　　"没错。"慕轻寒点头，回答得斩钉截铁，虽然她的脑袋晕乎乎的，但是意识还是很清楚的。

　　"很好，这是你说的。"风祈夜犹豫了一下，总算同意了她的要求，将原本为她准备的药尽数丢入口中……

　　哪知，慕轻寒下一秒就忍不住笑出声："夜你已经把药吃光了……真笨，你全吃了我就不用吃了嘛……"

　　看着她唇边绽开的笑容，风祈夜挑眉，眼底有意味不明的神色闪过，没等她反应过来，便突然按住了她的肩膀，俯身，动作一气呵成。

　　"唔！"这一瞬间，唇被什么柔软的东西封住，慕轻寒瞪大了眼，下意识挣扎，却因为生病全身软绵无力。然后，她只感觉到几颗东西滑入了自己的喉咙，被迫吞咽下去，苦涩的感觉顿时在喉间弥漫开来。

　　她伸手推开了身上的人，趴到床边咳嗽起来，又恼怒地回头瞪向装得若无其事的某人："你刚刚干了什么？"

　　风祈夜整了整凌乱的衣衫，笑得风轻云淡："怎么了？不满意吗？要不要再来一次？"

　　"当然不是！"慕轻寒脸颊发热。

　　不知道是不是生病的缘故，加上脸颊本来已经浮现的红晕，她怒斥的话落入某人的耳中，却像是在欲拒还迎。

　　风祈夜黑眸眯起："是吗？"

　　"你想干什么？"

　　"不听话，当然要接受惩罚了，对不对？"

　　"等等！"慕轻寒有气无力地抬手阻止了某只腹黑狼。

　　"嗯？"

　　"那个，我还在生病……会传染的……"

　　"没关系，传染给我的话，你不就好了嘛。"风祈夜一番话说得理直气壮，之后再也没有分毫迟疑，用唇封住她多话的小嘴。

　　"唔……"慕轻寒瞪大了眼睛。温润炽热的唇紧紧压迫着她，辗转厮磨，让她一阵轻颤。更让她气恼的是，她明明想挣扎，却不由自主地配合他搂上他的腰……

然后……没有然后了。

第二天，慕轻寒的病果然痊愈了，只是自从这一天起，她再也不敢在生病的时候撒娇不吃药了。

【番外之】
一剑钟情

YIJIAN
ZHONGQING

上午十点，盛世游戏公司总部。

慕轻寒没想到会在这种情况下再次遇到风祈夜的表弟——不是在游戏中，而是在现实里。

一个月前，正式升入大四的她依靠着三年来优秀的成绩和出色的表现，在激烈的竞争中脱颖而出，被学校推荐到一家大型的知名企业中实习。

作为一个实习生，要做的事情其实不多，无非整理文件，端茶递水之类的，偶尔也帮办公室的人跑跑腿，日子过得也算清闲。而这家企业刚好与盛世游戏公司有着密切的合作，这天她被主管吩咐送一份文件到盛世游戏公司。

"落雪表嫂？"

"夜的……表弟？"听到声响，慕轻寒看向面前那个穿着一套休闲服、戴着眼镜的男生。"你怎么在这里？"

"我是来……"风卿茂托了一下鼻梁上的眼镜，正要开口说话，却被不远处传来的抱怨声打断。

"真是的，今天又收到这么多的投诉信，好像比昨天更多了。"

"听说客服部那边的投诉邮箱，已经被玩家的邮件给挤爆了。"

两位盛世游戏公司的工作人员边聊天边从两人身边经过，他们手中抱着装满了信件的大箱子。

"你说总裁正事不干，总是跑进游戏里扮演真人NPC做什么？"

"别提了！现在每天收到的投诉信可是越来越多了，几乎都是跟他扮演的真人NPC有关的。技术部那边估计也要造反了吧，上次城战的后遗症实在太大了……"

"要是让玩家知道真相，估计会……"

两位工作人员议论的声音不大，但他们谈话的内容还是清楚地传入了两人的耳中。

真人NPC？《乱世》这个官方宣称全由主脑控制的游戏，竟然有真人NPC出没？

就在他们微微走神之时，一个人影出现在他们的视线之中——这个人的打扮十分古怪，大热天的，他却用一件大风衣将自己裹得严严密密，头上还戴着一顶阔边帽，将他的整张脸都挡住了。

这样稀奇古怪的装扮让两位抱着箱子的工作人员眼前一亮，立刻疾步迎了上前，惊喜出声："总裁，您终于回来了。我们有很重要的事情要跟你——"

那人闻声抬起头，慕轻寒终于看清了帽子底下的那张脸——是一位年过半百、长相慈祥的老头，给她一种意外的熟悉感。发现有人正盯着自己，他看过去时明显一愣，下一刻猛地反应过来一般，立刻神色慌张地移开了视线，同时拉低了帽檐试图遮住自己的脸。

"总裁……"

"不不不！你们没有看见我！就这样，我先走了！"老头连连摆手，不顾两位工作人员着急的神色，惊慌失措似的往另外一个方向逃去。

这时，一直注视着老头的风卿茂突然开口道："其实我是来找人的，不过现在已经找到了。"他微微侧过身，眼镜片后闪过一道白光，"有空再联系。"

他挥了挥手，没等慕轻寒反应过来，快步向着老头离开的方向追了上去。

慕轻寒摇摇头，决定还是继续完成自己的任务比较重要，但巧的是，她要前往的目的地同样要经过风卿茂走过的地方。于是她刚拐过转角，就看见了这样一幕——

风卿茂把刚刚那个打扮古怪的老头逼到墙边，单手撑在墙上，让他无处可逃："老头，你是不是忘记答应过我的条件了？你以为几天不出现就可以了吗？"

"你你……你怎么会知道——"老头一脸惊讶。

"唔，其实也没什么，你最大的那个孙子跟我的表哥是同学，所以……"

老头当场愣了，过了一会儿才反应过来，差点跳了起来："那个不靠谱的臭小子！"

这两人认识？在经过两人身边的时候，慕轻寒还是忍不住向他们投去了好奇的目光，却在这一刻，老头像是抓住了救命的稻草一样，突然向她发出求救："徒媳妇，救命哇！"

徒媳妇？这是……在叫她？她什么时候认识这个古怪的老头了？

在附近找不到第四个人的慕轻寒不禁觉得莫名其妙："这位老先生，您认错人了吧？"

老头继续叫嚷道："徒媳妇，难道你不想知道为什么当初我会给你和夜初寒发布那个任务吗？只要你救我我就告诉你——"

咦？慕轻寒惊疑不定地盯着老头，他那张脸一直在她的脑海里打转，然后跟另一张脸重叠起来……然后她后知后觉地想起，这不是游戏中把一群玩家坑得很惨的那个 NPC 老头吗？

难怪刚刚觉得他这么眼熟！

震惊过后，她很快冷静下来，微微一笑："很抱歉，没兴趣。"

无视老头那求助的眼神，她直接转身离开了，因为有关风祈夜的事情，她不需要从别人口中得知。

风卿茂用空着的手扶了一下眼镜，嘿嘿一笑："老头，你喊吧，这下你喊破喉咙也没人来救你了！接下来我们好好谈一谈有关游戏技术的问题吧……"

"啊啊啊啊啊救命——"

听着从身后传来的惨叫声，慕轻寒的脚步顿了一下。

唉，果真是多行不义必自毙！她幸灾乐祸地想着，忍不住嘴角上扬。

　　下午跟风祈夜见面的时候，想起老头的话，她还是忍不住问出了疑惑已久的问题："对了，你当初为什么会喜欢我？"

　　这是《乱世》开服的一周后。

　　游戏里，万里晴空，温暖的阳光透过树叶间的缝隙照射下来，使得原本幽森的树林中，显得异常诡异。在这似乎寂静无人的树林中，慕轻寒孤身一人，在其中无助地穿梭，黑眸中不含一丝波澜，显得冷静和沉着。

　　一个姑娘家的，在这等危险的地方行动自如，莫非是一代女侠？

　　并不是，她不过是个初入游戏的新手玩家罢了！

　　据说《乱世》是近来甚是火爆的一款全息网游，其拟真度高达98%！原本吧，她就是冲着这拟真度来玩这网游的，但是没玩多久，立即改变了这个想法。

　　什么拟真度98%……GM你们能把剩下的2%体现得明显一点吗？这完全就是另外一个世界了！最可怕的是连森林这种复杂的地势也模仿得如此逼真，这让她这个有轻微路痴的人该如何走出去？

　　慕轻寒一脸淡定，因为经历这样的事情她觉得糟糕是不存在底限的！

　　比如她本来可以好好地享受一下游戏的快乐，但是不巧在游戏里迷路。

　　本来她可以靠游戏的回城卷离开，但是不巧，在她进入这片树林之前老哥把她身上仅剩的传送卷轴全部借走了。

　　她气呼呼地鼓着一张脸，发泄般将脚边的石子狠狠地踢开："不带这样倒霉的！随便出现个人啊鬼啊什么的，就算是从天而降的瘟神也行啊！至少告诉我怎么回去啊！"

　　就在她抱怨的时候，一颗流星划落，徐徐闪过的光芒显得万分诡异，但这颗流星仿佛是老天对她刚才那番请求的一个答复，因为……

　　它竟毫不犹豫地落到了慕轻寒面前！

　　砰！一个蓝影从天而降，稳稳地跌落到了地上，降落之地如同受到了猛烈的冲击而凹陷下去。

"发生了什么事？"

没有及时反应过来的慕轻寒来不及收住脚步，就这样朝前方的凹陷处踩了下去。

"喂，我说——"就这样，那个蓝色身影刚抬起头，就迎上了慕轻寒的一脚！

你杀死了玩家逝水年华。

"啊啊啊，你这个不男不女的死人妖竟然还落井下石！等着瞧，我不会放过你的！我一定会再回来——"

还没等她弄清发生了什么事，被踩中脑袋的玩家已经化作一道白光，伴随着一阵愤怒的叫喊被传送回复活点。

咦？逝水年华？没有印象啊，不过，这个名字的前缀……似乎是新近崛起的帮派逝水家族啊？

沉思片刻，她很快将刚才的事情扔到脑后，继续探索离开森林的路——

慕轻寒和逝水年华的恩怨就是从这里开始结下的，可惜目前的她浑然不知……


半个小时后，经历了千辛万苦的慕轻寒终于走出了那片树林，来到附近的一座主城——玄武城。大概是新近才开放的原因，玄武城的玩家并不多，大街小巷除了主城里的NPC，也只有寥寥可数的几个玩家。

慕轻寒到达主城后做的第一件事就是跑到最近的铺子买了几个包子，补充快要见底的体力。

付完钱后，她才发现自己已经身无分文了！

咬包子的动作在不知不觉间停了下来，她盯着自己的信息面板发起呆来。怎么办？她还打算去买几张传送卷轴备用呢！这下别说是传送卷轴了，她连维修武器的钱也没有了……

看着武器那也快见底的耐用度和空空如也的钱袋，她关掉了人物信息面板，果断地做了一个决定——当务之急，就是要解决钱的问题！而在这个游戏里，钱来得最快的途径……没错！就是接悬赏

任务！

不过唯一担心的是，这座主城的人太少了，发布悬赏令的人并不多。虽然主城中的 NPC 也会不定期发布一些悬赏令，不过因为悬赏金额过少，几乎没有玩家愿意接受 NPC 所发布的悬赏。

慕轻寒以最快的速度到达主城门口的布告栏前，但让她大失所望的是，她并没有在上面看到任何玩家发布的悬赏令。

只是……

上面有一张由玄武城城主亲自发布的悬赏令！

五万金币！这个对于新手玩家来说算得上是巨额数目了！这玩家到底做了什么居然惊动了城主亲自悬赏？疑惑归疑惑，慕轻寒还是走上前，毫不犹豫地揭下了那张悬赏令。

**您已接受由玄武城城主发布的悬赏令——通缉玩家甲号，限时三个时辰，祝您游戏愉快。**

被 NPC 通缉悬赏的玩家的一切信息都是保密的，在接下悬赏令后，接受任务的玩家的界面会出现一个简洁的地图，上面会显示被悬赏的人的具体所在地。

"你……接了这份悬赏？"旁边一个在看其他公告的玩家看到这一幕，不由得愣住了。

慕轻寒下意识地看向他，疑惑地问道："怎么，有问题吗？"

"没有没有。"那个玩家赶紧摇头。

慕轻寒也没有细想，接了任务后便急匆匆地离去了，她离开得太匆忙，并没有听到之后在公告栏前的那些议论……

"又一个去送死的……"

"对啊对啊，我之前也接了这个任务，可是反被对方杀死了。"

"能把城主给杀了的玩家实力一定不简单，只可惜他蒙着脸，不知道是谁啊……"

……

按照地图上指示的路线，慕轻寒很快来到任务人物代表的红点所在的地方。原来是一个副本的入口，难怪红点一直在这个地方不动，不过这个副本以她目前的等级是进不去的。

于是，她用了一个很笨但是很实用的方法——躲在茂密的树丛后守株待兔！

不知道等了多久，任务目标终于出现了。因为有着任务设定的保护，对方的人物形象被模糊成了马赛克，不过这并不影响任务。

原本昏昏欲睡的慕轻寒立刻打起精神，抽出自己的剑，迅速从草丛中跳出，率先出了一招，向对方刺去！

原以为接下来会有一场恶斗，但没想到……

**您已完成玄武城城主发布的任务，请回任务发布地领取奖励。**

一阵死亡的白光将对方卷走后，面前已经空无一人了，唯有慕轻寒握着还未来得及收回的武器愣愣地站在原地。

咦？就这样……任务完成了？运气也太好了吧？慕轻寒心情大好，高高兴兴地领了赏金买了传送卷轴离开了。然而她不知道，这一剑之间，早已注定了许多事……

她无论如何也没有想到的是，被她轻轻松松杀掉的那个人正是夜初寒。

刚从副本中厮杀出来的他血已经见底，因为补血的药已经吃完，不得不退出副本，却没想到一出来就被人偷袭——还没反应过来是怎么回事，眼前的景物已经变得灰暗！

**您被玩家落雪轻寒杀死。**

**三秒钟后，您将被传送回附近主城的复活点。**

落雪轻寒？

最后映入眼帘的景象，就只有白衣少女刺出那一剑的英姿。

夜初寒也不知道自己是从什么时候开始关注一个人的，甚至会留意她的事情。每天看着她的名字飞快地蹿上等级排行榜，似乎早已经成为习以为常的事情。就比如在主城中遇到正在维修武器的她，女孩长得也许不算极美，但是身上仿佛有一种浑然天成的慵懒气质，勾起的嘴角，举手投足都是那么随性散漫。

"怎么了，夜？"乱码先生回过头的时候，刚好看到正望着某个方向发怔的夜初寒，不由得一愣。随后一副发现新大陆的模样，一脸兴奋地说道，"哎哎，你不会在看MM吧？这不像你啊……"

"没事，走吧。"夜初寒收回视线，冷淡地打断了他，转身离去。

"喂喂，等等我啊！"乱码先生回过神，赶紧追了上去……

后来，也不知道过了多久，他在慕淅尘那里看到了一张合照——那个搂着慕淅尘笑得甜美的女孩很是眼熟，跟他记忆中的那张脸重叠在一起。

"听说我们以前还穿过同一条裤子。"那时候慕淅尘正愉快地回忆着他们以前的糗事，没有注意到他的异样。

在很久之前，慕家和风家曾是邻居，交情很好，不过那时候两人都没什么记忆，在风祈夜刚满月的时候，风家就搬走了。虽然两家的长辈也保持着联系，但小辈们毕竟还是不熟悉。

看着那张合照，风祈夜似是不经意地提起："这是？"

"这是我妹妹慕轻寒，你还没见过吧？"慕淅尘随口答道。

妹妹？他一怔。

"她也在玩《乱世》那个游戏，游戏 ID 是落雪轻寒，你有空可以找她玩玩嘛……"

就这样，慕淅尘毫无知觉地将自家妹妹的信息给出卖得一干二净，于是，当再次遇上那个古怪的老头的时候……

"喂，老头。"夜初寒的出现，让正打扮成神秘高手到处售卖那所谓的神级武器的 NPC 老头吓了一跳，他似是受到了严重惊吓一样，将手中的布包一抛，就要转身落荒而逃，可惜某人抢在他夺路而逃之前拦住了他的去路。

"你你你……我跟你无冤无仇的，你要干什么？告诉你我不卖艺也不卖身！"老头用双手抱着自己的身体连连后退着，一脸夸张地说。

想当初，他也像今天一样到处捉弄新手玩家，却没想到遇到了一个不一样的新手。他的骗局不但被夜初寒识破了，对方还说出了他是真人 NPC 的秘密，真是让他心惊肉跳。最后，他肉痛地被夜初寒打劫了四只神兽宠物蛋，这才换来了对方同意保密的承诺。

"当初我们明明说好了……"

"我是来找你做一个交易的。"夜初寒有些不耐烦地打断了他，直接开门见山说出了自己的目的。

听完了他的话，老头眼珠一转，像是想到了什么一样，突然嘿嘿一笑："可以，但是你要做我的徒弟。"

"可以。"话音刚落，夜初寒便毫不犹豫地答应了老头的要求。

于是，便有了成亲才能出隐藏区域的任务……

于是，便有了永久不能离婚的规定……

于是，这从头到尾都是一个圈套……

慕轻寒却良久才回过神，红着脸瞪他，不知道该说什么："你居然……"

"说起来，你的生日快到了。"风祈夜眼睛微弯，"不知道送什么好，不如……我把自己送给你？"

"不要转移话题啦！"

"我有吗？"

或许是灯光的缘故，看不到他脸色有没有变化，她却清晰地感受到自己脸上的热度。她瞪着一如既往浅笑着的风祈夜，对比着自己似乎有些不自然的反应，忽然觉得有些愤愤不平。

也不知道是被愤怒还是美色冲昏了头脑，下一刻，她鬼使神差地做出了一个自己意料之外的举动——凶猛地凑上去狠狠咬了他的唇一下。

这一次，难得风祈夜也愣住了。

"轻寒？"

"我再也不要理你了！"慕轻寒轻哼一声，扭过头，做出要转身离去的动作。可是她注意到身边的人似乎没什么反应，刚抬起的脚步又犹豫地停了起来。

过了一会儿，她听见风祈夜似乎笑了下："你不走吗？"

慕轻寒站在原地一动不动，正犹豫要不要就这样离开的时候，却看见风祈夜走到她跟前。

"闭眼。"她听到他轻叹地说。

慕轻寒只觉腰身一紧，整个人被迫弯了下去，惊呼被风祈夜的

吻封住。直到被吻得整个人都迷迷糊糊了，恍惚间，他的声音在耳边响起，宛如大提琴般低沉好听：

"嫁给我好不好？"

然后，她听见自己的回答——

"好。"